JN072104
4.5
ようこそ実力至上主義の教室へ2年生編
Welcome to the Classroom of the Second-year
衣笠彰梧×トモセシュンサク

「お、押すなんて酷いよ波瑠加ちゃん！」
「あんたがさっさと出ないからでしょっ」

そう言って、愛里の登場後すぐに
波瑠加も姿を見せた。
「お、おいおい……」
何というか、2人とも
信じられないくらい
大胆な水着を着ている。

軽井沢　恵
かる　い　ざわ　けい

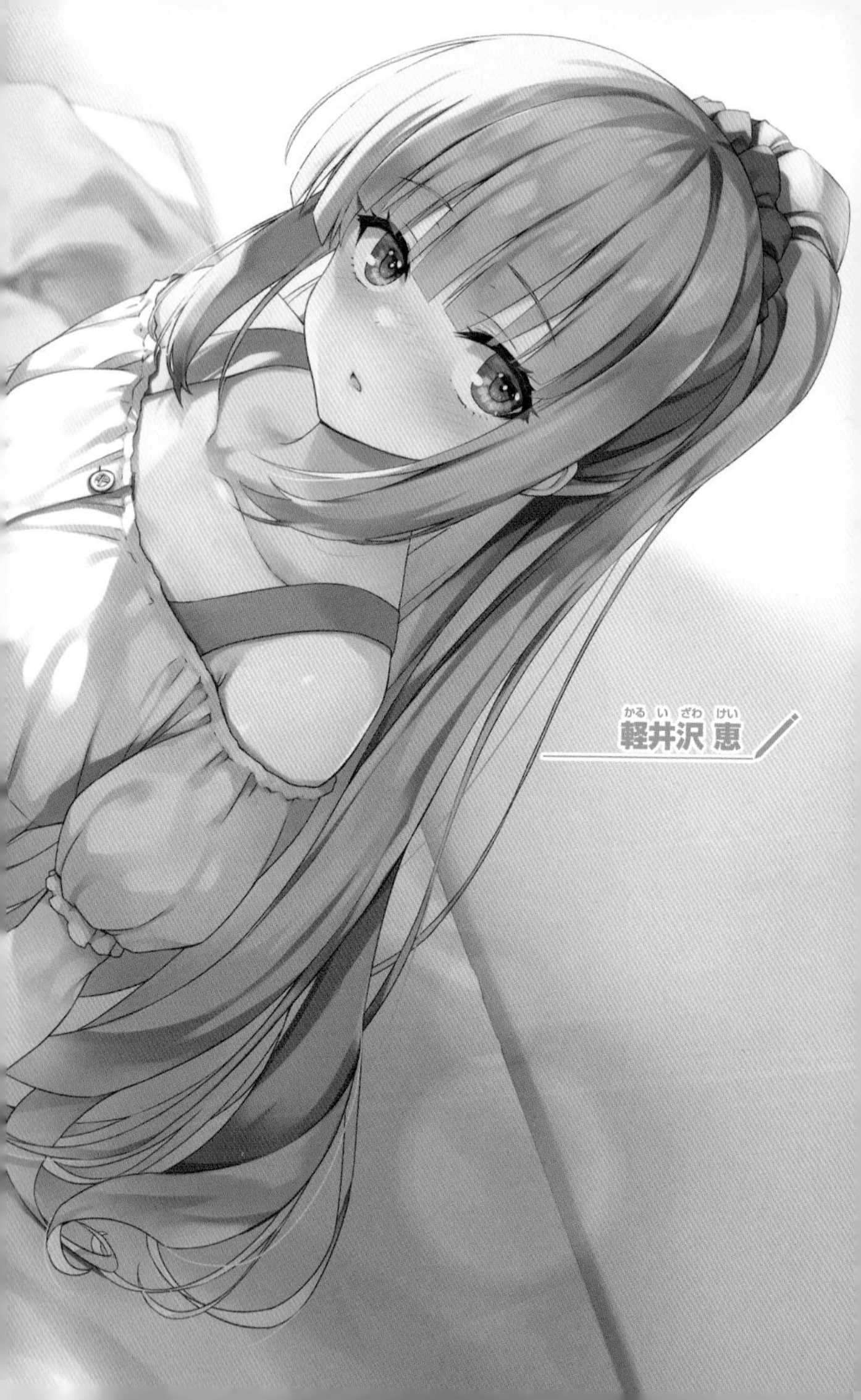

姫野《ひめの》ユキ
2年一之瀬クラス。
仲の良いクラスから
は一歩引いた立ち位
置でいる。

山村《やまむら》美紀《みき》
2年坂柳クラス。
学力は高いが影
が薄い少女。
時任《ときとう》裕也《ひろや》
2年龍園クラス。
龍園のやり方に対し、
反感を持っている。

4.5
ようこそ実力至上主義の教室へ2年生編
Welcome to the Classroom of the Second-year

ようこそ
実力至上主義の教室へ
2年生編4.5

衣笠彰梧

MF文庫J

ようこそ実力至上主義の教室へ2年生編 4.5
Welcome to the Classroom of the Second-year

contents

口絵・本文イラスト：トモセシュンサク

○楽しい夏休みの開幕

２週間ぶりに手元へと戻ってきた携帯電話を見て、多くの生徒たちは嬉《うれ》しそうに頰《ほお》を緩ませたことだろう。

現代を生きる者たちにとって携帯というツールはなくてはならない存在になっている。10代、20代におけるスマートフォンの普及率は２０２０年頃には99％を超えている。そんな世の中を顧《かえり》みてもその事実に疑いようはない。

高校生になってから携帯を所持するようになったオレにとっては、まだ生活必需品としての優先度は高くないものだが、そうなるのも時間の問題だろう。

豪華客船は優雅に大海原を航行し、これから暫《しばら》くの間学生たちに夏休みを提供する。

思い返せば去年、オレは本当の意味で夏休みを謳歌《おうか》したとは言えない。

友人と呼べる存在、恋人の存在。

顔見知り程度であったとしても、互いに名前を呼び合える生徒の数。

そのどれを取っても昨年とは比べ物にならないほどで、大きな飛躍を見せている。

そんな客船での時間は、オレにとっても生徒たちにとっても忘れられない記憶の１ページになるだろう。

プールを満喫《まんきつ》するも良し、豪勢な食事に舌鼓を打つも良し、海を一望できるデッキで大切な人と語り合うも良し。だが、それは何でもかんでも好き勝手にしていいということではない。定められたルールの範囲内で楽しむ必要がある。

たとえば夜10時以降は特別な事情がない限り自室から出ることは禁じられている。

去年、船内で定められていたルールよりも随分厳しくなっているようだ。

この「特別な事情」には夜間の急な体調不良などが当てはまる。その際には24時間受付けている医務室へと足を運ぶことになる。

定められた規則を、事情もなく破る生徒はいないだろうが、過失でもそれなりに厳しい罰則が設けられているため、即退学になるような問題は起こらないだろう。

それ以外にも夜間に限らず生徒が立ち入ることを許された階層は予《あらかじ》め決まっているため、船内ならどこでも出歩いて良いわけじゃない。許可されている階層内にも立ち入りが禁止されているエリアはある。

さあ、節度とモラルを守った上で1週間のクルージングを楽しむことにしよう。

○池《いけ》と小宮《こみや》と

無人島特別試験が終了した翌日8月4日の朝になった。今日から8月10日いっぱいまでの7日間、学生たちは豪華客船での休日を過ごす。去年行われた干支《えと》試験のような特別試験なども一切ないことが約束されている。

船内にはプール、フィットネスジム、映画館、コンサートホール、展望大浴場にショッピングエリアにカフェテラスなどの飲食店、様々な娯楽施設が存在する。

つまり、今日からそれらを全て満喫《まんきつ》する権利を得たということだ。

そんな待ちに待った初日、オレはどこにいるのかというと……。

生徒たちに割り当てられた4人用の客室でゆったりと寛《くつろ》ぎながら携帯を手にしている。

休みの日になったからといって、慌てて遊ぶ必要はどこにもない。

むしろ娯楽を全て捨てて休息に充《あ》てるのでも悪くないということだ。

寮の硬い寝心地とはまるで違い、一流ブランドのベッドは優しく身体《からだ》を包み込む。

まして過酷な無人島、テント生活の直後だと、その感触は一層だ。

そんな初日の状況のことはそれくらいにしておくとしよう。

無人島試験での結果も踏まえ、8月のクラスポイントが確定し発表された。

通常であれば毎月1日に発表されるものだが、今回はその月頭が無人島試験の最中だっための、特別試験の結果が反映された上でのイレギュラーな遅い通達となった。

この高校に在籍する生徒たちは、月の頭はクラスポイントを確認することから始まる。

自分たちの個人順位もそうだがクラスポイントはそのままプライベートポイント、つまり月に支給されるお小遣いにも直結する。

自由に使えるお小遣いがなければ、この豪華客船での休日も宝の持ち腐れだ。

2年生8月クラスポイント
坂柳《さかやなぎ》の率いるAクラス　1206ポイント
一之瀬《いちのせ》率いるBクラス　578ポイント
堀北《ほりきた》の率いるCクラス　571ポイント
龍園《りゅうえん》の率いるDクラス　551ポイント

結果、オレたちのクラスは僅差《きんさ》でCクラス止まり。

一気にBクラスまで浮上する目もあったが、惜しくも一歩届かなかったようだ。

だが悲観《ひかん》する要素は皆無で、むしろ上々の結果と見ていいだろう。

高円寺《こうえんじ》の単独1位によって得たクラスポイント300。

この圧倒的な加点の破壊力を改めて感じさせられるな。

これまでクラスの大勢が邪魔者として強く認識していた高円寺だが、周囲もその見方を変えざるを得ない。だが、その見方もいつまで続くかは懐疑的なところだ。

膨大なクラスポイントを得た代償として、今後卒業までの一切『協力を免除』というカードを手に入れてしまったためだ。この事実が公表されたら素直に喜べる人間は減ることだろう。ただ、これはこれで良かったんじゃないかとオレは思っている。

もし高円寺の300ポイントがなければ、本当に上のクラスに追い付けるのかという不安としばらく戦い続けなければならなかった。

しかしこうして3クラスが横並びになれば精神的な面でも大きな助けになる。

あとはここから頭一つ抜け出し単独Bクラスへと浮上、坂柳のクラスとの直接対決を制して差を縮めていく、というステップに移ることも出来るだろう。

この上昇の流れはDクラスに落ちた龍園のクラスも同様だ。

今回の無人島試験で表彰台3位内には入れなかったため、一気に2クラス分ダウンという結果になるのは仕方がないがその実力は申し分ない。葛城《かつらぎ》の加入はクラス全体の低い学力の底上げと、更にクラスに安定感を与えるだろう。そして龍園は坂柳とは何かしらの取引をしていた。それがプライベートポイント絡みなのか、クラスポイントに関係することなのか、はたまた全くオレの想定にないことなのか現時点では推測することは難しいが、今後の戦いにおいて変化を及ぼす材料になるかも知れない。

不安材料はあれどその勢いは衰えるどころか今後も増す勢いで、今一番怖いクラスといってても間違いはないだろう。Dクラスに転落したことなど形だけ。実際は微塵《みじん》も気に留《と》めていないはずだ。

対してBクラスに再浮上した一之瀬《いちのせ》のクラスは、結果だけを見れば悪くない形。

坂柳《さかやなぎ》のリードもあって、協力関係にあった一之瀬はクラスポイントを得られた。

しかし安堵《あんど》することは出来ない。BクラスからDクラスまでの差は僅《わず》か27ポイント。

特別試験が実施されていない期間の些細《ささい》な素行問題で、9月1日に順位が入れ替わってもおかしくない戦況に突入した。無人島試験の結果次第ではDクラスに落ちてもおかしくはなかっただけに、一之瀬が抱いている不安は相当に強いものだろう。いや、不安を抱いていなければならない。ここからいよいよ本当の正念場が来るな、一之瀬。

心の中でだが、オレは彼女に向けた言葉を送る。

今後無人島試験のような全学年全クラス参加型の試験が連続して行われるとも思えない。となれば次の特別試験は十中八九、学年別の戦いになる。

あっさりCクラスやDクラスに遅れを取るようなら一之瀬クラスの未来は暗くなる。

つまり次の一戦が、この先の行く末を決めることになることも……。

横並び一線の3クラスの状況は、簡単にだがそんなところだろう。

最後は、相変わらず簡単には差を詰めさせてくれない坂柳率いるAクラスだ。安定感は抜群で今回の無人島試験でも手堅く3位に滑り込みクラスポイントを重ねてきた。

個々に優秀な生徒も多く、それをコントロールする坂柳の実力も申し分ない。

更に坂柳の用いる戦略は王道邪道を問わない。そしてどちらも器用に使いこなす。

まさに不動のAクラス、そのリーダーとして相応《ふさわ》しい活躍と言えるだろう。

一見隙らしい隙はないが、ここから先に『堀北《ほりきた》のクラス』が勢いを増せば追い付くこともけして不可能じゃない。そう、付け入る隙が全くないわけじゃない。

無論、そのためには独走を続けるAクラスを何らかの形で崩す必要がある。

坂柳を退場させてしまうのが最短ルートだが、プロテクトポイントを持つ坂柳の排除は極めて難しい上、仮にプロテクトポイントがなかったとしても簡単にはいかない相手。

頭を潰すよりも、手足となる駒を潰してしまう方が賢いやり方と言えるだろう。

それも1人や2人でなく、それ以上の人数を排除することが求められる。

仮に神室《かむろ》、橋本《はしもと》、鬼頭《きとう》辺りが不在もしくは機能不全に陥れば、それだけで坂柳が出来ることは限られてくる。鬼頭に関しては不明点も多いが、前者2人は色々と問題も抱えている人物たちだと思われる。

さて、と。ひとまず他クラスの分析はここまでにしておくことにしよう。

正式な夏休みに突入したことで、一時的に全学年が争いを止め休戦状態となっている。

ここから暫《しばら》くは学生らしく、楽しめるだけ楽しませてもらうターンだ。先日までは懐事情も寒かったが、クラスポイントの発表と共に8月のプライベートポイントが支給されたことで財布は一気に潤った。オレたちのクラスは571クラスポイント、つまり57100円相当のプライベートポイントが各人に支給されたことになる。特別試験では追加報酬が貰《もら》える上位に入ることは敵《かな》わなかったため、＋αのボーナスはないがそれでも十分な額だ。この豪華客船で充実した時間を過ごすためには、プライベートポイントの存在は欠かせない。映画を楽しむにも、好きな食事を楽しむにも最低限プライベートポイントが必要な仕組みになっているからだ。去年は船内施設の利用は全て無料だっただけに、金銭面でもルールが厳しくなっている。もちろん、無一文で客室に閉じこもる生活を1週間送るのなら出費はないが、休日寮に籠っているのと何ら変わらない。

ピロン。と小気味いい音が短く鳴りメールが届いた。

返却された携帯に、今日から2日間だけ船内にあるフィットネスジムの傍《そば》の休憩スペースで、無人島特別試験の詳細結果が公開されるとの連絡が入った。上位下位の数組しか発表されていなかったため、多くの生徒も関心を寄せるだろう。

オレとしても今後のことを見据えていくために、忘れずチェックしておきたい。

ただ、携帯に一覧を送る方が楽なのにそうしないということは、試験の結果を生徒たちに持ち帰らせて長時間分析されることを望んでいないのか。今回は裏で月城《つきしろ》が暗躍していたこともあり、余計な証拠を残さないための措置《そち》とも考えられる。

すぐに見に行きたい気持ちも多少あるが、生徒が大挙して押し寄せる可能性もあるため時間を空けるのが無難かもな。

いったん試験結果のことは忘れ、別件を済ませておくことに。携帯で、オレは一之瀬《いちのせ》の元へメッセージを送る。3日後の夕方に、少し会う時間をもらえないかという旨の簡単な内容だ。もちろん、それが無人島で受けた突発的な告白に対する返事のようなもののためであることは彼女にも想像は容易《たやす》いだろう。過酷な無人島試験が終わったばかり。直《す》ぐにでも会って返事をすればとも思うだろうが、ゆっくり過ごす時間があってもいい。まずは体力を回復させ、そして仲の良い友達とゆっくり過ごす時間があってもいい。

まだ既読はつかないようなので、とりあえず携帯の画面をオフにする。

ここで一度同室組である宮本蒼士《みやもとそうし》、本堂遼太郎《ほんどうりょうたろう》、三宅明人《みやけあきと》の3人がどうするのか様子を見てみることにした。

「なあ遼太郎、試験結果発表されたってよ。見に行ってみないか？」

「んー……パス。俺身体《からだ》ボロボロで歩けねーよ。今はただベッドに身を委《ゆだ》ねたい……」

疲れだけじゃなく、このベッドじゃ動く気力を奪《うば》われるのも無理はない。

オレも含め全員がベッドの誘惑に取りつかれてしまっている状態だ。

特に疲労困憊《ひろうこんぱい》だった本堂は、弱々しく左向きになって背を向ける。

「昨日からずっとそんな調子だよな」

「最終日に死ぬ気で動いてさ、本当は飯も食いたかったのに喉通らなかったんだよ」

背を向けたまま頭まで布団を被《かぶ》って身を丸めた。

今はとにかく、ただ横になって眠っていたいということのようだ。

豪華客船での旅は1週間続く。慌てずとも体力の回復を待つのは賢明な判断だな。

「三宅や綾小路《あやのこうじ》はどうするんだ？　ちょっと順位の方は気にならねえ？」

明人は携帯を弄《いじ》りながら視線だけを宮本へと向けた。

「俺はいい。自分たちが何位か何となく分かるしな。正直、今は退学を避けられただけで十分だと思ってる。本堂《ほんどう》と同じように、今日一日くらいゆっくりしていたい」

波瑠加《はるか》と愛里《あいり》の両名と行動していた明人《あきと》は、唯一の男子としてフォローすべく色々苦労しただろうことは想像に難しくない。体力以上に精神面をやられたんだろう。

「つかさ、おまえって佐倉《さくら》と長谷部《はせべ》と同じグループだったんだよな？」

宮本《みやもと》がベッドに座ったまま、そんなことを明人に聞く。

「なんだよ藪《やぶ》から棒《ぼう》に」

「俺なんて野郎3人組だったから汗臭い時間ばっかりで地獄だったけど、そっちは女子に囲まれて天国だったんじゃねえの？」

「何が天国だよ。俺に言わせりゃ気を遣うことが多すぎて地獄だったぜ。野郎ばっかりの方が絶対気楽でいい」

共にグループの色合いが違ったため、それぞれが天国と地獄を主張しあう。

話を聞いている分には、正直どちらのグループにも入らなくてよかった。

あの手の試験は余程仲の良い友人で固めない限りは、1人の方が良いだろう。

ともかく2人が断ったことで、宮本の視線がこちらにも向けられた。

本堂や明人と違いオレの方は無人島で失った体力も、ベッドでゆっくり眠れたことでだいぶ取り戻せた。万全とは言えないが船内を動き回る分には支障もない。

ただ、慌てずとも試験結果を見るのは後でも出来る。それに明人が見に行かなくても、他の綾小路《あやのこうじ》グループメンバーが代わりに見に行くことも考えられる。

「オレも今日はゆっくりする。皆順位を気にしてるだろうし、混雑は好きじゃな――」

ドンドンドン！

前者2人と同じように断りを入れようとすると、客室のドアが複数回叩《たた》かれた。

その勢いは異常事態でも起きたかのような只《ただ》ならぬ力強さだ。

飛び起きた明人が急いでドアを開けると、そこから姿を見せたのは石崎《いしざき》だった。

何事かと緊迫した空気が流れそうになったが……。

「綾小路！　一緒に試験結果見に行こうぜ！」

拍子抜けするような笑顔と言葉の内容に、一同が呆《あき》れ返《かえ》る。

振り向いた明人は声を失いつつもオレの方を見た。

「いや、オレは……」

「なんだよどうせ暇してるんだろ？　ほら行こうぜ？」

ズカズカと部屋の中に入って来ると、ベッドに座っていたオレの腕を強引に掴《つか》んだ。

「おまえら、いつの間にそんな仲になってたんだ？」

状況に一番驚いたのは、日ごろオレと長い時間を共に過ごしている明人。ライバルクラスの石崎は問題児でもあるため、明人が警戒心を見せるのも無理はない。

実際、他の2人も石崎の登場に面食らったことで、やや硬直したままだ。

「まあ、成り行きで」

それ以上に答えることもないのだが、明人《あきと》としては納得できるものでもないだろう。

石崎《いしざき》の笑顔の圧が強く、ちょっと引きながら断りを入れることを決める。

「今日はちょっと疲れてるんだ」

「何が疲れてるだよ。おまえなら平気だって。ほら行こうぜ？」

こちらの心情を察することなく、強引に引っ張り出すつもりなのか諦める様子がない。

「……分かった。とりあえず着替えさせてくれ」

「おう、じゃあ廊下で待ってるからな！」

行くと答えたことで納得がいったのか、石崎は客室の外へと出ていく。

「おまえも厄介なのに目を付けられたな。困ったことがあったら言ってくれよ？」

「ありがとう明人。まあ、石崎は悪い奴《やつ》じゃないから大丈夫だ」

「悪い奴じゃない、か。俺は良い印象は持ってないからな。裏で龍園《りゅうえん》が糸を引いてることだってあるかも知れない。用心するに越したことはないぞ」

これまで龍園率いる不良たちとは繰り返し衝突してきている。相手クラスの内情を知らない側からするとそう考えるのは自然なことだ。

石崎という人間は下手な隠し事、駆け引きが出来る人間じゃない。だが、それを知らされず裏で操られている場合には厄介な存在になる。とは言え特別試験中でもない今、そのようなケースはないと断言してもいいだろう。

制服に着替えてから、オレは明人に軽く手を挙げ客室を後にする。

廊下で待っていたのは石崎だけのようで、他の生徒の姿は見えなかった。

「っし、行こうぜ～」

「そんなに急ぐ必要もないんじゃないか？」

「え？　なんでだよ」

「慌てなくても試験結果は2日間公開されてるんだ、後でも見れるものだろ？」

「早く見たいじゃん。新作映画とかも我慢できなくてすぐ観《み》に行くタイプだからよ」

そういうタイプなんだと説明されても、オレに分かるはずもない。

公開日に意気揚々《いきようよう》と映画館に足を運んでいる石崎はちょっと想像しづらいな。

「この間もよ、『世界制圧16』の公開日に観に行ったぜ」

初めて聞くタイトルだが、如何《いか》にも銃や拳《こぶし》が飛び交いそうなタイトルだ。しかもシリーズ16とは随分な長大作。ただ、タイトルで一切心惹《ひ》かれないのは何故《なぜ》だろうか。

「気になってんだよなぁ、龍園さんのグループが何位だったのか」

それにしても、石崎という生徒はクラス内でも友人が少ない方じゃないはず。

わざわざ他クラスのオレを誘うことはなかったんじゃないだろうか。

「その順位が気になってる龍園や他の連中は誘わなくて良かったのか？」

それとなく、真意を探るべく聞いてみる。

「あの人は必要な時に声をかけてくるからな。今声がかかってねーってことは必要ないってことだろ」

「分かりやすいな」

「だろ？　それ以外の奴《やつ》らは無人島疲れが溜《た》まってるのかパスってのが多くてさ」

明人《あきと》たちみたいに、今は休息したいと思っている生徒が多いということだ。

「石崎《いしざき》は元気だな。疲れてないのか？」

「俺？　俺は寝たら回復した」

「そうか」

意外とシンプルな回答だったが、分かりやすい。運動神経が特別高いってわけじゃないが回復力は他者よりも優れているのかもな。ただ、それで消去法の結果声をかけにきたのがオレというのも腑《ふ》に落ちるような落ちないような。

「綾小路《あやのこうじ》って声かけやすいんだよ」

「……そうなのか？」

けして人付き合いを得意にしているわけじゃないため、それはちょっと意外だ。

「変わり者の金田《かねだ》よりよっぽど声かけやすいって」

金田について詳しいわけじゃないが、何となく比べられる対象として複雑になった。

途中、売店の前を通りかかった時。

「うお、国旗売ってんじゃん！」

目を輝かせた石崎が、売店にあった世界中の国旗を手に取って興奮する。どういうことなのかと不思議そうに見ていると、石崎が鼻の下を人差し指で擦《こす》りながら答える。

「いやさ、前にアルベルトの部屋に行った時国旗のコレクションあったじゃん。なんかアレに刺激受けたせいか、俺もそれ集めるのに目覚めちまってよ」

1人の趣味が別の人にも影響を与え、それが広がったということか。

ちょっと今どき珍しそうな国旗収集の趣味を持つという共通点が出来たわけだ。

「アルベルトのことはそんなに知らないんだが、良いヤツだよな」

「おう。そりゃそうさ。入学したての頃は色々ぶつかったこともあったけどよ、今じゃ親友も親友ってヤツさ」

確かに石崎とアルベルトは比較的よく一緒にいるところを見る。

「友人関係に関しては順風満帆ってことか」

素直に感心してそう口にしたが、横を歩く石崎の顔は僅《わず》かに硬くなった。

「そうでもないって。俺はクラスで人気者ってわけでもないしな」

「龍園《りゅうえん》の下についてるからか？」

「それは別に理由にはなんねーかな、入学してすぐそうなったしな。けど、屋上で綾小路とやりあった後は俺が龍園さんを倒してクラスを取り返したことになってたからよ。今まで縁遠かったヤツとも遊ぶことが増えたんだけどよ」

そこまで話して言葉を詰まらせる。

確かに、石崎の立場は複雑なのかも知れない。

龍園を倒してくれることを願っていた生徒が少なからずいて、石崎に感謝をした。

ところが再び龍園《りゅうえん》の軍門に降《くだ》ったとなれば、反感を買うのは避けられない。

「オレも原因の一部ってことだな」

「あぁ悪い変な言い方しちまった。綾小路《あやのこうじ》には何にも責任はねーよ。あれは元々俺たちが仕掛けた喧嘩《けんか》だしよ。確かに離れてったダチは少なくねーけど、その代わりおまえと仲良くなれたんだから気にしてねえ」

こっちを向いて力強く石崎《いしざき》が笑った。

ただその笑顔がどこか脆《もろ》く、危うさを持っているように見えてしまった。

「クラスの問題を1人で解決しようと思わないようにな」

「分かってるって。クラスの問題はクラスの連中と解決する。龍園さんだって、その覚悟を持っての復帰さ」

石崎はそれを信じ全力でついていくということだ。

1

「うおっ、すげー人だな」

案の定、試験結果が開示されているフィットネスジム近くの休憩スペースは多くの生徒でごった返していた。設置されたモニターの傍《そば》には大きく『撮影を固く禁ずる』の貼り紙と共に月城《つきしろ》の関係者と思われる大人が2名、生徒たちの方を厳しく見張っている。

モニターの一覧に順位と得点が表示されており、自動でスクロールされているようだ。今は50位から60位のグループメンバーと得点が表示されている。

「ん……？」

突如全身から感じ取った不可思議な違和感。

なんだ？

その原因がすぐには分からず、言いようのない気持ち悪さのようなものを感じる。

「じっくり結果を見ようと思ったのに、これじゃ全然集中できそうにねえよな」

その違和感を石崎は覚えないのか、モニターを見て嫌そうに呟《つぶや》く。

「仕方ない。大勢が無人島試験の詳細な結果を知りたいと思っていただろうからな」

不満げに舌打ちした石崎は、仕方なくその場から結果を凝視することに。

大胆な性格の持ち主ではあるが、流石《さすが》に先輩たちを押しのけて前には出られないようだ。

困ったことに、自動スクロールのモニターではあるが、手で触れて固定したり任意の順位を見ることも出来るらしく、3年生の1人が手を伸ばし操作を始めた。

そのため石崎が見たがっている上位の結果はすぐに見られそうにもない。

「どうする？」

このまましばらく待っていたとしても、順番が回って来るのは当分後だろう。

「気になるところだけど無理はしないでおこうぜ。後でも見れるもんだしな」

それは数分前にオレが言ったことだが……まあ、本人が理解したのならいいか。

「ところで、何か気が付かないか？」

「え？　何がだよ」

引き返そうとする石崎《いしざき》はやはり何も気が付いていないようだ。

この異様な空気。

こちらに向けられる視線の数という数。

それは単なる気のせいで片づけられるようなものじゃない。

隣にいる石崎が鈍いから気が付いていないわけじゃないだろう。

石崎でも他の生徒でもなく、ただオレだけを狙い撃ちにしている視線だからだ。

明らかな隠そうともしない意思を持って、こちらの一挙手一投足を見張っている。

こちらを見ている生徒には全員共通点があり、その全てが3年生だということ。

詳しいことはまだ分からないが、これに南雲《なぐも》が絡んでいることだけは間違いない。

無人島試験で後回しにした例の一件が、今日動き出したか。

「どうした？」

どうやら石崎に心配されるほど考えこんでいたらしい。

「いや何でもない。続々と他の生徒も見に来ているようだし引き返そうか」

「おう、そうだな」

いずれ何か仕掛けてくることは想像していたが、これは少々厄介だな。

南雲が直接乗り込んできて、何か仕掛けてくれる方がよっぽど楽だった。

こちらがやられて嫌なことを初手から打ってきた。

「なあ昼飯まだだよな？　一緒に食おうぜ」

「え？　ああ、まだ食べてないが……」

立ち去り始めたオレを、3年生たちが追って来る様子はない。

あくまでも視線を向けていただけのようだ。

執拗《しつよう》に視《み》られるというのは気持ちのいいものじゃない。

「んだよ歯切れ悪いな。俺と飯食うの嫌なのか？　失礼なヤツだな」

「そうじゃない。ちょっと関係ないことを考えていただけだ」

下手に石崎は巻き込めないと思っていたが、後をつけてこないのなら大丈夫か。

「関係ないこと考えてるのも、失礼だろ」

確かにその通りだ。今は3年生のことは一度忘れることにしよう。

「オレでいいのか？」

「いいのかも何も、ただ一緒に飯食うだけだろ」

グイグイと圧を感じるのは否めないが、けして悪い気がするわけじゃない。

石崎がオレを1人の友人として扱っている部分への戸惑いが抜けきらないだけ。

「前も言ったかもしんねーけど、別におまえをウチのクラスに引き抜きたいから、こんな風に誘ってるわけじゃないぜ？　ダチとして気に入ったからなんだぜ？」

ある意味歯の浮きそうなセリフを、石崎は躊躇《ためら》うこともなく口にした。

だがそのあと、何かに気が付いたようにハッとし振り返る。

「……もしかして迷惑か？」

「そんなことはない」

「だよな！」

一瞬、自分の行動が身勝手だったかと疑った様子だった石崎《いしざき》だが、すぐにケロっとした顔で笑った。まあ、こういう性格の持ち主だということは分かっていたのだが。

けして悪い気がするわけではないので、石崎についていくことにしようか。

2人でその場を離れ移動を始めると後ろから小走りで向かってくる足音が聞こえた。

「綾小路《あやのこうじ》先輩ッ！」

足音の主は無人島試験の前半でずっと行動を共にしていた七瀬《ななせ》だった。

「先輩も試験結果を見に来てたんですね」

「ああ。と言っても、ゆっくり見られそうにないから諦めたんだけどな」

「そうでしたか。今は3年生たちがこぞってモニターの操作をしていますし、私たち後輩が自由に閲覧できるのは少し先になりそうでしたもんね」

どうやら七瀬も色々と結果の詳細を知りたかったようだが、断念したようだな。

オレたちのやり取りを、不思議そうに見ていた石崎。

そう言えば石崎は七瀬との直接面識はないんだったか。

「お、おい綾小路。おまえいつの間にこんな可愛《かわい》い子と知り合ったんだよ」

「色々とあってな」

一から説明するのは非常に面倒なので、まとめてそう伝える。

「おいまさか、後輩と付き合ってるとか……言わねえよな？」

「飛躍しすぎだろ、単なる先輩と後輩の間柄だ」

珍しいことにこの手のことで突っ込まれた。

石崎は異性問題にはあまり深い関心がないと思っていたが、そうでもないらしい。

「オレに何か用か？」

「いえ、先輩の姿を見たらつい声をかけたくなってしまいまして」

真《ま》っ直《す》ぐな瞳を輝かせ、何となく気恥ずかしくなりそうなことを迷いもなく言う。

「お邪魔しました。失礼しますっ！」

小走りで近づいてきたかと思うと、また小走りでどこかへと向かっていく。船内も学校の廊下と同じで、走っていい場所じゃないと思うが、まぁギリギリセーフの速度か。

「可愛い子だったな。その、アレも中々アレだったしよ」

アレ、の部分は悪いがスルーさせてもらおう。

「ほんとに付き合ってないんだろうな？」

「いや、付き合ってないから」

下手に誤解を生んで話を広げられても迷惑だ。

そのためもう一度、しっかりと石崎には念押しする形で否定しておいた。

2

石崎《いしざき》との食事を終え自室に戻って来ると、オレの部屋の前に池《いけ》が立っていた。

落ち着かない様子で携帯を見ていたが、顔を上げて左右を見回したところで目が合う。

「お、綾小路《あやのこうじ》！　良かった、おまえを待ってたんだよ！」

池が？　それはまた意外なこともあるものだ。

「実は今から小宮《こみや》のところにお見舞いに行こうと思っててさ、おまえもどうかなって」

「オレも？」

池はオレに近づいてくると耳を貸すように言ってきたので傾けてみる。

「なんつーの……？　ちょっと1人で会いに行くのが気まずくてさ」

「どうして」

「どうしてって……。その、さ。俺……篠原《しのはら》と付き合うことになったんだ。試験が終わって船に戻る途中で、2人きりになるタイミングがあって、そこで――」

告白して、篠原からオッケーを貰《もら》ったということのようだ。

進展するかも知れないとは思っていたが、こちらの想定を上回った形だ。

「そうか、おめでとう」

素直に祝福すると、テレくさそうに視線を逸《そ》らす。

「あ、ありがとな。でも……小宮からしてみたら、俺ズルいことしたかなとも思うんだ」

「そんなことはないと思うけどな」

「いや、フェアじゃないって言うか……抜け駆けみたいだしさ」

確かに小宮は怪我《けが》で早々に無人島試験をリタイアすることになった。

抜け駆けという表現が出来ないわけじゃないが、それは誰にでも言えること。

小宮は小宮で、この無人島試験で篠原に告白する算段だったようだしな。

「ホントは小宮の怪我が治ってからにしようと思ったんだぜ？　でも、ああ無人島試験終わったんだってホッとして、傍《そば》に篠原のヤツがいて……そしたら、無性に小宮に渡したくないって気持ちが湧いてきてさ……」

それで思わず告白してしまったということのようだ。

もちろん振られるリスクだってあった。そうなれば小宮と篠原がくっついた後、余計に気まずいことになった未来だって考えられただろう。

「だからちゃんと小宮のヤツに報告しなきゃって思ったんだよ。あいつも篠原に告白するつもりだったなら、ややこしいことになるだろ？」

「先手を打っておかないと、篠原がやっぱり小宮にするってなったら大変だもんな」

「う……！　な、なんでそれがっ……!?」

大げさにのけぞって、池が動揺する。

報告をしておきたいって気持ち半分、告白阻止の目的半分といったところか。

「一発くらい殴られる覚悟はしてるんだな？」

「ええっ⁉　俺殴られんの⁉」

「好きな人を横からかっさらわれたらそれくらいはするんじゃないか？」

「……ごくり」

想像して怖くなったのか、池《いけ》が怯《おび》えた様子を見せる。

小宮《こみや》もけして体格の大きな方じゃないが、伊達《だて》にバスケをしているわけじゃない。

一方で男子にしては小柄な池だ、十分な体格差があると見ていいだろう。

「まあ、今は足を怪我《けが》してるから踏ん張りが効かない。そんなに痛くないはずだ」

「そ、そういう問題じゃねえけど……か、覚悟する」

ある程度決意は固いようなので、それならオレとしては反対する理由はない。

小宮の様子は気になっていたところだし丁度いい機会だろう。

「小宮のヤツ、まだ医務室で寝泊まりしてるらしい」

「客室じゃ何かと大変だろうからな」

休日の大半は、医務室で過ごすことになっても不思議はない。

池と2人で医務室の前に着く。池は深呼吸して気持ちを落ち着かせに入った。

急《せ》かしても仕方がないので大人しく待っていると、中から大きな笑い声が起こった。

「な、なんだ？　入ってみようぜ」

思いがけない笑い声に驚いた池は、心の準備もそこそこに扉を開けて医務室に入る。すると上半身を起こしていた小宮と、龍園《りゅうえん》を含む数名のクラスメイトが周囲にいた。

アルベルト、金田《かねだ》、近藤《こんどう》、山脇《やまわき》の4人だ。

クラス以外の人間が姿を見せたことで、龍園は一瞥《いちべつ》もくれず立ち上がる。

「邪魔したな小宮」

もう話は終わったとばかりに、龍園は仲間を連れて医務室を後に。

軽く龍園の方を見てみたが、特にこちらへ視線を向けて来ることもなかった。

「相変わらず怖《こえ》ぇよな龍園……。てか何の用だったんだ？」

一方池は龍園の方を直視できなかったのか、俯《うつむ》き加減に呟《つぶや》く。

それを耳にした小宮が、理解を示すように頷《うなず》きつつ答える。

「まあ迫力はあるよな。ああ見えて一応お見舞いだってよ」

そう言って、ベッドの頭付近に置かれた小さなテーブルの上には差し入れと思われるお菓子やジュースなどがあった。

「お、お見舞いね……なんか、そんなことしそうにないヤツだけど」

素直に感じたことを口にした池に、小宮も同意した。

「去年の今頃だったらまあ、考えられないかもな」

1年前を思い出しながら小宮は懐かしさに笑みをほころばせた。

「けどなんか龍園さん、ちょっと変わったんだよ。丸くなった……のとは違うけどさ」

どこか戸惑いながらも嬉《うれ》しそうに小宮が言った。

入学早々に龍園《りゅうえん》はクラスを掌握し、誰でも容赦《ようしゃ》なく使い捨てるくらいの扱いをしていたからな。大抵のクラスメイトは心の中で強い拒絶心を抱いていてもおかしくない。

「今のあの人にならなら素直について行けそうな気がするぜ」

「龍園についてく？　……俺にはわかんねー」

聞いてても全く理解できそうにないようで、池《いけ》はブルブルと身体《からだ》を大げさに震わせた。

「つか、池も綾小路《あやのこうじ》も立ってないで座ってくれよ」

小宮《こみや》は他クラスのオレたちを優しく迎え入れ、遠慮なく座るように促した。

お言葉に甘えて、椅子に２人で腰を下ろす。

「元気そうだな」

固定された足の方を見ながら、オレは小宮の状態を確認する。

「御覧の通り足以外はぴんぴんしてるぜ。けど皆が扉の向こうで遊んでると思うと悔しいし、早く治って欲しいけどな」

「いつから出歩けるんだよ」

「今松葉杖《まつばづえ》で出歩く許可をお願いしてるところだ」

恋のライバル同士だが、意外と２人だけでも話が成立している。

オレの存在はちょっと余計だったんじゃないだろうか。

「ただ……ちょっと心配なんだよな」

「心配？　何がだよ」

椅子に対し反対向きに座った池が、背もたれに腕を置いて小宮に聞く。

「いや龍園さん、なんか俺を突き落としたのが誰か突き止めるつもりみたいでさ。何か覚えてることがないか色々聞かれたんだ。綾小路にも言った通り、全然襲われた記憶とかもないいんだけどな」

あの時から記憶の方に違いが生じていることもなさそうだ。

今龍園のクラスは勢いを日に日に増している。2年生の戦いに集中してAクラスを目指すべき時期だ。もちろん、それはオレたちのクラスも同様のことだが、今回の件には足を深く踏み入れるべきじゃない。

天沢《あまさわ》あるいは別のホワイトルーム生、月城《つきしろ》の関係者が関与しているのだとしたら、たとえ龍園でも無事である保証はどこにもない。

「龍園さん、やり過ぎなきゃいいけど」

「犯人を半殺しにしそうだよな」

2人にしてみれば、龍園がやられるビジョンなど思い描くはずもない。

むしろ犯人の方を心配するのは自然なことだ。

「それで？　ただお見舞いに来ただけってわけじゃないんだろ？」

何かを察していたかのように、小宮の方から池にそう聞いた。

その瞬間、驚いたように身を硬直させる池。

「あーいや……その……」

まだ心の準備が出来ていなかったのか、言葉を詰まらせる。

その様子を見てか、小宮《こみや》は催促することなく真剣な顔で言葉を待つ。

場の空気というものは、目に見えて一瞬で変わることが間々ある。

先程までの弛緩《しかん》していた様子は既に欠片《かけら》も残っていない。

「……俺……なんて言うか……だから……」

饒舌《じようぜつ》だった池《いけ》の様子は鳴りを潜めて、言葉を上手《うま》く発することが出来なくなる。

「池。何を言うのかわかんねえけど、大事な話なら俺の目を見て言ってくれよ」

口にしようとしている内容を察していたんだろう。

それでも小宮は知らないフリをしながら、池にハッキリ言うようにだけ促した。

小宮の察しに池が気づいたとは思えなかったが、男同士感じるものはあったんだろう。

なよなよしながら報告することじゃないとは感じたようだ。

自らの両頬《ほお》を叩《たた》き、強制的に目を覚ます。

「俺、篠原《しのはら》に告白した！」

覚悟を決めた池が、単純だが大きな声で伝える。

シン、と直後に訪れる静寂。

池が隣で大きく唾を飲み込んだのが分かった。

「それで？　さつきの返事は？」

「ちゃんとオッケー、貰《もら》った。付き合うことになったんだ」

「そうか……」

そう短く答えた小宮の顔を、池は視線をそらさず見つめ続けた。さっきも話していたが、抜け駆けする形になったことで文句を言われたとしても仕方がない。

オレの脅しも効いたのか、不意の一発も飛び出しかねない、そう思っているようだ。

「殴るとでも思ったか？」

「え？」

「殴られるかも、って顔に書いてるぜ」

「そ、そんなことは……まあ、ちょっとだけ」

「そうか、なら覚悟はあるんだな。今俺は動けないからそっちからこっちに来いよ」

来るように要求した小宮の顔つきからは真意は読み取れない。

しかしその迫力から、池は覚悟を決めたようだった。

怯《おび》えながらも小宮の真横に立つ。

直後、小宮の右腕が伸び池の肩を掴《つか》んだ。

「ッ！」

痛む身体《からだ》を限界まで起こし、池の目を覗《のぞ》き込《こ》む小宮。

「さつきを泣かせたら承知しねえからな」

軽く左拳《こぶし》を池の胸付近にドン、と押し当ててそう言った。

「こ、小宮……？」

小宮《こみや》の鬼気迫っていた表情が笑顔に変わる。

「んだよ、しけたツラすんなよ。さつきがおまえを選んだ、それだけのことだろ？」

「けど……もしおまえが怪我《けが》しなかったら、逆だったかも……」

「悪いけど、俺はそうは思ってない。さつきはおまえのことが前から気になってた。だから素直に告白をオッケーした。早いもの勝ちされたとは思ってねえよ。ただ……」

「ただ？」

「おまえがさつきと向き合わず逃げたままだったら、俺にもチャンスはあったかもな」

小宮の言う通りだ。告白が先なのか後なのかは然程《さほど》重要なことじゃなかったと思う。大怪我をするアクシデントが起こり、その近くに偶然池《いけ》がいたことで縁が生まれ大きな後押しとなって、篠原《しのはら》と向き合うことが出来た。

間違いなく、それが付き合う一番の大きな要因になっただろう。

小宮が怪我をしなければ、池があの時傍《そば》にいなかったら、どちらか違う運命を辿《たど》っていれば篠原の隣にいたのは小宮だったかも知れない。

「そういう意味じゃこの怪我はついてなかったな」

恋の成就とはならなかったが、小宮は晴れ晴れとした様子だった。

「ありがとな、小宮」

「ちゃんと勉強しろよ？　さつき……いや、篠原はその辺も心配してたぜ」

「……そうだな。退学なんてするわけにはいかないしな」

今回の恋愛騒動は、池にとっても極めて重要なターニングポイントになったかも知れない。須藤《すどう》のように自分のため、好きな人のため、奮闘する機会を得ることが出来た。

ひとまず、池からの報告とそれを受けて小宮とのやり取りが落ち着く。

「悪いが池、ちょっと綾小路《あやのこうじ》と2人で話をさせてくれないか？　俺の怪我のことで、ちょっと確認しておきたいことがあるんだ」

「分かった、またな小宮。綾小路も」

池がオレたちに別れを告げ、素直に退室する。

二人きりになったところで小宮が切り出した。

「悪いな。池に助けてくれって言われて、連れて来られたんじゃないのか？」

「いや、小宮の様子はオレも気になってたからな。むしろ邪魔した形になった」

「んなことねえよ。って言うか……なんかわかんねーもんだよな」

「ん？」

「俺もおまえらも、クラスは別で戦う相手なのに普通に話すようになってさ。なんかそういうのが薄れてるって言うか。去年は随分と殺伐としてたもんなのにな」

本来クラスが違えば、倒す相手、蹴落とさなければならない相手だ。

戦略を除いて仲良くするメリットはけして多くない。

「無人島試験は学年別の競い合いだったし、それに長い間同じ学校にいるんだ、そんなもんじゃないのか？」

「ん、かもな」

「それで？　怪我《けが》のことっていうのは？」

この話が前段階の雑談であることは明白で、その先に本題があるはず。

「さっきちょっと言ったけど龍園《りゅうえん》さんのことだ」

「犯人捜しをするみたいって言ってたな」

「俺は反対なんだ。正直今回のことは自分のミスによる事故ってことにしたいくらいだ」

「けど、篠原《しのはら》は実際に襲ったヤツの存在を見てる」

「分かってる。でもなんか嫌な予感っつーか、良い結果にならない気がして」

襲われたからこそ、肌で危険なものを感じたのかも知れない。

「少しでもいいから綾小路《あやのこうじ》もそのことを気にかけておいてくれないか？」

「オレに何かできるとは思えないんだけどな」

「直接どうこうしてくれとは思ってないさ。もし不穏な感じになったら俺に教えてくれ」

強い眼差《まなざ》しで小宮《こみや》に頼まれた。

連絡先を正式に交換して、いつでも連絡を取れるようにしておく。

「よし、とりあえず小宮は一日でも早く怪我を治すことに専念した方が良い」

安静にしていることが、完治への唯一の近道だからな。

「ありがとな。そうだ、今度良かったらお礼させてくれよ。助けてくれた他の連中にも声をかけてさ」

「聞いたら喜ぶと思う。池《いけ》は篠原も同席させるかもな」

「それは勘弁。流石《さすが》に2人がイチャイチャしてるのを見せつけられたら泣きそうだ」

苦笑いした小宮だが、見た目以上に傷心している。

下手にからかう一言を入れたのは失敗だったな。

ともかく、怪我の功名じゃないが小宮との距離も少しだが縮まった気がする。

「またな綾小路」

「ああ」

別れを告げ医務室を出た後に、ふと不思議な気持ちになる。

クラスメイトの須藤《すどう》や池、そしてそれ以外のクラスの石崎《いしざき》や小宮。

少しずつだが自分の周囲にも友達と呼べる存在が増え始めていること。

特に、友達を作ろうと思って行動していたわけじゃないが結果的にそうなっている。

「友人の作り方は、教科書に載せられるものじゃないな」

オレはバカ真面目に、そんなことを考えた。

○束《つか》の間《ま》のバカンス、その始まり

無人島での生活は一日一日が多くの生徒にとって長く感じられたことだろう。対して豪華客船で過ごす一日は、閃光《せんこう》のように一瞬で過ぎ去っていく。

同じ24時間の流れの中、どうしてこうも時間の流れが異なるのか。

それは一日の大半、時間について考えることが少ないことが一番の要素だろう。普段の学校生活や特別試験中は時間について考えることが多い。一方で休みの日には時間のことを考えないことが多いためその差が顕著《けんちょ》に出る。

そんなお祭り状態の休日2日目。

多くの生徒たちの疲れもようやく抜けきり、本格的に休みを満喫《まんきつ》し始めたのか、船内の通路一つとってもすれ違う生徒の数は一気に増えていた。そして1人静かに過ごすことの多かったオレの下にも、ちょっと意外な人物から遊びのお誘いメールが来た。

3年Bクラスの桐山《きりやま》副会長からだ。プールで会おうとの誘いだが、共に浮き輪にでも乗って優雅に談笑、あるいはビーチバレーでもやって親睦を深め合うのが狙いだろうか。

といった予想にもならない予想は一瞬で頭の中から追い出す。

この呼び出しは場所こそプールではあるものの、実際遊びとはかけ離れているはずだ。

もちろん拒否することは出来る。あるいは無視を選択することも。ただどのみちどこかで声はかかる。状況次第では、今よりも嫌なところでの呼び出しもあり得る話。

淡々とイエスの返事を送り、指定された時間に向かうことを約束する。1人で呼び出されている今の方が後々ダメージは少ないと判断したからだ。

それに、昨日感じた3年生からの執拗《しつよう》な視線の謎が解ける可能性も大いにある。

「桐山か……」

今、オレがいるのはフィットネスジム傍《そば》の休憩スペース。

特別試験の結果が張り出されているモニターの前だった。

既に多くの生徒が試験結果の確認を終えているのか、今はオレ1人。

試験結果を見張っている教師も1人にまで減らされていた。

一通りの試験結果は頭に叩《たた》き込《こ》んだが、もう一度上位陣の成績をスライドさせ表示させると、桐山グループの結果に着目する。

総合順位は1位が単独の高円寺六助《こうえんじろくすけ》、2位が南雲《なぐも》グループ、3位が坂柳《さかやなぎ》グループとここまでは全体の前で発表されたものだったが、4位が桐山グループで、その得点の差は僅《わず》かに6点及ばない255点。つまり最後に坂柳が差して表彰台をもぎ取ったことになる。

3位と4位の差は単なる順位差だけに留《とど》まらない。

「当然、3年生としては悔しい思いをしたということになるわけか」

南雲は1位を逃し、桐山は表彰台を逃した。

あまつさえ退学になったのは全て3年生という異常事態もついてきている。

約束の時間まではまだ20分ほどあるため、先にプールサイドに姿を見せることにした。視線が単なるオレの自意識過剰ではなく、何らかの策略が動いていることを裏付けるためでもあった。

もはやゆっくりと観察、洞察をするまでもなくすぐに答えが判明する。

プールに姿を見せてから数十秒も経《た》たないうちに、ありとあらゆる箇所に滞在している不特定多数の3年生たちから視線を向けられていた。

話に夢中になっていた生徒も、泳いでいた3年生たちも、オレの存在に気付き次第ねっとりとした観察を行ってくる。

昨日感じた視線は単なる偶然ではなかったということ。

「証明するにしても、早すぎだろ」

そう逆に愚痴《ぐち》りたくなるほどに、強烈な違和感だ。

ただ影の薄い学生の1人としてこの場にいるはずが、その誰よりも目立っている。

何も考えないようにしようとしても、その裏、真意を自然と探ろうとしてしまう。

十中八九南雲《なぐも》からの指示だろうが、どのような内容か現時点では全くの不明だ。露骨な視線を送ってくる生徒も多い中で、あえてオレは何も気づかないフリを続ける。

愚かで鈍感な人間を演じておく方が楽だからだ。が、オレがこの異様な視線の群れに気付いていると、南雲が想定していることは容易《たやす》く想像できる。そのうえで、注目の的にされたオレを見て楽しんでいてもおかしくはないが。

とにかく今は視線など知らぬ存ぜぬを貫いて、この場を過ごすのが最善策だ。

3年生以外に誰が来ているのだろうとプールを軽く見回すと、一之瀬《いちのせ》及びそのクラスメイト数名を見かけた。たまたま一之瀬だけがオレの存在にいち早く気が付き、目が合う。ビクッと肩を一度反応させると、逃げるように他のクラスメイトの影へと隠れる。突然の変わった動きにクラスメイトがどうかしたのかと声をかけていた。

無人島試験で、一之瀬から告白を受けた後だからな。

こうして遠距離で視線が合うだけで気まずくなるのも無理はない。

一之瀬だけならともかく、彼女のクラスメイトもいるため今は距離を取っておこう。放っておいても明後日《あさって》の夕方、会う約束を取り付けているわけだしな。

オレのクラスメイトの姿もチラホラと見かけるが、特段仲の良い生徒は残念ながら見つけることは出来なかった。

「随分と大変なことになり始めたようだな、綾小路《あやのこうじ》」

やや斜め前から声をかけられたオレが視線を向けると、そこにはデッキのビーチチェアで休む鬼龍院《きりゅういん》の姿があった。

「何のことですか？」

「3年生たちのことだ。よもや気付いていないということはないだろう？」

「よく分かりませんね」

とぼけてみたが、鬼龍院は鼻で笑うことすらせず淡々と続ける。

「加担していないとはいえ、私も3年生だ。既に情報だけは耳に届いている」

「もしかしてオレに向けられている視線のことですかね？」

「分かっているじゃないか」

「大した問題じゃないですしね。見られている、それだけです」

「それだけ、か」

気に留《と》めていないことを前面に出したが、そうではないと鬼龍院《きりゅういん》は言う。

「私には末恐ろしい戦略の1つにしか思えないのだが？　特におまえのようなタイプの人間にとっては厄介なことこの上ないだろう」

冷やかしつつも、鬼龍院の指摘は間違っていない。

「流石《さすが》は生徒会長。完全無欠のおまえに対し、奇抜だが有効なカードを切ってきた」

「完全無欠なんて過大評価もいいところですよ」

「謙遜《けんそん》するな。一度でも死線を共にくぐり抜けた仲だ、おまえが底なしの力量を持っていることくらいは理解している。そうだろう？」

サングラスを額に上げ、鋭い眼光でオレを射抜く。

下手に否定を続けても、周辺には大勢生徒がいるためいつ声を拾われるか分からない。

そういった周辺の環境のことも鬼龍院は当然考慮しているだろう。

「分かりました、とりあえずは認めます」

「フフ、それでいい。さて話を戻すが試験の終盤に南雲《なぐも》と何かあったのか？　少なくとも無人島試験が終了するまで3年生に対する指令は出ていなかったからな」

「恨まれるような覚えは……全くないと言い切れないのがもどかしいところです」

これまで姿勢を楽にしていた鬼龍院《きりゅういん》だったが、やや背を起こす。

「個人の力で言えば、南雲雅《なぐもみやび》という男はこの学校でもトップクラスの実力を持っている。学力A、身体能力A、機転思考力A+、社会貢献性A+。非の打ちどころがない」

「知ってます。OAAに限って言えば圧倒的に全学年ナンバーワンですからね」

須藤《すどう》や鬼龍院のように、特定の能力においてA+を保持する生徒は少なからずいる。だが、オールA以上の生徒は南雲だけであり、A+を2つ以上取得している生徒も極めて限られている。

「元々の高い学力と身体能力、学年をまとめ上げるカリスマ性と生徒会長という役職にまで上り詰めた実績を引っ提げた南雲は、同学年の中では敵らしい敵に恵まれなかった。唯一学校内で同等の実力を持つと認めていたのは堀北学《ほりきたまなぶ》だったが、卒業したことで不在」

鬼龍院は一息つき、テーブルに置かれたワイングラスを手に取る。

「南雲にとって、おまえはおもちゃの1つでしかなかったはずだ。ところが、無人島試験中に起こった何かが引き金で、ヤツを本気にさせてしまったようだな」

「オレなんて放っておいてくれるのが一番なんですけどね」

「だとしたらどこかで選択肢を誤ったということだ」

耳の痛い話を、鬼龍院は容赦《ようしゃ》なくする。

「一対一でおまえを倒せる人間は数える程だろう。私も腕に覚えがある方だが、苦手なタイプがいるとすれば恐らく綾小路《あやのこうじ》のような存在だ。しかし南雲の場合は性質が全く異なる。おまえにとって苦手なタイプがヤツになると私は見ている。どうだ？」

「その可能性は否定できなくなりましたね。本質を見誤っていました」

ただ視線を向けられる。それがこれほどにストレスで、嫌悪感を覚えるものだとは思わなかった。ホワイトルームでも常に監視の目はあったが、それとは完全に別物だ。

つまり人生で経験したことのない環境に強制的に身を置いている状況。

しかも逃れるには引きこもる以外に方法はなく、それも現実的な解決策じゃない。

「そうだろうな。南雲は派手な立ち回りや勝ち方、一対一を好む傾向にある。しかし確実に勝つためとなればどんな戦略でも用いてくる。それこそ、3年生全員を動員してでもな。姑息《こそく》だろうと何だろうと、最後に勝つことを優先する」

大勢から視線を集めさせる、という行為はその序章に過ぎないということか。

「悪いがこの件で私は助けになってやれないぞ」

そう言って額にやっていたサングラスをかける。

「一言も頼りたいだなんて言ってませんよ」

先回りするように協力要請を拒否してくる鬼龍院。

「2年半も好き放題、自由気ままにしてきた私だが……学校生活に少しだけ心残りが出来た。もしこの学校に原級留置制度があったなら、検討したいと思ったかも知れないな」

原級留置、進級せず同じ学年を繰り返し履修すること。

ありていに言えば留年だ。

「ここにいたのか綾小路《あやのこうじ》」

オレと鬼龍院《きりゅういん》が話を続けていると、桐山《きりやま》副会長が1人姿を見せた。真面目な印象がある桐山は、約束よりも随分と早い時間に到着していたようだ。傍《そば》でくつろぐ鬼龍院を一瞥《いちべつ》した後、改めてオレに視線を向ける。

「予定の時間まで少しあるが始めて構わないな？　ここは場所が悪い、移動しよう」

「私に聞かせたくない話、ということかな桐山」

助けになってやれないと言った鬼龍院だが、話の内容には興味があるのだろう。

かけ直していたサングラスを再び上にあげる。

「単に人目を集めすぎるからだ。出来れば静かな場所で話がしたい」

プールサイドは一際人気のため、大勢の生徒が滞在している。

まあ、何故《なぜ》か鬼龍院の隣だけは空席になっているのだが、その点には深く追及する必要はないだろう。何となく居心地悪そうだもんな。

「人目を集めすぎるとはおかしなことを言う、それは矛盾しているぞ桐山」

「なに？」

「静かな場所で話がしたいのなら、こんな大勢の人間が集まるプールを待ち合わせ場所にするのはナンセンスだ。違うかな？」

「なら最初から、おまえの傍で話すのは気が滅入《めい》るから嫌だと言わせたかったのか？」

鬼龍院が突っかかったことで、桐山は吐き捨てるようにそう言った。

その時の表情は完全に死んでおり感情の色がない。

これまで幾度《いくど》となく鬼龍院に手を焼かされていたことを物語っている。

「なるほど、おまえに気を使わせたということか」

どんな時も話が始まれば、鬼龍院を中心に展開されていく。

それを嫌った桐山の逃げの一手だったが、逆に鬼龍院に突っ込ませる形となったか。

「どうせなら、これからする話を私にも聞かせてくれないか？」

「断る。おまえには一切関係のない話だ」

「関係ない？　関係ないと決めつけるのは如何《いかが》なものかな」

「なんだと？」

「私と綾小路は男女の付き合いをしている。だとするなら無関係と言えるのか？」

え？

というリアクションが漏れる前に、桐山が驚いた顔をしてオレと鬼龍院を交互に見る。

「フフ、冗談だぞ桐山。おまえはつまらない男だが反応だけはたまに面白いな」

愉快そうに笑う鬼龍院を見て、桐山は強く憤慨《ふんがい》した様子。

言葉を発さずに歩き出した。

そんな女放っておいて、さっさとついて来いということだろう。

「無視も出来ないので、これで失礼します鬼龍院《きりゅういん》先輩」

「桐山《きりやま》によろしく伝えておいてくれ」

それは勘弁願いたい。本人が不在だろうと鬼龍院の名前は聞きたくないはずだ。

先を歩く桐山について、プールが見下ろせる1フロア上のデッキへと到着する。

ここは日光浴や昼寝休憩をする生徒も多く、比較的静かな場所だった。

それでもそれなりに生徒は集まっており、逆に会話が目立つことにもなりかねない。

ただ、3年生の姿は1人もなく、桐山が人払いを済ませたことが窺《うかが》える。

そういう意味で1年生も2年生もオレと桐山の会話を気にしたりはしないだろう。それともう一つの救いは、待ち伏せていた人物もおらず桐山と一対一の話し合いであることか。

「それで、わざわざ呼び出して何の用件でしょうか」

「回りくどい言い方はしない。無人島試験最終日、南雲《なぐも》に何をした綾小路《あやのこうじ》」

「何、とは？」

「ふざけるな。無人島試験の結果におまえが関係していることは明白だ」

オレと南雲が対面した無人島試験最終日、高円寺《こうえんじ》を抑え込む作戦を展開中だったことはトランシーバーから漏れ聞こえていた。桐山が把握《はあく》していたとしても不思議はない。

「答えても構いませんが、先にオレからの質問にも答えてもらえますか」

「質問だと？」

そう。このような呼び出しがあった時、確かめておこうと思っていたことがある。

怪訝《けげん》な顔をする桐山にオレは続けた。

「桐山副会長と初めて会った時から疑問だったことです。当初は南雲を倒すために動いていたようですが、どの段階から戦うことを放棄……諦めたんですか？」

もし桐山が南雲の失墜《しっつい》、敗北を期待しているのなら今回の件は歓迎すべきことのはず。

「諦めた？　意味が分からないな。個人的な戦いは今も続いている」

「そうですか？　オレにはそうは見えませんけどね」

否定した後、桐山はオレの狙いが何であるか即座に理解したようだった。

「おまえは俺が南雲側についていると思っているようだが、それは違う。南雲の計画に変更が出たことで、俺やその周辺にも悪影響が出始めている。無人島試験前に言ったはずだ、邪魔をしないでくれと」

その一言は桐山が発したごく普通の否定を表す言葉の羅列《られつ》。

だが、人間というものは些細《ささい》な失言をしてしまうもの。

「それは拡大解釈ですよ。単に戦うことを放棄したかどうかの話をしていたんですが、桐山先輩は自分が生徒会長側の陣営かどうか、という面を強く意識されているようですね」

「……同じようなことだろう」

「負けを認めることと、相手に寝返ることでは意味することが全く違いますよ。完全に似て非なるものです。それくらいのこと副会長なら分かっているんじゃないんですか」

自分自身を優秀だとカテゴライズするプライドの高い人間は、ミスをしないと思っている。だからこそ、優秀なのだから間違いませんよね？と先回りして問い返せば、猶更《なおさら》ミスを認めることは出来なくなる。

「何が言いたい」

認めることも、否定することもせず桐山《きりやま》は話を進めようとした。

今、この男が取れる選択肢で一番選びやすいのがスルーだからな。

「単純に、どの立ち位置にいるのかを聞きたかっただけです。戦うことは諦めたものの南雲《なぐも》の敵であることに変わりはないのか。それとも南雲の下についているのか。一応、堀北《ほりきた》学《まなぶ》から任された一件でしたからね」

学の名前を久しぶりに聞いたのか、桐山の表情が固くなる。

「……そうだったな」

初めてオレと桐山が会った時のことを思い出したのかも知れない。

「思えばおまえは、俺や南雲、そして堀北先輩との関係——要は生徒会に対して何ら興味のない人間だった。そういう意味では巻き込むべき相手じゃなかったな」

手すりに左手をやり、力強く握り込んだ。

「俺が南雲を倒そうと思っていたのは事実だ。倒さなければ俺たちのクラスがAクラスに再浮上することは不可能だからな。だが、その気概も2年の中盤には徐々に薄れていった」

今の3年生は、オレたちの学年よりも遥《はる》かにAクラスの独走を許している。

現時点で3年Aクラスと3年Bクラスのクラスポイントは900以上離れている。昨年の中盤の時点でも、700以上のポイント差があったはずだ。

早い段階から南雲に独走を許し、追い付けないところまで来てしまった。

「俺たち3年は、早い段階から個人戦に移行した。クラスポイントのことや学校のルールなど二の次で、南雲の提唱する独自ルールに則《のっと》り勝負を始めた」

異常なまでの独走の背景には、それが大きく関係しているということ。

そうなってしまえば、桐山1人で立ち向かうにはハードルは高いものになっただろう。

「何とか打開しようともがいていたが、3年になってすぐその波に俺も呑《の》まれた」

悔しさ？　諦め？　何とも言えない横顔を桐山が見せる。

「波に呑まれてどうなったんですか？」

「ふぅ……。俺の口からハッキリと聞かなければ気が済まないようだな」

「オレにとっては重要なことなので」

「Aクラスで卒業するための切符を南雲から手渡され、あの男の作り上げるルールに従うことにした。――――おまえが聞きたかったのはこういうことだろう？」

つまり今の立ち位置は、敵対行為をやめただけでなく南雲の仲間になったということ。

それほど、普通の学生にとってAクラスで卒業するということが大事なんだろう。

2000万ポイントには、それだけの価値と魅力があるということの証明でもある。

「この学校最大の特権を手にするかしないかで、後の人生に大きくかかわってくる。最終的にクラスメイトからどう恨まれようとも、Aクラスで卒業することの方が大切だ。高校の3年間なんて、これから続く何十年もの人生に比べたら一瞬だからな」

桐山《きりやま》が憤慨《ふんがい》し、オレを呼び出してまで詳細を知りたがるのも当然の流れだ。

「南雲《なぐも》が1位を取ることは命題かつ使命だった。しかしおまえが関与したことで指揮系統に乱れが生じ、高円寺《こうえんじ》に1位をさらわれ2位に沈んだ。結果としてクラス、プライベートポイントの両方を大きく損失したことになる。これがどれほどのことかわかるか？」

ＯＡＡ上で確認できていたことだが、南雲は自身の大グループで試練カードと追加カード7枚を所持。1位を取れなかったことで失われた金額はそれだけで７００万にものぼる。

更に3年生が持っていた28枚の便乗カード全てを南雲グループに指定していれば、本来は１５００万プライベートポイントという報酬が追加で手に入った。しかし2位に沈んだことでほぼ半減する結果になった。もちろん、莫大な金額であることに違いはないが。

試練カードによるクラスポイントの効果も入れれば、更に損失は膨れ上がる。

「卒業が迫る俺たち3年生の中において今回の1位を逃したことは大きな損失だ。1ポイントすら無駄にせずプライベートポイントを集める必要があるのに、だ」

桐山グループも2位を狙うつもりで自分のグループに追加カードを集中させていたことを考えると、今計算してみせた以上のプライベートポイントが消えたことになる。

「桐山先輩たちのグループが入賞を逃したことも無関係じゃなさそうですね」

こちらがその点を指摘すると、僅《わず》かに肩をピクリと反応させた。

「……ああ。南雲グループのバックアップ要員として急遽《きゅうきょ》駆り出された。が、その僅かな対応の遅れは最後まであらゆる方面に響いた。俺たちは高円寺に負けただけで済まず2年生のグループに3位を奪取されてしまったからな」

全て作戦通りだった場合の3年生が得られた大量のプライベートポイント報酬。それらは単なる皮算用ではあるものの、まさに仲間を確実に救えるだけの大金だった。

「Aクラスに移動するために必要な切符は2000万。俺たちはそれを生み出すために最適な方法を常に模索している。今回の件で1枚その切符が減ったと言ってもいい」

無人島試験、上位の報酬は魅力的なものばかりだったが、ことプライベートポイントに限っては追加カードと便乗カードの持つ効果の方が合計では大きく上回る。

「これまで南雲は結果を出し続け、学年から信頼を得てきた。だがここに来ておまえの存在に固執することで大金を失い信頼に傷が入ったことになる。それでも、切り替えてくれれば問題は最小限で済んだが、特別試験後――南雲は信じがたい行動に出た」

「予期せぬ3年生たちの退学、ですね?」

「そうだ。本来なら意図的に下位に沈めたグループを上位が拾い上げ退学を阻止、試験終了間際の入れ替えを狙い救済する予定だった」

だがそれが実行されなかったことで、下位グループの3年生が一斉退学処分を食らった。

「抗《あらが》うすべもなく15人は退学した。本人たちには泣き叫ぶ暇すらなくな」

「戦々恐々としますね、3年生にしてみれば」

「当然だろう。気まぐれ一つで3年間が無に帰す。それが自分たちの行いのせいであれば諦めもつくが、南雲《なぐも》の理不尽な行動のせいとなれば話は変わって来る」

全てが本当の話であれば、これまで妄信的に付き従ってきた生徒たちの目が覚めるきっかけにもなりかねない。いや、むしろこのような出来事があっても尚《なお》、3年生たちは南雲に逆らう様子を見せていないのが異常とも言える。

「不思議か？　南雲が責め立てられないのが」

「大きな失態ですからね。切符を持たないBクラス以下の大勢が黙っているわけですし」

「逆らいたくても逆らいようがない。南雲と3年Aクラスに在籍する生徒たちは不可侵の要塞《ようさい》に守られている」

不可侵の要塞。他クラスは絶対に逆らえない仕組みが作られているということだろう。

とすると……。1つの質問をぶつけることで、その謎を解明することが出来そうだ。

「桐山《きりやま》副会長は切符を直接手にしているんですよね？」

普通なら『イエス』の返答でお終《しま》いになる質問。

されど、桐山は表情を変えることもなく瞬《まばた》きほどの時間でこう答えた。

「俺の手元にその切符があるなら、何の問題もないんだがな」

「なるほど。その切符を南雲が持っているんだとしたら、確かに話は変わってきますね」

当たり前と言えば当たり前だが、南雲は抜け目のない戦略を打っていた。全てのプライベートポイントを南雲が管理しているのなら、誰も南雲には逆らえない。

簡単に言えば2000万ポイントを使って救い上げると口約束している状態なんだろう。

いや口約束という表現すら甘いかも知れない。

『このまま忠誠を誓い続ければ、切符を1枚用意するつもりだ』

くらいの曖昧な表現をして明言を避けていると考えていいだろう。

この状態で下手に逆らえば、その約束は呆気《あっけ》なく反故《ほご》にされかねない。

「抜け駆けしてプライベートポイントを貯《た》めることも禁止されている。個人が自由に持っていい限度額は基本50万ポイントまで。それ以上は全て南雲に吸い上げられる」

「厳しいですね」

現金によるタンス預金と違い、電子マネーという形式で存在するプライベートポイントは隠し通すことが出来ない。互いを監視し合うルールも設けていることだろう。

仮に何らかの手段を用いて南雲を蹴落とし退学させられたとしても、その時は何千万、あるいは何億というプライベートポイントを抱えて退学されてしまう。

これでは謀反《むほん》を起こそうと思っても絶対に起こせない。

「3年生が異常なまでに南雲を押し上げ、そして守る理由が分かっただろう?」

「よく分かりました」

完璧な独裁政権と言っていい。同学年では誰一人南雲に太刀打ちすることは不可能だ。

「あいつは3年全体を使って遊んでいるんだ。切符を持たない生徒同士を競わせ、勝ち上がったヤツに切符を渡す素振りを見せ忠誠を誓わせる」

もちろん、勝ち目のないDクラスやCクラスに在籍する生徒にとってみれば、この南雲の存在は神様以外の何でもないだろう。

役に立てればAクラスで卒業できる——という触れ込みなのだから当然だ。

しかし、それも卒業寸前に本当にクラス移動するまでは分からない。

「俺たちに残された僅《わず》かな学校生活、1枚でも多くの切符を得るために競い戦いたい。だからおまえの存在は邪魔でしかないんだ綾小路《あやのこうじ》」

南雲《なぐも》がオレに構うことで、貴重なプライベートポイントを失う。

それに伴う損失で、救われるべき生徒が救われなくなっていく。

これが今の3年生の置かれた状況か。

「しかし、オレが望んでこの状況にいるとでも思っているんですか？」

「分かっている」

「ではオレにどうしろと？」

「最初に戻るだけだ。無人島であったことを話せ、まずはそれから解決策を探し出す」

「南雲が望まないのでは？　何があったのか副会長にも聞かせていないんですよね？」

「……それはそうだが、放っておいても解決はしない」

切符を失うリスクがあろうとも、南雲の暴挙を止めたいということか。

いや、止めなければ自分自身の切符もどうなるか分からないと危惧《きぐ》している。

「俺に話す気がないのなら、今すぐ南雲と会って話をしてほしい。必要ならその場を俺がセッティングもする。この先おまえと南雲がやりあっても誰も得しない、そうだろう？」

「確かにその通りです」

「南雲が実行している作戦も必ず止めるように進言する。俺を信じて欲しい」

実行している作戦。それはわざわざ内容を聞くまでもない。

「オレに向けられ始めた視線のことですね」

桐山《きりやま》はプールを見下ろし、頷《うなず》く。

「どういう狙いがあるのか、何のためなのか、そしていつまでなのか。それらの説明も一切ない。3年生の間ではこの奇怪《きっかい》な行動に不信感が募る一方だ」

不信に思いつつも、全ての権利を持つ南雲には従うしかない。

「盤石な南雲政権だが……それでも、こんな無茶《むちゃ》を続ければ最悪の事態もあり得る」

切符を与えられている桐山たちは忠実に従い続けるだろうが、切符を貰《もら》えていない多くの生徒はそうじゃない。暴動のような真似《まね》を桐山は起こさせるわけにはいかない。

どうせ切符を貰えないのならと、南雲の退学を目論《もくろ》んだとしてもおかしくはない。

桐山たちにとっては、それが最悪のシナリオということになる。

「仮にオレが会うと言って、それで終わる話とも思えませんけどね」

「ならどうすればいい。俺に詳細は話さない、だが南雲に会う気もない。それでは状況は悪化して行く一方だ」

「少し時間をもらえませんか。必ず近いうちに答えを出します」

恐らくはオレからでなく、南雲から桐山の耳に続報が届くことになる。

「……いいだろう。だが南雲《なぐも》が次の行動を起こす前に決断してくれ」

桐山《きりやま》はプール全体を見回していたため、ある人物の登場にすぐ気が付いた。

もちろん、ずっと話題の中心になっている南雲だ。

「もう行く。おまえと会っていることが分かれば、また面倒なことになるからな」

それが賢明だろう。桐山も今日の接触は相応のリスクを負ってのモノだろう。

ひとまず3年生の置かれた状況が分かっただけでも、接触した価値はあった。

1

プールは南雲とその仲間が増え始めたためすぐに撤収した。

もしオレと直接話をしたいと思っているのなら、こちらから接触しなくても、放っておけば向こうから使者を寄越《よこ》すことは分かりきっている。

現状それがないということは、話す場を設けるつもりがないと解釈した。

ともかく、下手に注目を浴び続けるのは気持ちの良いものじゃない。

逃げるように更衣室で着替えを済ませると――

「綾小路《あやのこうじ》先輩！」

通路でオレを見つけ、嬉《うれ》しそうな顔を見せて駆け寄ってくる七瀬《ななせ》に遭遇する。

行く場所が大体決まっている船の上では、客室以外で繰り返し顔見知りの生徒とすれ違うことになるため、2日連続で会うこと自体はそれほど珍しいことじゃない。

とはいえ、登場の仕方が全く一緒のため昨日見た光景を思い出した。

「今、ちょっとお時間よろしいでしょうか」

軽くオレの周囲を確認し、オレが誰かと一緒じゃないかをチェックしているようだ。

昨日は石崎《いしざき》と行動を共にしていたため、話を切り出せなかったのかも知れない。

しかし強めの圧というか、近い距離感に多少戸惑いながらも頷《うなず》く。

「実はご報告すべきかどうか悩んでいるのですが、その、少し気になっていることがありまして」

「気になっていること？」

頷いた七瀬からは陽気な気配が消え、真剣な様相へと変わる。

そして周りの様子を気にしながら、七瀬は小声で話し出す。

「私、先輩に1つ黙っていたことがあるんです。言えば怒られるかも知れませんが……」

オレが怒るかも知れない？　一体何のことだろうか。

「その――――」

より小声になり黙っていたことを話し出そうとした七瀬だったが……。

「あれ？　綾小路くん？」

聞き覚えの少ない声に呼びかけられ、慌てて距離を取った七瀬。

一之瀬《いちのせ》のクラスメイト小橋夢《こばしゆめ》だった。

今までの学校生活でなら、互いに姿を見ても挨拶すらしなかっただろう。

しかし無人島試験では、短いながらも同じ時を過ごした。

それが関係に変化を生んだようだ。

「あ、ちょっとお邪魔……だったかな？　待ってたほうがいいかな」

オレの身体《からだ》に隠れていた七瀬《ななせ》を見落としていたのか、申し訳なさそうに言う。

「いえ、大丈夫です。ちょっと綾小路《あやのこうじ》先輩に分からないことを聞いていただけなので」

「いいのか？」

思ったより深刻な内容ではないのか、七瀬は二度ほど力強く頷《うなず》いた。

「またお時間ある時に声をかけさせていただきます」

他の生徒に聞かせるような内容でないことだけは確かなようだ。

七瀬はオレだけでなく小橋《こばし》にも深々と頭を下げて走り去っていった。

「あ、ごめんね、話してるのに気が付かなくて。あの子1年生だよね？　怒らせたかな」

「それは心配ないと思う。それよりオレに用事が？」

「実は今日の夜、クラスの子たちでお疲れ様会をすることになってて。良かったら綾小路くんもどうかなって思って。千尋《ちひろ》ちゃんを助けてもらったお礼もしたかったし」

そんなお誘いだった。

しかし、クラスの子たち、というキーワードが強く引っかかる。

「どんなメンバーが参加するんだ？」

怖くなったので確認しようとしたが、小橋はンー、と言いながら首を傾《かし》げる。

「今はまだ調整してる途中かな。そんなに気にしなくても変な子はいないから大丈夫」

変なメンバーの参加を恐れているわけじゃないのだが、理解してもらえないようだ。

「小橋のクラスの生徒だけなんだろ？　よそ者のオレが参加するのは浮かないか？」

「そう？　そんなことないって。ね、ね、どうかな？」

ふわっとした抽象的なお疲れ様会の誘い。

普段一之瀬《いちのせ》のクラスで親しく話せる相手が少ないこともあって、正直気乗りはしない。

特に今、一之瀬と会っても会話が弾むかは怪しいところだしな。

少々心苦しくはあるが、ここは断ることにしよう。

「いやオレは遠慮し――」

断ろうとする様子を見て、小橋がまくしたてるように手を合わせた。

「お願い！　ここで会ったのも何かの縁だと思って、ね？」

そう言われてしまうと断りづらいが、簡単に折れるわけにはいかない。

ここで流れに任せると後でろくなことにならないのは目に見えている。

「私の責任……ってことだよね？」

「え？」

「ううん、仕方ないよね。このことはちゃんとクラスの皆に報告しようと思う。綾小路くんを誘ったけど、私の誘い方が悪くて断られちゃったって」

「待て。どうしてそうなる」

「じゃあ来てくれるの？」

「……それは……」

「やっぱり嫌ってことか。あーあ、私がもうちょっと上手《うま》く誘えてたら……皆ごめん」

「そんなに落ち込まれると困るんだが……」

「顔出すだけでいいから……！　どうか、この通り！　帆波《ほなみ》ちゃんも来るし！」

もう一度、今度は先程よりも拝み倒す勢いで両手を擦り合わせてきた。

ここまでされてしまうと、既に退路はないようなものだった。

「分かった。本当に顔を出すだけでいいんだな？」

「うん、ありがとう！　あ、でも今日のお疲れ様会に参加するのは帆波ちゃんに内緒ね？」

直前まで落ち込んで悲しんでいたとは思えないほど、明るい笑顔を見せる。

女性は生まれながらの女優だとはよく言ったものだ。

しかし一之瀬《いちのせ》には内緒？　その部分が少し引っかかった。

「どうして内緒なんだ？　オレが参加してもいいか許可は全員に取ってもらいたい」

1人でも参加を拒む生徒がいるなら、遠慮なく教えて欲しいくらいだ。

そうすれば大義名分の下、堂々と改めて断れる。

「だってそれはほら……綾小路《あやのこうじ》くんのことはサプライズの方がいいじゃない？」

それはあまり良くない方向のサプライズに思えて仕方ない。

下手に踏み込むことはしないが、クラスメイトたちもオレと一之瀬に関することで色々と思うことが出てきているようだ。

「それじゃあ、8時に5034号室で待ってるね」

「5034号室って……誰かの部屋でやるのか」

てっきりどこかの休憩所や、デッキを使うものと思っていた。

しかも部屋番号的に男子ではなく女子が寝泊まりしている客室だ。

「ダメかな？」

「ダメ……ってわけじゃない、ただちょっと更に行きづらい気がするんだが」

「そんなことないよ。ね？」

どうも小橋《こばし》の『ね？』攻勢に押されっぱなしになってしまう。

どんどんと退路が奪《うば》われていく。

「じゃあ待ってるから！　必ず来てね！」

約束を取り付け満足したのか、小橋はやや早歩きで行ってしまった。

「参ったな」

まだ一之瀬と面と向かって話すタイミングでもないんだが……。

まあ多人数の中でなら、大丈夫か。

お疲れ様会ということなら、きっと男子も少なからず参加するだろう。

2

この後、自由に遊ぶ気にもなれずモヤモヤとした時間を自室で過ごし、6時からの夕食を済ませると、あっという間に午後8時前を迎えてしまった。

「行く……か」

行くか行かないかを今改めて選べるのなら迷わず『行かない』を選択する。

それくらい歓迎すべき誘いではなかったのだが、本当に行きたくないのなら迷わず断るべきだった。中途半端な対応を見せたせいでこうなったのだから自業自得と割り切るしかないだろう。

と、決意を新たにするも……辿《たど》り着《つ》いた客室5034号室の前に立ち尽くす。

既にこの場所に着いてから1分が経過しようとしていた。

ノックをしようにも、室内からは時折女子たちの話し声と笑い声が聞こえている。

男子がいる気配……は今のところ全くない。

嫌な予感しかしない。

何故《なぜ》だか、脂汗のようなものも出てきた気がする。

無人島試験で月城《つきしろ》と対峙《たいじ》した時よりも緊張していることだけは確かだ。

「いっそ、このまま引き返す方が賢明なんじゃないか？」

悪魔のささやきがそのまま喉を通り声として漏れ出た。

うっかり忘れていた、と言い訳して平謝りした方が、ダメージが少ないんじゃないか？

いやしかし約束を破った人間の烙印《らくいん》を押されるのも出来れば避けたい。

一体どうすれば……。

金縛りにあったかのように動けないでいると、その呪縛は意外なところから破られる。

「あ、来てくれたんだ！」

廊下の先から姿を見せたのは小橋《こばし》だった。

間の悪さというか何というか……。

小橋の手には大きめのビニール袋が握られていて、中からはスナック菓子やペットボトルのジュースなどが顔を出していた。

見つかってしまったが最後、もはや逃げるという選択肢は自然に消滅する。

「もう皆集まってると思うから、遠慮せず入ってよ」

「あ、ああ……ちょうどそうしようと思ってたところだ」

誰か助けてくれ……。

オレが重たく感じ開くことのできなかった扉を、小橋は躊躇《ちゅうちょ》なく軽々と開こうとする。

いいのかそんないともたやすく開いて。もう少し心の準備を――。

そう思っている間にも、オレと客室とを隔てる唯一の扉が取り除かれていく。

最初に五感を刺激したのは、視覚ではなく嗅覚だった。

花のような蜜《みつ》のような、ともかく甘い良い香りが漂ってきた。

そして直後、視界の先に女子という女子、幾《いく》つもの眼球がこちらを捉える。

「じゃじゃーん！　綾小路《あやのこうじ》くん、連れ込んじゃいましたー！」

けして広々とは言えない４人部屋に、所狭しと女子たちが座っている。

なんだこの目の前の世界は。
１、２、３……小橋《こばし》を入れて全部で10人もいる。
つまり一之瀬《いちのせ》のクラスの半数の女子がこの場にいるということだ。

そして男子の気配など微塵《みじん》もなく、勝手に裏切られたような感覚に陥りそうになる。

「ちょ、夢《ゆめ》ちゃん連れ込んだってちょっと言い方悪い～！」

「そう？　あ、これ頼まれたもの買ってきた～」

ビニール袋を小さな客室のベッド付近にある小さなテーブルに置く。

なんだろう、このフワフワとしたような軽い雰囲気の集まりは。

恵《けい》たちの女子グループとはまた、少し異なることだけは間違いない。

参加しているメンバーたちは殆《ほとん》ど話したことのない女子だが、ＯＡＡで一応名前と顔は記憶している。

その光景に圧倒されて動けないでいると、小橋が背中を軽く叩《たた》いた。

「じゃあ綾小路くんは～、どこにしようかな。あ、帆波《ほなみ》ちゃんの隣でいいかな？」

確かにこの中で一番親しい間柄なのは一之瀬になるんだろうが、迷いのない指定。

そもそも部屋が狭いため選択肢などなかったとは思うが、選ぶ権利は最初から存在しなかったようだ。

ただ少し不思議なのは10人もいる空間にもかかわらず、一之瀬の隣に男子1人が座っても問題ないだけのスペースが最初から空けられていたこと。

つまり偶然空いていたわけじゃなく、予《あらかじ》め決まっていた可能性が高い。

昼間小橋に誘われた時の発言を思い出し照らし合わせていく……ようなことをしたところで、現状では何かの役に立つわけでもない。

このまま立っていても10人の視線を浴び続け、居心地が悪いだけだ。

いそいそと女子の前を失礼して、一之瀬の隣へ。

「……座ってもいいか？」

「も、もちろんだよ」

軽い断りを入れてから一之瀬の隣に座ったが、未《いま》だにほぼ全員の視線を受けている。

というか一之瀬、小橋、白波《しらなみ》と姫野《ひめの》という生徒を除く6人が値踏みするようにオレを観察している。

いかん、ここは冷静になって素知らぬ顔で過ごすべきだ。

そしてタイミングを見計らって早めに帰らせてもらうべき。

透明のカップに注がれたお茶が、小橋の手によってオレに手渡される。

全員が飲み物を手にしたところで、司会進行役と思われる網倉《あみくら》が声を張った。

「それじゃあ早速だけど――無人島試験のお疲れ様会、そして迷子になった千尋《ちひろ》ちゃんを助けてくれた綾小路《あやのこうじ》にお礼をする会を始めまーす。かんぱーい」

その言葉と共に皆がカップを上に掲げる。

「えと、まずありがとう綾小路くん。あの時は本当に助かりました」

そう言って、一之瀬《いちのせ》の左隣に座る白波《しらなみ》が礼を言った。

何度も畏《かしこ》まられるようなことはしていないんだが……。

とりあえず話を広げることも出来ないので、小さく頷《うなず》いておいた。

「あの、綾小路くん」

個人的には宴《えん》もたけなわと言いたいところだが、時間は10分ほどしか経過していないと嘆きたい頃、白波が真面目な顔をしてこちらを見てきた。

「なんだ……？」

両手にはオレンジの缶ジュースが握り込まれており、何か言いたげな様子だ。

「私、助けてもらったことには感謝してる。でも、まだ認めたわけじゃないからっ」

「……え？」

詳しい説明をせず、白波はただそう言った後、ぎゅっとオレンジジュースを喉に流す。

「ぷはっ！　これ以上は言えないっ！」

いやいや、何のことだ……。

置いてけぼりを食らうオレだが、白波の周囲はよく言った、とか頑張った、とか励《はげ》ましの言葉と労《ねぎら》いの言葉を浴びせている。

満更でもないように白波がテレているが、いや何のことだよ……。

アウェー状態ではそんな風に聞き返すことも出来ない。

お疲れ様会の最初に白波がオレのことに触れたものの、それ以降は女子たちが思い思いに話を始めた。オレは借りてきた猫のように大人しくそれを傍観《ぼうかん》するだけ。

もちろん居心地が良いかと聞かれたら、即ノーと答える。

それにしても……。

次から次へと話題が出て来る女子のトークの凄《すご》さを目の当たりにする。

ジャンル問わず、話題が日本各地を飛び回る飛行機のように忙《せわ》しない。

しかしどんな話題にせよ共通していることがある。

それは多くの女子が一之瀬を中心と考え、一之瀬を信頼し、一之瀬に対し妄信しているということだ。それが悪いことだとは言わない。

一之瀬帆波《ほなみ》という生徒は、間違いなく2年生の中で一番信頼を置ける生徒だ。

これは敵味方関係なくそう断言してもいい。

何をもって信頼できるとするかの基準は人によるが、信頼とは日々の積み重ねで作られていくもの。今まで発言のなかった生徒が急に『信頼しろ』と言ったところで誰も信用などしないように。

だが、信頼できることと妄信することは別問題だ。

何故《なぜ》なら一之瀬が信頼できる人間でも、選択を間違うことは間々ある。

そんな間違った人間を信頼し続けていても成果はついてこない。

間違いを正すため、間違っていることを間違っていると言える生徒は必ず必要になる。

「ちょいといい？」

女子たちの盛り上がりがピークを見せる中、ここまでたまの相槌《あいづち》しか見せていなかった1人の女子が手を挙げた。

「どうしたのユキちゃん」

「いつもの頭痛。悪いけど、だるいから部屋戻っていい？　マジだるい」

何もない単なる発言なら気にも留《と》めなかったが、意外な口調にびっくりした。

一之瀬《いちのせ》のクラスは全員が基本的に礼儀正しく、まともな生徒が多いからだ。

短く体調不良という理由を告げ、帰りたいことを希望する姫野《ひめの》。

「もちろんだよ、私ついて行こうか？」

友達の不調を聞いた一之瀬、そして女子たちが慌てて姫野に声をかける。

「あーいいからいいから。ガキじゃないんだからさ……」

過保護すぎる行動に姫野は辟易《へきえき》といった様子で立ち上がった。

一之瀬のクラスにこんなタイプの生徒がいたんだな。

確か姫野ユキが無人島試験でグループを組んだのは全員同じクラスの仲間だったか。

ともかく、まだまだ帰れない空気だった場に変化が訪れた。

このチャンスを逃すと、オレは次いつ帰れるか分からない。

ここは思い切って、姫野に続くことにしよう。

「それじゃあオレもそろそろ帰ろうかな」

「え、もう帰っちゃうの？　まだ全然いてもいいのに」

「いや元々顔を出すだけのつもりだったし、それにこの後人と会う予定があるんだ」

予定があると言ってしまえば一之瀬たちが強く引き留めることもない。

「じゃ、じゃあまたね綾小路《あやのこうじ》くん」

可愛《かわい》く座ったままの一之瀬、そして女子たちに見送られオレは退室した。

3

「ふー……妙な汗をかくところだった」

いや既にかいていたと言ってもいいだろう。

姫野が退室してから30秒と経《た》たずオレも魔の５０３４号室から抜け出した。

人によっては天国なんだろうが、オレには申し訳なくも辛《つら》い場だった。

やはり人と人との距離を詰めるのは、得意とは言い難《にく》いな。

最初から完全に役を作り切るなら話も違うが、目立たない高校生を演じると決めた前提条件があるため、それを変えるのは容易なことじゃない。

ただ、一之瀬のクラスとはこれまで殆《ほとん》ど縁がなかったこともあって、それなりに距離を縮められたんじゃないだろうか。

一之瀬《いちのせ》を中心として、傍《そば》にどんな子がいるのかがぼんやりとだが見えてきた。

何が足りていて何が足らないのか。現時点で一之瀬のクラスの長所と短所が分かった。

物申せる生徒の存在は、この先『誰が』リーダーであっても必要不可欠だ。

それが出来るのは、今のところ男子の神崎《かんざき》くらいしか浮かんでこない。

だが一之瀬を中心に回るクラスは女子の発言力も男子に負けず劣らず強い様子。

神崎は個人として一之瀬に物申せるタイプだが、クラス全体に対して訴えかけていけるかという部分、そして女子をコントロールできるかは全く別問題だ。

「ん？」

頭痛を訴え部屋に戻ると言った姫野《ひめの》だったが、客室とは異なる方へ歩いていく。

一瞬で角を曲がって行ったが、特徴的な髪色をしているので見間違いではないはず。

さっきの女子会の中で、違和感を覚えさせていた姫野。

少し引っかかる存在でもあったため、後を追ってみることに。

そして辿《たど》り着いたのは人の気配もなくなった夜の船尾デッキ。

オレは離れたところから横顔を見つつ、改めて姫野ユキのプロフィールを思い出す。

2年Bクラス　姫野ユキ
学力　Ｂ－（63）

身体能力　　C　（51）
機転思考力　C＋（58）
社会貢献性　C＋（58）
総合力　　　C＋（57）

高めの学力以外は良くも悪くも普通、秀でた能力は一見する限り持っていない。

だが、それはあくまでも学校サイドから見た能力。見えない長所と短所は、どんな生徒にも隠されている可能性がある。もう少し探りを入れてみたいところだ。

ここは直接接触してみることが近道だろう。

「何してるんだ？」

「は……？　なに」

僅《わず》かにバツの悪そうな顔をして目を逸《そ》らす。

頭が痛いと言って部屋を抜け出した以上、こんなところにいるのは不自然だ。

「頭痛はもういいのか？」

「っぜ……」

ぽつっと呟《つぶや》いた言葉は殆《ほとん》ど風にかき消されたが、ウザい、と言ったように聞こえた。

乱暴な言葉遣いというのは男子にも女子にも一定数いるが、姫野の場合は乱暴というよりは近寄らせないための警戒した喋《しゃべ》り方《かた》だ。

しかし対外的なことも気にしてか、一度咳払《せきばら》いして視線だけをこちらに向けた。

「風に当たったら落ち着くと思ったから立ち寄っただけなんだけど？」

「頭痛はよくあるのか？　さっきもそんな感じのことを言ってたが」

詳しく聞こうと思ったが、これ以上会話するのが嫌なのか黙り込んでしまう。

さっきの女子会でも、帰る時以外発言は一切していなかった。

それに加えて、他の女子も基本的に姫野《ひめの》に声をかけることがなかった。

ハブられているというわけではないだろう、一之瀬《いちのせ》がそんなことを容認するはずもないし、もし関係が悪いのならそれを他クラスのオレに見せることはしないだろう。

とするなら――――。

お疲れ様会をするに当たって、半ば強引に姫野を誘ったんじゃないだろうか。

少しでも楽しんでもらいたいクラスメイトの気持ちによるものだと考えれば繋《つな》がりが見えてくる。

「片頭痛持ちだからだっての」

乱雑にそう短く答えた。

「片頭痛なら、冷やすのは正解だな」

女性ホルモンの変化、疲労や睡眠不足などで脳血管が拡張したことが原因で起こる。血管は冷やすと拡張を抑え温めると広がるので、風に当たるのは悪くない。

ただ、それが本当に片頭痛なら、だ。

「頭痛は嫌な空間から逃げ出すための口実なんじゃないか？」

「は？　私が嘘《うそ》ついてるって？」

ここまで比較的淡々としていた姫野《ひめの》だったが、嘘なんじゃないかと指摘された途端顔色を変える。温厚なクラスメイトが多い一之瀬《いちのせ》のクラスにしては珍しいタイプだ。

オレが感じた直感は間違っていなかった。

「ムキになったところを見ると図星か？」

「違うし。って言うか何なの？　あーまた頭痛くなってきた……部屋に戻るね」

「怒らせたのなら悪かった。ただ、少しだけ話を聞いてくれないか？」

額を押さえたまま、姫野は嫌そうに振り返る。

「頭痛、激しくなってきたんだけど？」

「悪いな」

「悪いなって……話を聞くのは前提なわけ？」

「嫌そうだな」

「嫌だね」

何回か会話のキャッチボールをして見えてきた。こちらの方が彼女の素らしい。

「そうか、それじゃあ仕方ないな」

わかってくれた？と憤慨《ふんがい》交じりに肩を竦《すく》める。

「だる……」

「これから女子会に戻って、姫野が仮病かも知れないと報告してくるしかないな」

「は、はあ？　勝手に仮病扱いにしないでよ。この嘘つき」

「嘘？　オレは仮病『かも知れない』と言うだけだ。少なくともそう感じた以上、一石を投じる権利はあるはずだ。本当か嘘かは後日皆の前で証明すればいい」

「頭痛なんて、証明のしようがないでしょ」

「かもな」

「なんだよ、全員あんたのこと褒めてたけど嫌な性格してんじゃん」

「少なくとも良い性格だと褒められてはなかったんじゃないか？」

自分で言うことじゃないが、白波《しらなみ》を助けたことを感謝されただけだ。

「あっそ」

「それにしても変わってるな姫野は。なんというか、一之瀬のクラスらしくない」

「変わってる？　私に言わせればクラスの連中がお人好《ひとよ》し過ぎなんだよ。ウチのクラスって大勢で集まって何かすることが多いんだよね。ま、それ自体は別にいいんだけどさ、とにかく一回一回が長いっていうか、帰らないのが問題でさ」

もし自分が好きでもない集会が繰り返されたなら、辟易《へきえき》して仕方ない。

しかし一之瀬のクラスメイトたちはその集まりを楽しんでいる。

だから一回一回の集まりで誰も帰ろうとせず結果長時間になるのだろう。

「嫌なら参加しなければいいんじゃないか？」

「それが出来ると思う？　うっとうしいと思ってても足並みを揃《そろ》えるのは大事でしょ」

「ま、そうだな」

クラス全体でまとまっていて、特に女子の結束みたいなものが強い。内心で不満を抱えていたとしても、石を投げ込んで波紋を起こすのは勇気がいることだ。

姫野《ひめの》。もしかするとオレと彼女との出会いは、1つの方向を変えるものになるかも知れない。本来なら特別な状況でもない限り、まして異性でもある姫野に対して深く立ち入ったりはしない。

だが、ここはあえて一歩踏み出してみても悪くないだろう。

もちろん、それが結果的に姫野の迷惑になるようならそれはそれで仕方がない。

「ストレスを発散したいなら、やっぱり叫ぶのが一番なんじゃないか？」

「叫ぶ……？　嫌でもこんなところで叫んだら引かれるっつの」

「船尾デッキに来る生徒も少ない上に、船の音を考えたら大声を出しても周囲には響かない。すぐにかき消されて消えるだけだ」

「けど……」

これまでそんな大声を出したことなんてないのか、戸惑いを見せる。

「じゃあ、先にあんたが叫んでみてよ」

「……オレが？」

思いがけない返しに、思わずこっちも狼狽《うろた》えてしまう。

「あんたのことはよく知らないけど、割と静かなイメージって言うか……叫んだりするタイプには見えないし。やってみせてくれたら、私もやってみるからさ」

困ったな。

これまで自分自身が強いストレスを感じた覚えがないため、実際に大声で叫んだ記憶があるかと言われると、ないと答えるほど経験がない。

「出来ないならさっさと帰って」

ここで引き下がると、恐らく姫野との関係はこれきりになってしまうだろう。

「分かった———」

姫野が見張る中、覚悟を決めたオレは海に向かって声を張り上げた。

「あ———。よし、次は姫野の番だ」

「……ふざけてんの？」

「全く？」

「声量の欠片《かけら》も出てなかったし。マジ舐《な》めてる」

「じゃあお手本を見せてくれ」

「手本もクソもないでしょこんなこと」

呆《あき》れつつ逃げようとする姫野の背中を言葉で捕まえる。

「オレがやったら姫野もやるんじゃなかったのか？」

「いやいや、アレでやった気になられてもウザいだけなんだけど」

「どんな声量であれ応えたことには違いないだろ。ただ、ここで姫野《ひめの》も同じように声量が小さかったなら、オレをバカにする資格は一切ないけどな」

同じような小さい声で叫んだことにされないため、先回りして封殺する。

「つぜぇ……わかったって、一回やればいいんでしょ？　それで帰ってよね」

一呼吸おいて、仕方なさそうに姫野が口元で両手を立てる。

「わ――――――っ!!」

船の進むエンジン音と風にかき消されオレ以外には聞こえていないだろう。

しかしびりっと耳の奥に響く、想像の2倍は大きな声が周囲に響き渡った。

船が揺れた気がした……がそれは気がしたというだけで実際に揺れるはずはない。

喋《しゃべ》り方《かた》や態度はダウナーというか、テンションが低く声量も控えめだったが、とてつもない凄《すご》い声量だな。

「はー……スッキリした」

こちらの驚きなど気にした様子もなく、姫野は満足げに頷《うなず》いた。

「だろ？　オレも叫んだ甲斐《かい》があった」

「いやいや、あんたは全然叫べてなかったし」

白い目で見られつつ突っ込まれる。

「まあ……ストレスを抱えてた中なら上手《うま》くできたんじゃないだろうか」

「そう？　とてもそんな風には見えなかったけど」

「そっちは思ったより上手かったな。相当ストレスが溜《た》まってたんだな」

「は？　殺すよ？」

中々鋭い眼光を向けて来る。

怒ったとしても口より先に手足を出してくることはなかった。

「ちょっと言いすぎた」

素直に謝るも、悪びれた様子はない。

この姫野は怖いもの知らずな一面も持っているのかもな。

「私もう部屋に戻る」

「ああ、色々と足止めして悪かったな」

「悪かったと自覚してるなら、まだマシね」

そう言って姫野は船内へと戻っていった。

「オレも部屋に戻ることにしよう」

お疲れ様会は労《ねぎら》う場だったんだろうが、異常に疲れた。

今日は深い眠りにつけそうだ。

○それぞれの休日

この客船の生活では、毎日どこでどんな昼食を食べるかという問題が付きまとう。

朝と夜は学校側の配慮でビュッフェ形式の食事が用意されており、無料で利用できる。利用するもしないも自由だが、無料なだけでなく非常に美味《おい》しいため生徒たちからの人気は高く、朝7時から9時まで3回に分けた入場規制を敷いている。混雑を避けるためだ。利用は60分以内で、好きな時間帯を携帯から予約する仕組み。

オレは大体朝の8時に朝食を取るのだが、予約が遅れたことで8月6日は8時9時の時間帯が埋まってしまっており、7時の少し早い時間の食事になってしまった。

それによって正午を迎えたこの時間は妙に小腹が空《す》いてくる。無人島試験ではカロリー摂取が必要最低限だったためか、肉体がエネルギーを欲しているのだろう。

カフェテラスを利用しての食事が人気だが、如何《いかん》せん食事の料金は特別価格。飲み物がセットになったランチを食べるとなると、最低でも2000ポイントは必要になる。

友人と楽しく食べるのならそれもいいかも知れないが、生憎《あいにく》と今日は1人。

こうなると、出来る限りお金を使わず節約したいと考えるのが自然な流れだろう。

そこでありがたい存在となるのが、売店の存在だ。

要はコンビニのようにおにぎりやサンドイッチなどをお手軽に購入することが出来る。

早速売店に出向きおにぎりを1つ、それから小さなお茶のパックと合わせて250ポイントを支払い、オレはビニール袋を片手に食事場所を探し求めていた。

適当な休憩スペースを利用してもいいのだが、大抵そういう場所は誰かが使っているため、狭い空間を共有することになり強い抵抗がある。

ある程度知らない人間が近くにいても気にならない場所となると、大抵は外になる。

こうして探し続けた結果、海を見渡せる6階の船首に近いデッキに辿《たど》り着《つ》いた。無論使用料もかからない場所であるため、売店で軽く食料を購入して食べるにも適している。

ちょっと軽食を食べつつ雄大な海の景色を眺めようと思ったが、時間帯が少し悪かったか。この景色を目当てにやってきた生徒の数も多く、落ち着けそうにない。

広めのデッキではあるが、利用する人数が多いと結局スペースの確保には苦労する。周囲を見渡し空いているベンチ1つと、その隣のベンチに座っている七瀬《ななせ》の背中を見つけた。

売店で買ったと思われるサンドイッチと、牛乳が彼女の横に置かれている。

面白いもので、向こうに見つけられていた昨日までと逆になったな。

七瀬以外にもクラスメイトの伊集院《いじゆういん》や沖谷《おきや》だったり、Aクラスの坂柳《さかやなぎ》、そして龍園《りゆうえん》のクラスの中泉《なかいずみ》と鈴木《すずき》など多くの2年生たちが七瀬同様に海を眺めつつ昼食を取っていた。

結局人の考えることは大抵同じということだ。オレはこの場から動かず海の方へと視線を向けた。確かに、この景色を正面に食べる食事はさぞ美味しいことだろう。

しかし———問題は同学年が多いように3年生の数もまた多いことだ。

まだ少数ではあるものの、こちらに気付いた3年生たちはすぐにオレの方へと監視の目を向け始めた。ただここですぐに立ち去っては、それはそれでその視線を嫌って逃げたことにもなる。

効果的と判断し助長されるおそれもある。

そういえば昨日も、七瀬《ななせ》は話がありそうな気配だったな。小橋《こばし》に声をかけられたために話が中断したことを思い出し、声をかけておくことにした。

あくまでこの場所には彼女へ話をするため立ち寄ったという口実にもなる。

「七瀬」

オレが名前を呼ぶと、ハッと驚きながらも後方へと振り返った。

「あ、せんふぁいっ」

ちょうどサンドイッチを口にほおばったところだったらしく、具がこぼれ落ちないようにしながらこちらを見る。

慌ててモグモグと食べだしたところを見て、ちょっと申し訳なさを感じた。

3年生に対抗するための手段に用いたために余計なことで慌てさせてしまったようだ。

「あ、悪い。出直そうか？」

と言ってみたものの、七瀬の性格上そうなるはずもない。

「ひょっと、まって、ふらはいっ」

口に入れてしまった以上吐き出すわけにもいかないと、いそいそ食べ始めた。

「ごくんっ。……あの、すみません、その、実は……ご飯食べてましたっ」

秘密の告白みたいな口調だったが、ご飯を食べていたのは見れば分かる。

何なら後ろ姿を見かけた時から分かっていた。

「えっと、私に何か御用でしょうか？」

どこかまだ慌てた様子の七瀬《ななせ》に、少しだけ奇妙な感覚を覚える。

視線に落ち着きがなく、オレとの会話に集中できていないような様子だ。

「あぁいや、昨日も話がある様子だったからな。なんだったのかと思って。あの時は小橋《こばし》に声をかけられて流れてしまったからな」

「あー」

思考が鈍く、すぐに言葉が出てこない。

ちょっとだけ考えこんだ後、七瀬は首を左右に振った。

「すみませんもう自己解決したので、忘れていただけますか？」

「そうか。それならいいんだ」

七瀬には色々と助けられている部分もあるため相談に乗ろうと思っていたが、解決したのなら気に留《と》めることはない。というより、そんなこと今はどうでもいいといった空気を感じ取ったのが一番の理由だ。

「急に声をかけて悪かったな。それじゃあオレは船内に戻ることにする。思ったより人が多くて落ち着けそうにない」

「そうですか。ではまたです先輩」

オレは用事を済ませたとばかりに、この場を後にする。

もう一度だけ振り返ったデッキ、七瀬は正面を向いて昼食を再開していた。

1

結局。昼食の場所探しのため、人の少ない5階の船尾へと足を運ぶ。ここは昨晩姫野《ひめの》と話をした場所で、普段立ち入る人が少ない場所であることは確認済みだ。

それから数分間、オレは本来の目的も忘れ進む船が作り出す荒波を見つめていた。

そんなところに予定外の人物が近づいてくる。

「こんなところで一人寂しく昼食ですか？」

「坂柳《さかやなぎ》か。偶然ここに？」

確かさっきまで七瀬と同じデッキにいたはずだ。

「偶然です。と言いたいところですが綾小路《あやのこうじ》くんを追いかけてきました」

追いかけてきた？　しかし坂柳の足は悪くオレの歩行速度にはついていけないはず。

かと言って、誰かに先行して尾行させた様子もない。

「単純な推理です。昼食を食べに先程船首側のデッキに姿を見せられたようですが、人の多さを見て断念されていましたよね？　手に持たれていた軽食と、海の景観を求めていたことからも、どこで食べるかを予測するのはそう難しいことではありませんよ」

完全にオレの行動パターンを読み切った上でここに辿《たど》り着《つ》いたということだ。

「綾小路《あやのこうじ》くんも、景色を見て食事したいと思ったりするのですね」

「船首の方と違って景色が一級品とは言えないが、こんな風に大海原を眺められる機会はそう多くないからな」

来年の今頃、また無人島試験があるとも限らない。

他にも2年生の行事には修学旅行が予定されているが、その詳細は不明だしな。

もしかすると海を眺めることが出来るのは、これが最後の機会かも知れない。

「この海のように、これからも見られなかった景色が沢山見られると思いますよ。そういう意味でも綾小路くんはこの学校を選んで正解だったんじゃないでしょうか」

「そうだな、そう思う。ただ、この学校に入学する以前に海は一度だけ見たことがある」

意外そうにちょっと驚いた坂柳《さかやなぎ》。いや、驚くのも無理はないかも知れない。事実、オレは中学3年生に当たる14歳になるまで一度も施設の外に出たことはなかったからな。

ホワイトルームの概要を知っていれば共通の認識であるはずだ。

一度だけ見た景色、それは施設を出て移送された後、少しの間だけ外に出る機会があった時のことだ。直接海水に触れることはなかったが、海の見える道を歩いたことがある。

ただ、初めて見た海には感動を覚えることはなかった。

無感情に、ただ外の世界を歩くことを行っただけに過ぎない。

「『車輪の下』はご存じですか？」

「ヘルマン・ヘッセの小説だな」

彼が書いた小説の中でもとりわけ日本では知名度の高い作品だ。

「あの物語の主人公、ハンスは才能に恵まれた天才でした。そしてエリート学校へと進学し将来を嘱望《しょくぼう》されるものの、学問だけに生きた彼はやがて疑問を覚え始める。そして期待に応えようとした果てに挫折《ざせつ》し衰退の一途を辿っていきます」

主人公ハンス・ギーベンラートの末路は悲惨で、最後は川に落ちて死んでしまう。

「それがどうかしたのか？」

「私は彼が天才だったとは思えないんです。何故《なぜ》なら本当の天才は挫折などしませんから。ましてその果てに死を選ぶなど、愚の骨頂です」

坂柳は事故死ではなく自死だと解釈しているようだ。

「私が以前『人は触れ合うことで温かさを知ることが出来る。それはとても大切なもの。人肌のぬくもりも、けして悪いものではありません』と言ったこと覚えていますか？」

「そんなことを言ってたな」

1年生の3学期末、特別試験が終わった直後のことだったか。

「車輪の下を執筆したヘッセもまた、主人公のハンスと同じように悩み、挫折しました。しかしそんな彼が命を絶つことなく前を向くことが出来たのは家族の存在があったからだと語っています」

著者のヘッセと本の主人公であるハンスは経歴が酷似していたようだからな。

自分自身を投影した物語であったことが窺《うかが》える。

坂柳《さかやなぎ》が海を見つめていると、一瞬強い突風が吹く。

「あ——」

帽子が一瞬にして浮き上がるのを見たオレは、即座に手を伸ばしキャッチする。

「っと……危ない」

僅《わず》かに手を伸ばす反応が遅れていたら、大海原に帽子が飛び立っていただろう。

「ありがとうございます」

「デッキで被《かぶ》るのは危ないぞ」

「フフ、そうですね。ですがこれは私のトレードマークですから」

帽子を手に持ち、それを大切そうに胸元で抱きとめる坂柳。

「今、ふと少し懐かしいことを思い出しました」

「懐かしいこと？」

「いえ、大したことではありません。私にも海での想《おも》い出《で》が少しあるということです」

等しく同じように見える海ひとつとっても、それぞれの想い出は異なるということだ。

「ところでオレを追ってきた理由を聞いてなかったな」

「理由なく追って来ては迷惑ですか？」

どんな内容を口にするのかと思っていたが、考えてもいないことを言われる。

「理由、ないのか？」

「ただ綾小路《あやのこうじ》くんとお話をしようと思っただけですよ。さっきの場所で声をかけることも出来ましたが、私と話し込む姿はあまり見せたくないでしょう？」

ありがたい配慮をしてくれたということだ。

しかし話し上手なわけじゃないオレから、坂柳に振れるような話題は特にない。

「私の方から、１つ雑談しても構いませんか？」

「ああ。食べながら聞いても？」

「どうぞ、お構いなく。私のお話に耳を傾けて下さればそれで十分です」

袋からおにぎりを１つ取り出し、包装を手で剥《は》がしていく。

「昨日、私の所に一之瀬《いちのせ》さんが来たんです」

「一之瀬が？」

「はい」

昨日の出来事を思い出し、坂柳は振り返るように話し出した。

2

「あの……坂柳さん。ちょっと時間あるかな？」

昼食の後、船上デッキのカフェで休憩していた私の下に訪れた一之瀬さんが声をかけてきました。１人お茶をしていただけのため、断る理由はありません。

「どうかされましたか？」

話の内容は聞く前から分かっていましたが、あえて不思議そうに首を傾《かし》げました。

「特別試験でのこと……謝らなきゃいけないって思って。最終日、勝手なことをして……その、本当にごめんなさい！」

言い訳が通じる相手ではないとある程度覚悟を決めていたのでしょう、一之瀬《いちのせ》さんは思い切り頭を下げられました。

いいえ、彼女は誰であったとしても下手な言い訳などしなかったと思います。

Aクラスを牽引《けんいん》する私を怒らせてしまい、協力関係を破棄されたとしても仕方がない。

それくらいのことをしてしまったと感じていたのではないでしょうか。

「頭を上げてください一之瀬さん。私は何も怒っていませんよ」

「……え？」

「むしろ同じグループとして十分貢献してくださったと認識しています。課題での正答率も高く、バラバラだった仲間をまとめあげ過酷な無人島生活においてあなたは見事中心的役割を果たしてくださいました。そして結果、見事3位を獲得したではありませんか」

「だ、だけど……」

「確かに最終日、一之瀬さんが少々勝手な行動をされたのも事実。しかしそれによってグループに与えた損失は精々数点。貢献度と比較すれば責めるほどのものではないですし。これでもし僅差《きんさ》の4位に転んでいたならば多少の責めも受けていただいたかも知れませんが、それもありませんでしたしね」

「だけどそれは結果論だから……」

「時には結果論も良いではないですか。物事は常に万事うまくいくとは限りません。むしろ全力で戦った結果僅差で4位だったなら、受けた精神的ダメージは大きかったはず」

一切責めようとしない私の態度に、一之瀬さんは申し訳なさが倍増してしまったのでしょうか。自責の念が消えることはありませんでした。

「何か責任を取らないと気が済まない、そのような顔をされていますね」

「えっと、そういうわけじゃ……ないこともないかも」

「そういうことであれば、罰を与えて差し上げてもよろしいのですよ？」

こちらが見せる不敵な顔に一之瀬さんは気圧《けお》されながらも、小さく頷《うなず》く。

「うん。その方が私としてはスッキリすると思う」

「フフ、変わったお人ですね。ではそうですね――――ここに座ってください」

目の前に来るよう促し、一之瀬さんを席に座らせる。

借りてきた猫のように大人しくなる彼女に対し、私はメニュー表を店員に用意させる。

「どうぞ、お好きなものを頼まれてください」

「えっと……罰は？」

「今から私と30分ほどアフタヌーン・ティーにお付き合いいただきます」

「え？　そ、それが罰？」

「そうです。一之瀬《いちのせ》さんの貴重な30分をいただくのです、罰以外の何物でもありません」

「そう、かなぁ……でも、坂柳《さかやなぎ》さんが言うなら従うよ」

腑《ふ》に落ちない一之瀬さんではありましたが、私の指示に従い飲み物を注文しました。

「あなたは本当に素直ですね一之瀬さん。一度は私に貶《おとし》められたのに、それを微塵《みじん》も感じさせずこうして付き合ってくださるんですから」

「貶められたとは思ってないよ。そもそも……私が過去に犯した過ちは事実だから」

「少なくとも後ろめたい過去、周知させたくない過去は隠したいと思うものです。それが一之瀬さんの言う事実だとしても」

私はこれまで、子供から大人まで優れた人間を間近で多く見てきました。

無論、自分が一番だと知りつつも才能を認めた者は少なくありません。

逆に全く使えない無能な人間はその数十倍は見てきたでしょうか。

そして優秀さ無能さに関係なく、純粋な善と呼べる人間を私は1人も知らなかった。

それは自分の父も母も、綾小路《あやのこうじ》くんでも同じこと。

「あなたは形容しがたい存在ですね。それゆえに時折、とても怖い方に見えてしまう」

「私が……怖い？」

そんなこと、きっと人生で一度も言われたことはなかったのでしょう。しかし、一之瀬帆波《ほなみ》さんという方を恐れたことがある人は、きっと1人や2人じゃない。

「この世界で生きる人間は、多かれ少なかれ悪の部分を持ちます。ですがあなたからそれは一切感じられない。まるで善の塊のようです」

「それは買いかぶり過ぎだよ。中学時代の時のように、悪いことだってしたから……」

けして自慢できない恥ずべき彼女の過去は、消せない現実として今も残っている。

「ここで言う私の善とは、そういった類《たぐい》とは無関係のものです。そもそも、あなたが一時的に悪事に手を染めたとしても、その背景にはかけがえのない家族愛がある」

法律に照らし合わせてしまえば悪でも、見方によっては善とも取れる。

「あなたの長所でもあり短所でもあるその善。利用されないように気を付けてください」

「それって龍園《りゆうえん》くんのこと？」

「彼だけではありません。私も、堀北《ほりきた》さんも、勝つためならあなたの善を利用する」

一呼吸置いて、私は最も重要なことを伝えるために続けました。

「そして、綾小路くんもそうです」

彼女が口にした龍園くんを含め、前者は全て各クラスのリーダーに当てはまる。

突然出てきた綾小路くんの名前に、一之瀬さんは見るからに動揺しました。

「無人島試験最終日、恐らくはあなたのお陰で綾小路くんは助かったのでしょう」

「ちょ、ちょっと待って？　あの、それってどういう……」

「これはあくまで私の推測です。分かっていない部分も正直多いことなので独り言と思って聞き流してください」

ここで追及すれば、一之瀬さんからある程度不明瞭な部分が見えてくることは容易に想像できましたが、私はそれを避けた。こんな形で聞いてもつまらないですからね。

「あなたを見ていれば、綾小路《あやのこうじ》くんに対する想《おも》いが他の生徒に向けるものと異なっていることも何となく察することが出来ます」

「え、ええっ⁉　い、いやあの、その、そんなこと……！」

「それも良いでしょう。特定の異性に対し特別な想いを抱くのは人間としての本能ですから。しかし――傾倒し過ぎると痛いしっぺ返しを食らうかも知れません。その相手が綾小路くんであるなら、尚《なお》のこと」

「坂柳さんの言ってる意味、私にはよく分からないよ」

今日のことは警告。それ以上この場で踏み込むことは致しません。

「この話はここまでにしておきましょう。アフタヌーン・ティーのお時間です」

運ばれてきた紅茶を口に含んだ一之瀬《いちのせ》さんは、きっとその味を上手《うま》く感じることが出来なかったでしょう。私の発した言葉が忘れられず、頭の中に張り付いていたはず。

それは私のささやかな意地悪でもあり、慈悲でもあり、そして戦略でもありました。

3

そんな一之瀬とのやり取りを語り終えた坂柳《さかやなぎ》。

オレは食事を済ませ、２００㎖のパックのお茶を飲み終えたところだった。

「学年でも屈指の人気を誇る一之瀬さんのハートを射止めるなんて、罪な人ですね」

浮ついた発言のようでもあるが、1ミリも良い方向で受け止めることは出来ない。

「手厳しいな坂柳」

「フフフ、性分なもので」

先回りするように一之瀬を守り、かつ自分が利用できる下準備を進めている。

「ここでオレが一之瀬を傷つける行動を取れば、おまえはより一之瀬に信頼される」

「彼女から信頼を得ることが出来れば、この先立ち回りやすくなりますから」

味方の一面を持つ坂柳だが、同時に敵としての一面も当然持っている。

表裏一体の関係だからこそ上手くその点を活用しているな。

「でも、どうしてオレにそんな話を？」

「今のお話は一之瀬さんに関することでしたが、今重要なのはそこではありません。この学校生活の中で、少しずつ綾小路くんのことを知る方たちが増えているということ。そして強い興味を抱かれているということです」

確かに無人島試験で一之瀬との関係が薄いままであれば、彼女が仲間に迷惑をかけてまでオレのところに駆け付けることはなかっただろう。

「それに付随するように3年生たちに、異様な目を向けられていましたね」

なるほど。オレを追ってきたのは雑談目的でもあったのだろうが、本題はそこか。あの短時間で坂柳は3年生に監視されている状況に気が付いたということだ。流石《さすが》だな。

さっきの話は暗に、このことに触れるための準備段階だったか。

「3年生とトラブル発生ですか？」

「まあ、トラブルと言えばトラブルだな。厄介な相手を敵に回してしまったようだ」

「厄介な相手……生徒会長ですね」

上級生の中で強敵となりそうな存在は、南雲《なぐも》辺りしか浮かばないだろう。

「生徒会長と無人島の最終日に一悶着《ひともんちゃく》あった。それが原因で1位を取り逃してしまったらしく、目の敵にされてる」

「劇的な勝ちを演出しようとしたことで足元をすくわれてしまったわけですね」

「そのことにも気付いていたのか」

「高円寺《こうえんじ》くんが単独で無双した、というのが無人島試験の大多数の意見でしょう。しかし生徒会長が意図的に得点の獲得を抑えていたことは早い段階で分かっていました。大差をつけすぎると3年生全体で特定のグループを勝たせようとしたという図式が露骨に浮き彫りになってしまいますからね。所持するカードの流れを見て戦略も見えていました」

坂柳《さかやなぎ》の実力は十分に認めているつもりだったが、それでも更に評価の上を行く。

無人島特別試験の全容、その流れを完璧に掴《つか》んでいた証拠だ。

「何かお手伝い出来ることはありますか？」

「いや、大丈夫だ。南雲も軽々に派手な立ち回りは出来ない。それに、無人島試験じゃ坂柳にも随分と世話になったからな。これ以上は頼れない」

「お気になさらずとも良いのに。私を頼ってくださったことは嬉《うれ》しかったですし、それに私も綾小路《あやのこうじ》くんの提案を存分に利用させていただきましたから」

「利用？　というと？」

クスっと笑った坂柳は、目を細めて海を見つめる。

「先日の無人島試験では終盤が近づいた時点で、1位2位の獲得は難しいと判断していました。高円寺くんと生徒会長グループの得点ペースは、私たちのグループが得られるであろう最大得点を超える勢いでしたから」

まあ、あの2グループは異次元の戦いを見せていたからな。

「狙うは3位ですが、終盤幾《いく》つか存在するライバルの1つに龍園《りゅうえん》くんのグループがいました。彼は葛城《かつらぎ》くんと2人の少数グループでありながら、驚異的な粘りを見せていましたからね。そこで私は彼に協力を要請し宝泉《ほうせん》くんとぶつけることにしたんです」

「なるほど、そういうことか」

「どんな形であれ、龍園くんが本試験から逸《そ》れた動きをすれば得点獲得の動きは鈍ります。結果的に彼はリタイアすることとなり、こちらにとっては最高の形になりました」

オレを助けつつライバルである龍園の存在を握り潰すことに成功したということだ。

しかし、ここまで聞いてもまだ分からない部分もある。

龍園も表彰台を狙い2週間懸命に立ち回っていたが、坂柳にあっさりと協力した。

自分が宝泉とぶつかれば無事では済まないことくらい、想像に難しくなかったはず。

何らかの約束が交わされたことだけはハッキリしているが……。

3位の可能性を捨ててまでとなると、ちょっとした取引では済まないだろう。

「相当な対価……たとえば高額なプライベートポイントを支払わされたんじゃないか？」

坂柳がクラスメイトの所持していた便乗カードを上手《うま》く使っていれば、収入もあったはず。巨額のプライベートポイントを集めようとする龍園《りゅうえん》に差し出しても不思議はない。

「私は1ポイントも払っていませんし、今後も支払う予定はありませんよ」

「つまり金じゃないってことか」

この学校では基本的にプライベートポイントをやり取りするのが、取引の定石。

「なぞかけのようですが、綾小路《あやのこうじ》くんにも今は教えられません。これは彼と私との間で交わされた約束です。近い将来彼から約束を果たすよう告げられるまでは」

『その願いは近い将来彼自身の首を絞める』ということを坂柳《さかやなぎ》は言っていた。

そう考えれば、プライベートポイントなど金銭による見返りじゃないのも頷《うなず》けるか。

「ともかく、綾小路くんもお気を付けくださいね。1つの問題が解決したとしても、ホワイトルーム生の存在はまだ残っているわけですし、3年生の問題も出てきたんですから」

「厄介事の連続だが、気を付けることにするさ」

坂柳から、着信音が聞こえて来る。

軽くオレに断りを入れ、誰かからの連絡を受ける坂柳。

「――――そうですか。直《す》ぐに向かいますね」

5秒と話すことなく携帯の通話を終えると、坂柳は手すりから離れる。

「この後、人と会う約束が入りましたので私はこれで失礼いたします」

「そうか。またな」

「お話できて楽しかったです。それでは、また」

ゆっくりと立ち去る坂柳を見送ってから、オレはもう少し海を眺めていくことにした。

4

同日、天沢《あまさわ》は1人あてもなくぶらぶらと船内を歩いていた。

時々クラスメイトに話しかけられることはあっても、愛想よく笑って終わり。

誰かと群れて遊ぶようなことは一度もない。

「綾小路先輩に会いたいなぁ～」

デッキに出た天沢は、風の音に軽くかき消されるほどの声で呟《つぶや》く。他の生徒になど興味のない天沢にしてみれば、唯一心動かされる綾小路と会っている時間だけが至福の時間だと思っている。だが、自身の置かれた立場から、今は接触を意図的に控えていた。

「うぅ～、退屈過ぎて一夏《いちか》ちゃん死にソ……」

「ご機嫌よう天沢一夏さん」

1人、デッキで海を眺めていた天沢に声をかけたのは2年Aクラス坂柳有栖《ありす》。

特別驚くこともなく、視線だけを天沢《あまさわ》は彼女へと向けた。

「どちら様？」

初めて見る存在だというように、不思議そうに天沢が首を傾《かし》げる。

「私、2年Aクラスの坂柳有栖《さかやなぎありす》と申します。以後お見知りおきを」

「坂柳……先輩？　あたしに何か用ですかぁ？」

「フフ、猿芝居は不要です。ホワイトルーム生だそうですね天沢さん。私のことも当然把《は》握《あく》しているのではありませんか？」

ホワイトルーム生、その言葉を聞けば否応《いやおう》なしに理解せざるを得ない。

「ふーんなるほどね。綾小路《あやのこうじ》先輩が頼ったのは理事長の娘だったわけか。ホワイトルームのことを少しは知ってるみたいだし、必然と言えば必然かもね。それで？」

驚くこともなく天沢は坂柳に用件を聞く。

「彼が気に掛けるホワイトルーム生の実力、確かめたいと思うのは自然なことです」

「やる気満々なのはいいけど、それって綾小路先輩に許可を取ってのこと？」

「許可？　そのようなものは必要ありませんよ。ここにいるのは私個人の意思です」

「随分と自信家なんだ。有栖先輩は」

「それだけの実力を持っていると自負していますので」

「かっこいー」

褒めて拍手しながらも、どこか上の空な様子の天沢。

「でもごめんねー。今のあたし、ちょっとセンチな気分でさ。そういうのまた今度にしてくれるかなー？」

「構いませんよ。今日は単なる顔合わせだけのつもりでしたし」

挨拶だけを済ませ満足した坂柳《さかやなぎ》は、軽く頭を下げ立ち去ろうとする。

「あ、それから有栖《ありす》先輩。あたしを見張らせるのはここで終わりにしてくれるよね？」

坂柳は天沢《あまさわ》を見つけだして1人になるまでの間、Aクラスの生徒を何人か使って位置を常に把握《はあく》していた。

「見つからないよう指示していましたが、気付いておられましたか」

「あははは、アレで隠れてたつもりなんだ？　可愛《かわい》いなぁ」

「不愉快な思いをさせたこと謝罪します。しかし御覧の通り私は足が不自由なので、そうでもしないと居場所を突き止め会いに行くのは容易《たやす》くないのです。ご容赦《ようしゃ》を」

「あ、1つ聞きたいんだけど～。あたし、身体《からだ》が不自由な相手でも遠慮しないでぶん殴れる子だけど大丈夫？」

「暴力は強いカードの1枚ですが、必ずしもそれが最強だとは限りませんよ」

そう言って、坂柳はトントンと軽く杖《つえ》を二度三度とデッキに打ち付けた。

それが合図だったのか、クラスメイトの神室《かむろ》が遠くで姿を見せる。

「後を付け回してた先輩だね。もしかしてあの先輩があたしと張り合えるとか？」

「そうではありません。野蛮な行為はすぐ筒抜けになる、ということですよ」

「あたしと頭脳戦がしたいってこと？　笑わせてくれるぅ」

「随分と短絡的なのですね。勝手に結論を出さないでください。所詮、ホワイトルーム生といっても綾小路《あやのこうじ》くん以外は失敗作でしょうしね。過度な期待はしていませんが」

ここで初めて天沢の視線が鋭くなり、坂柳を見る。

「どんな舞台であれ勝ち負けを付けて差し上げる、ということです」

「へぇ。それが今言った暴力でも？」

初めて坂柳に対して興味を抱いた天沢は、自らの親指をペロリと舐《な》めた。

「ええもちろんです。どんな手でも使ってくださいな」

「覚えておいてあげるね、先輩のこと」

「あなたの海馬に刻まれたのであれば喜ばしいことです。ではご機嫌よう」

坂柳がゆっくり立ち去り、誰もいなくなったデッキで天沢が一息つく。

「綾小路先輩抜きでも、ちょっとは楽しめるかもね。櫛田《くしだ》先輩を弄《いじ》って遊ぶか、有栖先輩の泣き顔見て楽しむか……普段だったら、ワクワク気分なんだろうけどねー」

痛む腹部に軽く手をあてて、これからのことを考える。

「――――ひとまずは静観、かな」

まだ万全になるまでは少し時間がかかる。

それにあっちの出方を見てからでないと、天沢は動くことが出来ない。

一方の坂柳は神室とその場を後にして通路へと戻る。

「あの1年、ヤバそうね」

「あら、分かりますか？」

「何となくだけど。あんたとの付き合いも長くなってきて、変な感覚が備わったのかも。正直これ以上関わり合いたくはない」

「その感覚は大事になさってください。とはいえ、彼女はある程度監視しておいた方がいいでしょうね」

監視をするなと忠告されたが、坂柳《さかやなぎ》は聞き入れるつもりなど毛頭なかった。

こちらがまだ執拗《しつよう》にマークしていると分かれば天沢《あまさわ》も無視できなくなる。

そうなれば、挑発に乗る形で仕掛けて来ることも十分に考えられるからだ。

「私が後を付けてることには気づいてたんでしょ？　橋本《はしもと》を使う？」

「彼なら見つかっていても上手《うま》く切り抜けてくれるかも知れませんが……」

下手にホワイトルーム生に接触させることは、後に不利益を生む可能性がある。

「ひとまずご苦労様でした真澄《ますみ》さん」

自分の役目が終わったことで、神室《かむろ》はすぐにこの場を立ち去った。

その後坂柳は携帯電話を取り出し、一本の電話をかける。

「引き続きお願いできますか？」

携帯で天沢を見張り続けることを電話相手に依頼し、最後に一言付け加える。

「やはりクラスで頼りになるのは山村《やまむら》さん、あなただけのようです」

○それぞれの成長

貴重な体験を続けている豪華客船での夏休み生活は、早くも折り返しを過ぎた。

残された期間を目一杯楽しんでいる生徒たちの財布は過去に例を見ないほど緩みっぱなしだろう。計画的に上を目指す生徒たちにしてみれば呆《あき》れるような話かも知れないが、束《つか》の間《ま》の休息で散財することはけして悪いことばかりじゃない。

溜《た》まった疲れをリフレッシュすると同時に、多幸感、幸福感を得ることが出来る。と、擁護《ようご》するような発言をしたが、オレもなけなしのプライベートポイントを使っているため、言い訳にしか聞こえないかも知れないな。

水着に着替え扉を開けた先、オレの視界には誰もいない大きなプールが目に飛び込んだ。この豪華客船には無料で誰もが利用できる大型のプール施設があるが、他にもう一つプールが備え付けられている。それがプライベートプールと呼ばれる、所謂《いわゆる》貸し切りにして楽しむことが出来るプールだ。60分2万ポイントと安くはない利用料だが、親密な友達とだけで過ごせる時間というのはお金以上の価値がある。しかも利用できる人数は一度に最大40人。もし1クラスで貸し切れば1人頭500ポイントで利用できる。

そのため、このプライベートプールは思いのほか生徒たちに人気で、開放されている朝の8時から夜の8時まで、ほぼほぼ予約で埋まってしまっている状況だ。

大勢が詰め掛ける大型プールでは自由に泳ぐことも難しいが、プライベートプールなら何をするにも広々、迷惑をかけることもなく楽しむことが出来る。

「うお、デカいなー」

僅《わず》かに遅れてプールサイドに姿を見せた明人《あきと》が興奮気味に言う。無料開放されているプールと同サイズだが、貸切でこうもスケールが変わるかというくらい大きく見える。

「啓誠《けいせい》は？」

「トイレ済ませてから行くってよ。女子は流石《さすが》にまだだよな」

男子のように短時間で着替え終わらないことは、今更確認するまでもない。

明人はビーチチェアの傍《そば》に置かれてあるメニュー表をなんとなく手に取った。

「うお……向こうより高いな」

プライベートプールでは飲み物の価格が無料プールより高く倍近い値段だ。用意するための人員に対しての注文数から考えれば当然のことかも知れないが手厳しい。ここでも容《よう》赦《しゃ》のない搾取《さくしゅ》がされるということ。飲食物が持ち込み禁止であることも上手《うま》く考えられている。と、更衣室へと繋《つな》がる扉が少しだけ開かれた。

オレたちはほぼ同時に振り返るが、そこから人影が出て来る様子はない。

その代わりに、話し声が耳に届く。

「ちょっと愛里《あいり》何してんの、早く行きなって」

「でででで、でもでも！　は、恥ずかしいよ波瑠加《はるか》ちゃん！」

「何が恥ずかしいよ。ネットに色々恥ずかしい写真アップしてたんだから平気でしょ？」

「そ、それは直接見られてたわけじゃないし！」

「私にしたら、そっちの方が恥ずかしいって。ほらほら」

「わ！　待って待って！」

そんな、何とも言えない会話を波瑠加と愛里がやり取りしている。

「なんて言うか、見えない良さってあるよな」

意外にもそんなことを言う明人。

「なんだよ」

「明人もそういうことを考えるんだなと思って」

「あのな……男子だったら普通だろ？　そりゃ池《いけ》たちみたいに日頃から軽々しく口にしたりはしないけどな。おまえだってそうだろ？」

どこか呆《あき》れたような目でオレを見てきたと同時に否定を許さないような空気が流れる。

そんな空気を読んだわけじゃないが、明人なりに勇気を出しての発言なのは分かった。

無下にすることは得策ではないため、素直に認める。

「まあ、そうだな」

そう答えると、安堵《あんど》したように明人がちょっとだけ笑う。

「女子が聞いたらバカだ何だの言うだろうけどな」

普段は割とポーカーフェイスなことも多く落ち着いている明人だが、口数の多さからみてもソワソワしている様子は傍目《はため》に明らかだ。

しかしまだ2人は言いあっているようで、なかなか出てこない。

「恥ずかしいよぉ！」

「あのね！　こっちだって同じ気持ちなんだから！」

「はは……波瑠加《はるか》ちゃん、凄《すご》く大胆な格好だよね」

「あんたがコレ着たら皆の前に出るって約束したからでしょ！」

「ひゃん！」

登場を待っているオレたちは、ある種生殺し状態というヤツだ。

「大胆、だってよ」

「みたいだな」

期待感、それに伴う気恥ずかしいという気持ち。

出てきた時どこに視線を向け、どんな言葉を女子に発すればいいのか。

「無理無理！　せ、せめて何か羽織るもの借りて来る！」

「ダメだって！　こら、逃げないの！」

「うう、やっぱりこういう水着は恥ずかしいよ波瑠加ちゃん！」

「それ私だってそうなんだからね？　仕方なく付き合ってあげてるんだから！」

「私から頼んだことじゃないもん〜！」

登場を今か今かと待ちわびているオレたちだが、もう少しすったもんだは続くようだ。

「なあ綾小路《あやのこうじ》。おまえって愛里《あいり》のことどう思ってるんだ？」

先程まで女子の方に視線を向けていた明人《あきと》だったが、気が付けばオレを見ていた。適当なことを言ったわけじゃないだろう。

「どうって？」

話の流れはすぐに理解できたが、あえて知らぬ存ぜぬを貫く。

「男女混合のグループってちょっと複雑なとこあるだろ？　誰かが誰かを好きになってもおかしくないっつーか」

その問いかけに答えるのは難しくなかったが――――。

「そっちは？」

そう聞き返してみると、明人はやや困ったような表情を見せた。

「ま、そうだよな」

少しだけ沈黙した後に明人は話す。

「全くないって言ったら、嘘《うそ》になるかもな」

そんな存在がいることを否定せず、認めるような形で答えた。

「けどそれでこのグループが壊れるかも知れないなら、無理する気はない」

心の中にくすぶらせたまま、置いておくということ。その存在が波瑠加なのか愛里なのかは、今のオレには判断できないが……。ここは何て答えてやるのが正解なんだろうか。

数学と違い、導き出せば確実な答えが出せるというわけではない。

「清隆《きよたか》、おまえは——」

「きゃああっ！」

何かを明人《あきと》が言おうとした矢先、半開きだった扉が勢いよく開いた。そして前のめりに愛里《あいり》が飛び出してくる。大声が飛んできたところで明人と再び目を合わせる。

「お、押すなんて酷《ひど》いよ波瑠加《はるか》ちゃん！」

「あんたがさっさと出ないからでしょっ」

そう言って、愛里の登場後すぐに波瑠加も姿を見せた。

「お、おいおい……」

愕然《がくぜん》とした様子を見せる明人だが、言わずもがなオレも同じ気持ちだ。

何というか、2人とも信じられないくらい大胆な水着を着ている。

これがプライベートプールでなければ、男女問わず多くの視線を集めただろう。

すぐ視線を上げてオレたちを見た波瑠加。

なんだか見つめているのは犯罪的な雰囲気を感じ、明人と同時に適当な方を向く。

しかしすぐに気になったことがあるのか、視線は他所《よそ》にやったまま明人が言った。

「愛里は随分印象が違うよな？」

ここでオレに話題を振らないで欲しいが、明人も苦しい状況なんだろう。

「だな。垢《あか》ぬけた感じがする」

「それだ、それ」

オレたちの愛里に対する感想を述べていると、露骨に波瑠加は残念そうな表情をした。

「ありきたり、平凡」

「そう言うなよ。いや、驚きすぎて言葉が出てこないんだよ」

語彙力が急激に低下している部分は、是非とも波瑠加には汲《く》み取《と》ってもらいたい。

「……ちょっと泳いでくる」

2人の刺激が強すぎたのか、明人はそう言って2人に背を向けると準備運動もそこそこにプールへと飛び込んだ。水しぶきをあげ、誰もいない1人だけのプールを泳ぎ進んでいく。逃げ出したくなるような感覚に襲われる気持ちは分かる。プライベートプールという普段経験することの少ない環境だからこそ、目の前の2人の破壊力を見せつけられたら逃れることが出来なくなる。

色々と煩悩《ぼんのう》を払うためにも、ああやって泳ぎに逃げるのは正解だ。ことは言え男2人が突然泳ぐことに全力を注げば、明らかにおかしな空気に変わる。ここはオレが盾となり対峙《たいじ》を続ける他ないだろう。

どうしたものか……。軽く2人の様子を窺《うかが》うと、愛里は落ち着かない様子で顔を赤らめている。そんな愛里を見て波瑠加は楽しそうに背中側に回り両肩を掴《つか》んだ。

「ひゃっ」

「ほらほらきよぽん、生まれ変わった愛里はどう？」

そう言ってグイっと愛里を前に押し出した。ただでさえ距離が近かったものが、下手すると肌が触れ合う距離にまで詰まる。なんてものじゃなく、実際に触れてくる勢いだった。オレは分からない程度に後退して際どい距離を保った。

「わ、ぁっ……」

どちらも水着で肌が多く露出しているため、安易に触れるのは問題行動だ。状況に堪《たま》り兼《か》ね、愛里《あいり》は逃げるように口を開いた。

「わ、私もプールの中入ろうかなっ！」

「ちょっと愛里っ――」

波瑠加《はるか》が手を伸ばして捕まえようとしたが、間に合わず腕を掴《つか》み損ねる。

それからジャンプしてプールに飛び込む……かと思ったが、しっかりステンレスの手すりを持ってゆっくりと入水する辺りが愛里らしかった。

「ったく。私だって超恥ずかしいってのに……」

それはそうだろう。

胸元の強調もさることながら、何よりも下半身の水着は明らかに面積が少ない。固く紐《ひも》で結ばれているといっても万が一のことがあればと不安になりそうなものだ。

「一応言っとくけど、このとんでもない水着選んだの愛里なんだからね？」

「突っ込むに突っ込めなかったが、どういう経緯なんだ？」

元々波瑠加は人前で肌を見せることを好むような生徒じゃない。

ところが、この胸や下半身の強調具合は普通じゃない。

「経緯、経緯ねえ……」

一瞬難しそうな顔をしたが言葉を選びながら説明を始める。

「これはなんて言うか、愛里に付き合ってあげるって形？」

「どういうことだ？」

選ばれ過ぎてて、こちらも理解が及ばない。

「あの子も必死で変わろうとしてるってこと。それに私だって。自分で言うのもなんだけどさ……ちょっと他の子より目立つところってあるじゃない？」

濁すような言い方をされたが、それは間違いなく目のやり場に困るソレのことだろう。

「気にしなきゃいいって分かってても、視線が不愉快って言うか」

その悩みは理解できるが、男性心理からしても無視することは極めて困難だ。

どうしても目が行ってしまうことは避けられない。

「あの子に勇気つけさせるためにちょっと大胆な水着を選んだら、私も着るならいいよって返してきてさ」

それは上手《うま》い返しだ。波瑠加なら派手な水着を着ることを拒む姿は容易に想像できる。

波瑠加が着ないなら私も着ないと言い返せるからな。

「こっちも愛里改造計画の初手で躓《つまず》くわけにはいかないからね。意地ってやつよ」

自分が出した条件を飲まれてしまった以上、愛里も逃げられなくなったってわけか。

「それに私も愛里も、向こうの開放プールじゃこんなのは着られないけど、こっちならね」

仲の良い男子3人だからこそ、何とか実現にこぎつけたってことのようだ。

それでもかなりの羞恥心があることは、男でも簡単に想像できる。

「……見ちゃう？」

恥ずかしそう、というよりも嫌悪感を隠すように波瑠加《はるか》が聞いてきた。

「まあ、見るなと言われても難しいところは正直ある」

そもそも会話する際に視界の中に納まってしまうのだから仕方がない。

もはや目に入れないためには真上か真下、背中を向けるくらいしか回避方法がない。

「そっか。女と男の違いなんて分かってはいるつもりだけど、心理は分かんないしね」

胸や腰、下腹部に対しての好奇心の違いは、男女で分かり合えるものじゃない。

いや、男女ではなく人間一人一人強弱があるのだから分かるはずもない。

「あれ？　ところでゆきむーは？」

「もう少しかかるみたいだ」

腹痛の方が長引いているのか、一向に出て来る様子がないな。

「ふーん？」

それほど興味なく確認したのか、明後日《あさって》の方向を見ながら波瑠加が反応を返した。

会話が一度止まって、短い間沈黙が流れる。

「……あーダメだ、やっぱ色々考えちゃう」

「悪い。見ないように気を付けてはいるんだが」

どうしても相手の顔を見ながらの話となると視界に入ってしまう。

「そうじゃないの。別にきよぽんは何も悪くないって。そもそも、私だって自意識過剰過ぎるって分かってるんだから。好き好んで見てるわけじゃないことくらい分かるし」

え、いや……好き好んで見ていないこともないが。

そこは心の中だけにとどめておく。

「目立つものがあれば視線を集める。何だってそうなのよね。ただ、それが自分だって思うとどうしても良い気分になれなくってさ」

波瑠加の場合、男子の視線だけじゃないということだ。仮に同性だけの集まりであっても、自分の胸に注目が集まることを歓迎していない。

「ごめん、もうちょっと精神状態落ち着けるのに時間かかると思う」

「別にいいさ。無理だと思ったら着替えて来ればいい」

「それはダメ。愛里《あいり》が頑張ってる限り、私から折れることはしたくないから」

愛里改造計画と言ってたか。思うところがあるのは伝わってきた。

「話題変えさせて。今更かもだけど、きよぽんって無人島試験ギリギリだったみたいね」

ここ数日は綾小路《あやのこうじ》グループで集まることも出来なかったので、遅れながらといった感じで波瑠加が話題に触れてきた。

全く関係ない話題だからこそ、今はいいのかも知れない。

「ま、私たちも同じようなものだったから笑えないんだけどさ」

「正直、かなり過酷だったからな。精一杯戦った結果がアレだ。悪かったな」

「全然悪くないって。というか、ちょっと安心したって言うかさ」

息を短く吐いて、波瑠加《はるか》は不器用に泳ごうとしている愛里《あいり》を見た。

「安心？　結果が散々だったのにか？」

「ほら数学の件もあってきよぽんってとんでもないヤツって噂《うわさ》も立ってたし。これでそのへんも少しは落ち着くんじゃない？　変なプレッシャーなんて嫌なだけでしょ」

どうやら、オレの今後を考えての発言だったようだ。

「やっぱ、きよぽんって他の男子より聖人みたいなところあるよね」

「何を見てそう思ったんだ？」

買《か》い被《かぶ》り過ぎだと思ったからこその、疑問。

オレも人並みに性欲、異性への興味は持っている。

「表情とか、視線とか。そういうのが他の男子より少ない感じする」

それは何と言うか、ここで表情に出すのは色々と引かれそうだからな。慌てる役目みたいなものを別のヤツがしてくれているのもありがたい。相乗効果じゃないだろうか。

「うお……」

遅れて着替え終えた啓誠《けいせい》が姿を見せるなり、驚いた声を漏らす。

それは貸し切りのプライベートプールを見た感想……ではないことは目にも明らかだ。

オレの隣に立つ、大胆な姿をした波瑠加を見てだろう。

「オッスオッス」

平常心を保つためか、波瑠加はとぼけた顔と声を出して啓誠に挨拶する。

「お、おう……」

ずり落ちそうになったメガネを戻して視線を向こうにやった。

普段勉強ばかりの啓誠も立派な男子、ということだろう。

一律男子の反応と逃げ方が同じなのがまた、このグループらしさを表しているな。

龍園《りゆうえん》や高円寺《こうえんじ》のようなタイプなら、きっと違う反応を見せるんだろう。

「さて……俺もちょっと泳ぐかな」

勢い激しく泳ぎ続ける明人《あきと》の方へ逃げるように、プールに飛び込んだ。

上手《うま》く泳げずプールの底に足をつけた愛里が、波瑠加に向かって手を振る。

「波瑠加ちゃんもこっちおいでよ〜。気持ちいいよ〜？」

「はいはい行くわよ。ちょっと待ってて」

仕方ないなぁ、といった感じでオレの隣で準備体操を始める。

「無人島試験を一緒に戦ってから、より仲良くなったって感じだな」

「そりゃもう、ねえ？　上から下から色々と共有したわけで」

「わあ、ちょっと恥ずかしいから言わないで！」

プールの端でこっちを見て待っていた愛里が慌ててバシャバシャと水しぶきをあげる。

上？　下？　ありふれたキーワード、されど意味深なキーワードだ。

「なんてかさ、愛里《あいり》って基本的に頼りないんだけど放っておけないし。親友でもあり妹でもある、みたいな？」

出会った頃からは考えられないような発言。それは何も波瑠加《はるか》に限った話じゃない。

啓誠《けいせい》もそうだし、大きな変化はないとしても明人《あきと》だってそうだ。

1

それからグループの仲間たちと代わる代わるプールで遊び、満喫《まんきつ》する。

二対二のビーチバレーをやった後、今は5点先取一対一でビーチバレーの最中だ。最初は啓誠と愛里の戦いで、啓誠が5対2で勝利。そしてオレと明人が戦い、明人が5対3で勝ちを収める。体力の少ない愛里は1試合で疲れたのか、休むようにプールサイドに腰を下ろしたところを見計らって声をかけた。

「随分楽しそうだったな」

「あ、清隆《きよたか》くんっ。うん、凄《すご》く楽しいよ。全然相手にはならなかったけど……」

何故《なぜ》か立ち上がろうとしたのでそれを制止して、オレが隣に座ることにした。

「正直まだ驚いてる。こんな形で愛里が勇気を出したことだ」

「それは……うん。思い切ってみようって……今も凄く、恥ずかしいけど」

「どうして、勇気を出そうと思ったんだ？」

単なる気まぐれということはないだろう。

「無人島試験って、ほぼ24時間グループで一緒だったりするじゃない？　それで、波瑠加ちゃんと色々なことを話し合ったの。小さい頃のこと、中学のこと。それからこの学校に入って、みんなと仲良くなるまでのこと」

時間があれば、ちょっとした雑談では間がもたなくなるもの。となれば、深い話に掘り下げていったとしても不思議はない。恐らく濃い時間を共有したことで、2人は昔からの親友のように互いのことを理解していったのだろう。

「今なら変われるんじゃないかって……今しかないんじゃないかなって……」

「変われる？　それは見た目だけってことじゃないんだよな？」

「うん。まだ、ハッキリとは言えないんだけど……変わらなきゃいけない、変わっていかなきゃいけないんだって思い始めた。勉強もスポーツも苦手な私じゃダメなんだって」

頬《ほお》を赤らめ恥ずかしいと感じつつも、愛里はそう決意を表明した。

「そのスタートが、身だしなみってことか」

「わざと目立たないようにするのは良くないって、波瑠加ちゃんに怒られちゃった」

愛里は元々、性格上目立つことは好きじゃない。

だから髪型を控えめにし、不必要な伊達《だて》メガネをかけて生活をしている。姿勢に関しても背中を丸め顔を上げないようにすることも多い。勉強もスポーツも一朝一夕じゃ成果は出ないが、身だしなみは整えることは出来る。愛里がプールを見つめると、新しい試合では水面にボールが叩《たた》きつけられ、明人《あきと》が波瑠加《はるか》から1点をもぎ取るシーンだった。

これで3対1と明人がリードを広げた形だ。

「遅い……かな」

全てを話した愛里《あいり》は、不安そうにオレを見上げてきた。

「いや、遅くない」

よくその決断をしたものだと、素直に褒めてやりたい。

「応援する」

「あ、ありがとう清隆《きよたか》くん。私、頑張るね」

「あーそうそう、言い忘れてたことなんだけどさー、愛里のそのイメチェンはまだ内緒だからね。2学期が始まってから全員にお披露目《ひろめ》するんだから」

サーブになった波瑠加が動きを止めて言った。全員が揃《そろ》う教室での方がいいだろうな。

どうせ緊張するなら回数は少ない方が良い。

「それでゆきむーはどう思った？　愛里を見てさ」

波瑠加は試合を見ていた啓誠《けいせい》に話を振った。

「お、俺に聞くなよ」

「聞かなきゃ分かんないでしょ？　忌憚《きたん》なき意見を聞かせてよね」

そう言われ、啓誠は愛里を直視して全身をくまなく観察する。

当然恥ずかしいのか、愛里は逃げようとした。

「逃げちゃだめよ愛里」

唸《うな》りながらジタジタと両足をばたつかせる愛里を波瑠加が懸命に押さえる。

そして観察を終えた啓誠の評価は……。

「……悪く、ないんじゃないか？　というか、いや、全然いけてる……」

日頃は女子に対して興味を示さない啓誠がテレながら答えた。

「おっ、ゆきむーがこの反応ならバッチリそうね！」

自分のことのように喜んだ波瑠加は、その瞬間高くジャンプした。

そして愛里の方に釣られて視線を送っていた明人にサーブを叩き込む。

「うわっ！」

「いっぽいーんと！　これで2対3！」

「ずるいぞ波瑠加」

「女子に見とれてるみやっちが悪いんでしょ。油断大敵油断大敵」

「無茶《むちゃ》言うなよ。しかし……メガネ外して髪型少し変えるだけで女子ってこうも変わるものなのか？」

「元々の素材がピカイチだったってこと。そんなことも分からなかったの？」

「んなこと言われても……なぁ？」

明人と啓誠が顔を見合わせて同時に頷《うなず》く。

「やれやれ。ま、こういうあんたたちだから私も気兼ねなく接せられるんだけどさ」

明人は煩悩《ぼんのう》を振り払い、自分のサーブに集中する。

試合再開ということで愛里《あいり》がポツリと漏らした。

「勉強って、どうやって上達って言うか、賢くなっていったらいいのかな……」

日頃から愛里たちはテスト対策はしているが、堀北《ほりきた》や須藤《すどう》のように根本からの勉強会というものは基本的に行っていない。学力の底上げにはその部分が欠かせないだろう。

勉強に関連することを耳にして啓誠《けいせい》が前のめりに説明を始める。

「自分が出来るところ出来ないところを見極めるところからじゃないか？ 小学校1年生からをスタートとして、最初は全員が横並びで走り出す。でもだんだん勉強の得意不得意が出て来てしまう、それがどうしてか分かるか？」

「えっと……」

「学習力、吸収力には個人差があるし、集中力も違う。1分も我慢できないようなヤツもいれば、臨機応変に集中力をコントロールして授業の1時間乗り切るヤツもいる。それだけでも学習能力に差が出始めるが、授業以外にどれだけ勉強してるかも大きな要素だ」

「それは、うん。確かに塾に行ってる子たちは頭良かった」

当然のことではあるものの、納得するように愛里が頷《うなず》く。

「っら！」

ボールが波瑠加《はるか》のキャッチを弾《はじ》き、5点目を獲得する。結果は5対2で明人《あきと》の勝ち。

「よーっし。これで俺の勝ちだな」

「悔しー。けどちょっと2人の話が気になって集中できなかったことが敗因よね」

そう分析と言い訳をしつつ、波瑠加もプールサイドに上がってきた。

「きよぽんが勉強教えてあげたら？」

話の流れから、波瑠加はそう提案してきた。

「悪いがオレは勉強を教えるのは得意じゃない。それに、教えるスペシャリストは身近にいるだろ？」

こちらに向けられていた視線を、促すように啓誠へと向けた。

「まあ……愛里が良いって言うなら、俺はいいけどな」

「いやでもさ、ゆきむーはほら、私や明人もこれからお世話になろうと思ってるし。レベルの違う愛里を入れると教えるの大変になるんじゃない？」

「う、それって私がバカってことだよね？　……うう」

「ああ違う違う！　そういうことじゃなくってぇ！」

「いやおまえ、それはそういう意味にしか取れなかったぞ波瑠加」

擁護《ようご》できず明人がそうため息交じりに呟《つぶや》く。

「私はただ、だから……あぁもう、ごめんなさいちょっと言葉が過ぎました！」

深々と愛里に頭を下げると、それと同時に2つの塊が大きく――。

と、それを見るのはよそう。根こそぎ集中力をそちらに持っていかれてしまう。

それから、一同の笑いが起こり場の空気も和んでいく。

「っし。じゃあ今から愛里と啓誠でリベンジ勝負な」

「ええっ、私じゃ何回やっても勝てないよ〜！」

「助《すけ》っ人《と》として俺も参加してやるから安心していいぜ」

「ま、まて明人《あきと》。それじゃこっちが圧倒的に不利じゃないか！」

不満を垂《た》れながらも啓誠《けいせい》は素直にプールの中に入っていく。その辺真面目だ。

「が、頑張って来るねっ！」

明人という頼もしい仲間を得た愛里《あいり》が、小さくガッツポーズを作った。

オレと波瑠加《はるか》は斬新な二対一の戦いをプールサイドから見守ることにする。

「あのさ、ちょっと聞いてもいい？」

「ん？」

試合が始まって間もなく、波瑠加は視線を試合に向けたまま聞いてきた。

「私の気のせいじゃなかったらいいんだけど、きよぽんって愛里に少し冷たくない？」

「そんなつもりはない」

「けどさ、マンツーマンで教えてあげても良かったじゃん。それくらい出来るでしょ？」

出来るか出来ないかの2択なら問題なく出来る。

「なんか不公平な感じがするのよね、愛里に対して」

「オレは誰に対しても、公平な目線で見てる」

「ホントに？」

「見せかけ以外で本当に誰かを贔屓《ひいき》したことはない」

「……それって親友や彼女にも同じように公平に接するってこと？」

「そうだな」

「なんか、それってちょっと変じゃない？　距離感が遠いって言うかさ。この際だから言うけど、前からきよぽんって距離置いて私たちのこと見てるじゃない？」

どうやらその辺のことは、波瑠加にも伝わっているようだ。

「笑った顔とか、見たことないしさ」

そう言って右腕を伸ばしてくると、オレの左頬《ほお》を摘まんだ。

多少の強弱を付けながら引っ張ったりして遊んでいる。

「せめてきよぽんを笑わせられるのが私たちでありたいよね」

「意図して笑ってないわけじゃないんだけどな」

つねっていた頬から指先から離すと、不満そうに腕を組む。

「直接教えない理由はまだある。愛里とオレとの距離が最初から近すぎたことがある」

「なにそれ」

「あいつを成長させるのはオレじゃなく、周囲の取り巻く環境だと考えてるんだ」

「取り巻く環境？」

「波瑠加がいて明人がいて、啓誠がいる。親友に囲まれて成長していくことが愛里にとって一番重要な要素なんだ。現に、今愛里は波瑠加のお陰で大きく変わろうとしている」

「私は愛里にとって一番重要なのはきよぽんだと思うけどね」

「恋愛を絡めることで成長するタイプなら、それも手だったかも知れないな」

「きよぽんが愛里《あいり》の気持ちに気付いてるのは、前に聞いてたけどさ、何て言うか、その言い方はちょっと酷《ひど》いって言うか……」

自分でもどう表現していいのか分からないのか、複雑な瞳がオレを見る。

「1年生の時から、愛里はずっと少なからずオレを想《おも》ってくれている。それは嬉《うれ》しいと感じている。ただ────」

まるで自分が告白の返事を待つ少女のように、不安げな瞳をオレに向けてきた。

愛里の恋。それが成功するように祈ってやれる親友であることは紛《まぎ》れもない事実だ。

「今の愛里に必要なのは信頼できる友人たちだ」

「で、でもさ。でもそこに恋愛要素があったっていいじゃない。もっと頑張れるかも」

「確かに相乗効果はあるかも知れない」

ただ厄介なことに、恋愛というものは基本的に並行して複数行えるものじゃない。

基本的にその席につけるのは1人で、2人目を迎え入れる場合1人目を切り捨てる行動に出なければならなくなる。もちろん、上手《うま》く立ち回ることで2人3人と同時に行うことも不可能じゃないが、閉鎖的環境のこの学校では不向きと言わざるを得ない上、それが露見した時のデメリットの方が遥《はる》かに大きい。オレはプールサイドから立ち上がる。

「これから愛里は、ちょっとした精神的なショックを受ける。その時に波瑠加《はるか》、おまえが誰よりも傍《そば》で励《はげ》まして元気づけてあげてくれ」

「何それ、どういうこと？」

「悪いが今は答えられない」

愛里はクラス内で最も価値の低い存在だ。

学力＋身体能力＋それ以外の要素。総合的に見て、そう判断せざるを得ない。

それはＯＡＡだけでなくオレ個人の感想としても同じ。

ただ、今ここから変わろうとしている愛里次第では、ゆっくりとだが伸びていく。

半年後か1年後か、その頃にはクラスの下位を脱出できているかも知れないな。

2

プライベートプールの時間はあっと言う間に終わりを迎え、着替えを始めた。

従業員による清掃などもあり次の予約者が来るまでの時間も決まっているため、延長は出来ない仕組みだ。オレたち3人は手早くシャワー、着替えを済ませてプライベートプールを後にした。男子と違って女子は着替えるのもひと手間あるためか姿は見えない。

「女子はまだみたいだな」

この後をどうするか、その話し合いもしていないため出て来るのを待つことに。

「綾小路《あやのこうじ》先輩！」

「ん？」

ふとこちらを見ている視線があると思ったら、七瀬《なせ》だった。

今日も記録を更新し、船上では毎日七瀬と顔を合わせていることになる。

「七瀬には特別試験の筆記試験じゃパートナー探しに協力してもらった。それに無人島でも七瀬には何度か助けられることもあったんだ」

「へえ？　じゃあ結構凄《すご》い女子なんだな」

感心したように明人《あきと》が頷《うなず》き、軽く手をあげて七瀬に挨拶する。啓誠《けいせい》もそれに続いた。

もしかして、プライベートプールの次の予約は七瀬なのか？　そう思ったが……。

「ここへはたまたま通りかかったんです」

それを否定するかのように、七瀬はあくまでも偶然だと口にした。

「そうか」

「お邪魔しても何ですし、私はこれで失礼しますね」

この付近には、特別生徒が遊べるような場所はプライベートプールしかない。

事実七瀬は立ち去って行くも、何故《なぜ》ここに姿を見せたのか目的が見えて来ない。

いや――ここまで来ると単なる偶然で片づけるのは安直過ぎるか。

七瀬はオレの行動をある程度把握《はあく》し、逐一様子を確認しているようだ。

ただ、そこに悪意のようなものは感じられない。

だとすれば、何が目的だ？

オレたち3人の前を、中泉《なかいずみ》と鈴木《すずき》が歩いて通り過ぎていく。

それを見ても、他の2人は何も異変を感じることはなかったようだ。

「どうした綾小路《あやのこうじ》。あの2人がどうかしたのか？」

「いや……どこに行くんだろうと思って」

「あー確かに。この先って別に何もないよな。迷ったんじゃねえの？」

この先には、特別な施設は何も存在しない。迷ったということもありえないわけじゃないが。

そもそもこの階層にはプライベートプール以外の目的では訪れない。

七瀬同様通常では考えられないところを歩いている。

そう言えば昨日も、船首に近いデッキで七瀬と中泉たちを見かけたな。

「しかし愛里《あいり》も大変だな。色々と強敵が多そうで」

「何がだ？」

オレの後ろで明人が呟《つぶや》くと、啓誠が突っ込む。

「いや、何でもない」

七瀬が立ち去った後、程なくして女子2人が着替えを終えて出て来る。

「楽しかったね、波瑠加《はるか》ちゃん」

「まあね。身内同士なら、プールで遊ぶのも悪くないかも」

女子2人は大満足だったようで、着替え終わった後も終始笑顔だ。

波瑠加は先程オレが言ったことも気にしているだろうが、おくびにも出さない。

「あ……」

全員が集合してプライベートプールから離れようとしたとき、次の予約と思われる人物が姿を見せた。

「なんだ次は池《いけ》か」

「お、おー。そうなんだよ。この時間しか予約取れなくってさ」

「1人ってわけじゃないよな？　須藤《すどう》たちとか？」

明人《あきと》が不思議そうに池の後方を見るが、人影は見えない。

「あ～いや、えっと……」

言葉を詰まらせて落ち着かない池だったが、その視線の先に何かを捉える。

「ごめんお待たせ！」

「なんだ珍しいな、篠原《しのはら》と池の組み合わせで遊ぶなんて。他のメンツは？」

明人も啓誠《けいせい》も何ら不審に思わず、あっけらかんとそんなことを聞く。

もちろん波瑠加《はるか》と愛里《あいり》はすぐに察したようで、驚きつつも男子の背中を押した。

「ほらほら、そんなことはいいから私たちは私たちで行くわよ」

「は？　なんだよ急に」

「さ、さつき、行こうぜ」

「うん」

逃げるように篠原の手を取って、２人はプライベートプールの受付にかかる。

時間は決まっているためこんなところで油を売っている暇はないのだろう。

「さつき？」

下の名前で呼んだこと、そして２人が仲良く手を取り合ってそれぞれの更衣室に消えていくのを見てようやく明人が２人の異変に気付く。

「あいつら……え、いつから？」

「なんだどういうことだ？」

未《いま》だに理解していない啓誠だったが、すぐさま波瑠加からの単刀直入な説明が入る。

「付き合い始めたってことでしょ」

「何言ってるんだ。池と篠原は水と油だろ、その２人がなんで付き合うんだ」

嫌いな者同士が付き合うはずがないと真顔で否定する。

「ゆきむーって頭はいいけど……バカよね」

「最初は嫌い合ってたかも知れないけど、ちょっとずつ距離が詰まっていったんじゃないかな。最近は、なんか意識してる感じが続いてたもんね」

こういう恋愛ネタは女子の方が強いためか、愛里も理解したように頷《うなず》く。

「まあね。けどまさか、本当に付き合い始めたっぽいのには驚いたけど」

「……そ、そうなのか。池と篠原が？　……いや、やっぱり理解できない」

状況を把握《はあく》した啓誠は、愕然《がくぜん》とした様子でもう見えない２人の背中を探した。

3

「いや～おっかね～」

遊び終え客室に帰ってからほどなく、宮本《みやもと》がぶつぶつ言いながら戻ってきた。

「何かあったのか？」

「あったなんてもんじゃないって。近くのトイレで時任《ときとう》のヤツが葛城《かつらぎ》の胸倉に掴《つか》みかかってたんだよ。あ、もちろん喧嘩《けんか》っ早《ぱや》い方の時任な。しっかし相当揉《も》めてんなアレは」

「おいおい止めなかったのか。裕也《ひろや》はキレると結構おっかないんだぜ？」

見捨ててきたような言いぐさをする明人《あきと》に、宮本がややムッとした表情を浮かべる。

「止めねえよ。俺には関係ないし巻き込まれたら大変だろ」

葛城と時任裕也。共に龍園《りゅうえん》のクラスの生徒だ。

「葛城はAクラスから移動してきたばかりだ。少し前まで敵同士だったことを考えると、トラブルの1つや2つ起こっても不思議はない。なあ清隆《きよたか》」

「そうかもな」

「ちょっと心配だし様子を見に行かないか？」

「ほっとけよ三宅《みやけ》。敵クラスが揉めてるんだから相対的に俺たちの得ってことだろ？　葛城なんて元々Aクラスの人間なんだ、ウマが合わなくたっておかしくないって」

「けどな……同じ2年じゃねえか」

「下手に首突っ込んだら、俺たちだって巻き添えを食うかもしれないだろ？　それで龍園に目を付けられたらどうすんだよ」

宮本の説得に対し明人は不満があるようだったが、ひとまず話を聞き入れる。

明人が出ていくことで状況が悪い方向へ転がることも考えられるだろう。

そんな2人のやり取りを聞いていたオレは、無言で立ち上がった。

「ほっとけって」

「いや、葛城の件は静観が正しいと思う。喉が渇いたから売店に行くだけだ」

そう言って客室を後にする。

確か2人が揉めてるのは近くのレストルームって話だったな。

些細《ささい》な揉め事であれば、宮本の言うように放っておくのが一番なのだが……。

時任と聞けば、去年の合同合宿で同じグループになった一之瀬《いちのせ》のクラスメイト時任克己《かつみ》を真っ先に思い出す。今揉めているのは別人で、時任裕也。比較的珍しい苗字の時任姓は単なる偶然ではなく、遠い親戚だという話を聞いて驚いた記憶がある。あれ以来深い交友はないが、時任克己については衣食住を共にした仲間でもある。

面識はあってないようなものらしいが、もしオレのような外野が踏み込んでも良いことであるなら、一応は手を差し伸べておきたい。

そう思っての行動だったのだが……。

レストルーム近くまで来るも、葛城《かつらぎ》たちの姿は見えない。

多少揉《も》め事《ごと》はあったが、既に解決したということだろうか。

「綾小路《あやのこうじ》くん」

一応周辺を見て回っておこうとしていると、ひよりに声をかけられた。

「葛城を見なかったか？」

「やっぱり他の人にも見られていましたか。私も葛城くんと時任《ときとう》くんが揉めているという話を聞いて、ここに来たんです。それで先程場所を変えるようにお願いしました」

なるほど。レストルームの周辺じゃ嫌でも目立つ。

ひよりに導かれるままついていくと、人気《ひとけ》のない場所から微《かす》かに声が聞こえてきた。

物陰から覗《のぞ》き込《こ》むよう指示され、静かに声の発信源をうかがう。宮本《みやもと》から報告があった通り葛城と時任の２人だ。しかしそれ以外にも女子の岡部《おかべ》が参加しているようだった。

「葛城、おまえ本当に龍園《りゅうえん》なんかについてるのか？」

「平行線だな。多少言葉尻は変わっているがこれで三度目だ、その質問は」

「おまえが答えないからだろ」

「答えようがない。つく、とはどういう意味なのかと繰り返し聞いている」

冷静に対応している葛城に対し、感情任せにぶつかっている時任といったところか。

「あいつの犬になって、何でもかんでも命令聞くのかって話だよ」

「犬になった覚えもなければ、命令を聞いているつもりもないな」

「悪いがそうは思えないんだよ。だったら無人島試験、なんであいつと組んだんだ？」

「理解に苦しむ発言だな。クラスが勝つために決まっているだろう」

それ以外に何がある、と葛城は当然のように答える。

「3位にもなれなかったのにか？」

「確かに予定通りとはいかなかったようだ。しかし、結果としては悪くない」

「なんだそれ。4位以下は一緒じゃねえか。それに便乗カードだって無意味になったじゃねえか」

「おまえが思っている以上に、龍園にも考えていることがあるということだ」

「よそ者のくせに言うじゃねえか。だったら教えてくれよ、考えてることってやつをよ」

「今はまだ話す段階にない。悪いがそれは出来ない」

「なんだそりゃ。どうせ何もないんだろ？　とにかく俺は龍園が大嫌いなんだ」

押し問答のようなやり取りが延々と続いている。

1つ確かなことは、時任が本心から龍園を嫌っているということだ。

「確かに好意的に見られる人間かと聞かれれば、素直にイエスとは答えられないな」

その点は反論もせず同意して葛城は頷《うなず》いた。

だが、その態度も時任にとっては気に入らないものだったらしい。

「その割に無人島で龍園とコンビ組んだり、今日も仲良く飯を食ってただろ」

「堂々巡りだな。どうやら誤解があるようだが――」

否定をしようとしていた葛城《かつらぎ》に、時任《ときとう》は食ってかかる姿勢で割り込む。

「あれだけ敵対してたくせにあっけなく懐柔《かいじゅう》されたな。おまえはもっと骨のあるやつだと思ってたぜ」

「龍園《りゅうえん》とぶつかったのは敵味方問わず一度や二度じゃない。だが今俺はクラスの一員として、龍園のクラスメイトとして役目を全うしている。そしてこのクラスが龍園を軸に動いているのなら、それに従うのが筋というものだろう」

「坂柳《さかやなぎ》とぶつかってたヤツの言ってるセリフとは思えないな」

「過程が違う。1年としてスタートした段階では誰がリーダーになるかも決まっていなかった。そしてその候補として名乗りを上げた坂柳と俺の考えに齟齬《そご》が生じていたため、俺もリーダーに名乗りを挙げ対立することになったんだ。今のクラスは、既に龍園をリーダーとして定め舵《かじ》を切っている。そもそも、移籍してきた俺をリーダーと認めるのか？」

「それは……」

「それに坂柳と龍園とではタイプも異なる。クラスの色合いも大きくな」

正論で諭すように返す葛城だが、時任は一切納得できていないようだった。

「だから言ったんだって時任。葛城くんじゃ話にならないって」

ここまで静観していた岡部《おかべ》が、時任の肩を叩《たた》いてこれ以上は無駄だと諭す。

「結局、Aクラスに居場所のなかった葛城くんは龍園に拾われて嬉《うれ》しかったってことでしょ？　つまりあいつの犬ってこと」

「俺がここでそれを否定したところで、おまえたちに理解してもらえそうにはないな」

なるほど、ざっくりとだがこの揉《も》め事《ごと》の根底が見えてきた。

ちょいちょいと肩を指先で叩かれたオレは一度顔を引っ込めひよりと向き合う。

「一部のクラスメイトが不平不満を持ったのは昨日今日の話じゃありません」

「だろうな。今までの鬱憤が溜《た》まっていたってところか」

龍園の独裁政権は、当然強い反発も生む。

今まではそれを強引に抑えつけていたんだろうが、いよいよ跳ね返り始めたか。

「龍園は？　以前なら反乱分子に対して容赦《ようしゃ》しなかっただろ」

「以前ならそうですね」

「それがなくなったことが、今回のようなことの原因か」

ひよりは小さく頷《うなず》く。

「皆、変わってきているんです。私も当初はクラスに対して強い想《おも》いはありませんでした。本に囲まれた3年間を送れるのならと、殆《ほとん》ど主張もしませんでしたし」

確かに、ひよりの存在感が最初から強かったかと聞かれるとノーだ。

むしろその存在に目を留《と》めることすらなかった。

「時任くんは、ずっと龍園くんのやり方を毛嫌いしています。いえ、時任くんだけじゃありません。今傍《そば》にいる岡部さんだってその1人です」

「葛城を抱きこんで、龍園に対し反旗を翻したいということか？」

「そうかも知れません」

能力的にも葛城《かつらぎ》ならリーダー代理としては十分な能力を持っている。それに移籍してきた生徒だからこそ、遠慮なく龍園《りゅうえん》にも切り込んでいける。

「しかし時任裕也《ときとうひろや》か。龍園もまた厄介な相手を敵に回したな」

時任裕也は明人《あきと》も似たようなことを言っていたが、勝気な性格で言葉遣いが荒く、そして執念深いことでも知られている。

「綾小路《あやのこうじ》くんもそう思いますか」

ひよりも危惧《きぐ》するように、この状況は誰にとっても得にならない状態だ。

「確かに今、私たちのクラスは好調です。その要因の1つに、戦線を一度離脱した後戻ってきた龍園くんが成長を見せたことが大きいとも思います」

1年の最初の頃と比べると龍園、そして石崎《いしざき》などの周囲も大きく成長を見せている。

「ですが快進撃がいつまでも続くかどうかという話は別です。どのクラスにも言えることかも知れませんが、もし龍園くんが今後退学ということにでもなれば、一気に私たちのクラスは崩れていくと思います」

「龍園の戦い方は常に危険と隣り合わせだからな」

大きく勝つために大きなリスクを負う展開も、今後出てくるだろう。

坂柳《さかやなぎ》に持ちかけたという『約束』も非常に気になるところだ。

「そうなった時、受け皿になる人物の存在は必要不可欠です」

不測の事態におけるリーダー候補、ということ。ひよりはこちらに笑顔を向けて来る。

「その時は綾小路くん……私たちのクラスに来ませんか？」

ひよりはその外見に似合わず、楽観視などせずクラスが勝つための戦略を口にする。

「また、何とも大胆な話だな」

「この前も勧誘しましたが、あれは石崎くんにお付き合いした半ば冗談のようなものでした。でも今回のお誘いはそれとは違います」

つまり本気ということだ。

「けして弱いクラスだと私は考えていません。しかし万が一の有事に導いてくれる人を欠いていることもまた事実。どうでしょうか？」

参謀としてひより、葛城、金田《かねだ》がバックアップする形での戦い、か。

「龍園が退学する展開になるとは限らない。そうだろ？」

「もちろん、そうならないことが一番です」

ただひよりにしては、少し突拍子もない誘いのような気もした。

腹の内で考えていたとしても、今口にすることかと言われると疑問が残る。

「何か心配事でも聞いたのか？」

思い切って聞いてみたが、ひよりは少し微笑《ほほえ》んだだけで答えることはなかった。

ひよりと話している間にも、葛城と時任の話し合いは押し問答が続いていた。

葛城は一向に時任が喜ぶ返答をしないことで、ついに硬直が解ける。

「……時間の無駄だな。おまえなら理解してくれると思ったから話したが、間違いだった」

「理解したようだな」

「このことを口止めしてくれとは言わねえよ。龍園《りゅうえん》に報告したけりゃ好きにしろ」

「報告するつもりはない」

「いいのか？　言っとくが俺は本気だからな。放っておくとどうなるかわかんねーぜ」

「勘違いするな時任《ときとう》。龍園のやり方には間違っていることも多い。おまえのように不満を抱くことが間違っていると俺は思っていない。しかし行き過ぎた行動は感心しない」

時任が何かを考えていることは明白だった。

そしてそれが、龍園を排除するための意思であることは疑いようがない。

「うるせえよ」

そう言い残し、時任は葛城《かつらぎ》の前から去っていく。

オレたちは身を潜めて、気づかれないように時任と岡部《おかべ》を見送った。

その後静かに立ち去ろうと思っていたのだが……。

ひよりに腕を引っ張られたことで葛城の前に姿を見せてしまう。

「何か用か綾小路《あやのこうじ》」

ここで逃げ出すのも変な話なので、流れのまま葛城の前にまで歩み寄った。

「いや、色々と大変だな葛城のクラスも」

「それはどこのクラスも同じことだろう。出来れば聞かせたくない話だったのだがな」

葛城は一度、オレの隣に立つひよりを見る。

「感心できないな椎名《しいな》。綾小路を信頼しているようだが、個人的な感情をクラスの問題事にまで引き込むのは正しい判断とは言えない」

手厳しい言い方ではあるが、葛城の言っていることは正しい。

与えないで済む情報を敵に送れば、後からそれが致命傷になることもある。

「そうかも知れません。でもこの話をクラスメイトの誰に相談できますか？　当事者の1人である龍園くんの耳に入れれば時任くんたちを放っておかないでしょうし、それ以外の生徒も同じです。裏切った友達を売って得点を稼ごうとするかも知れません」

「綾小路の耳に入れて解決することでもない」

「これは、葛城くんがどうするかの考えを整理する良い機会じゃないですか？」

「なに？」

「自分自身の方向性を定めるためにも、今考えていることを吐き出してはどうですか？」

策士、だな。ひよりはオレを使って葛城に好影響を与えようとしている。

1人で考え込む性格の葛城では、他者と打ち解けあうことは容易じゃない。

その行動が葛城にも伝わったのだろう、呆《あき》れながらも同意する。

「思ったよりもクラスのことを考えているようだな椎名」

「もちろんです。私はクラスメイトの皆さんとAクラスで卒業するつもりですから」

そんな言葉に後押しされるかのように、葛城は考えを言葉にする。

「今のところ2つのクラスを経験した唯一の2年として感じたことだが、坂柳《さかやなぎ》のクラスと龍園《りゅうえん》のクラスとでは、決定的に違う点がある。どちらもリーダーはクラスメイトから不満を持たれやすいが、それでも坂柳のクラスは一定のまとまりを持っている。一方で龍園のクラスにはまだまだ納得が行かず不満を溜め込んでいる生徒も多い」

まさに、今葛城《かつらぎ》に詰め寄っていた時任《ときとう》や岡部《おかべ》もその生徒たちということだ。

「この不満はクラスが上昇中の間は、溜《た》め込《こ》みつつも我慢が続くだろうが……」

「次に下降を辿《たど》り始めた時は怖いってことか」

「ああ。場合によっては、一度のミスでクラスが半壊してしまうこともあるだろう。あの男がそれを予見できていないとは思えないが……今の体制を変えるとも思えない」

「それは葛城の読み通りなんじゃないか？　龍園もきっと分かってるはずだ」

「しかし分かっているのなら、時任たちに歩み寄り手を打つべきだ」

「まあ、龍園のやり方にはどうしても反発が生まれるからな」

どうやら、龍園がこの問題を解決すべきだと葛城は考えているようだ。

「それを見越して、龍園は葛城をAクラスから引き抜いたんじゃないのか？」

「……俺を？」

「もし龍園自身に何かあった時、葛城ならその代役を務めることが出来る。そう踏んでの引き抜きだったとオレは考えてる」

ひよりの求めている、まさにリーダー候補となれる存在。

「俄《にわ》かには信じられない話だ」

もちろん、葛城に言ったようにオレ個人が勝手に解釈していること。

「ハイリスクハイリターンを求める龍園の場合、Aクラスで卒業することも、呆気《あっけ》なく何処《どこ》かの試験で退学することもある。だからこそ万が一の保険は必要だ」

1人の裏切りから、龍園政権が瓦解《がかい》することは大いに考えられる。

「もしそうだとするなら……気に食わんな」

葛城を高く評価しているからこそだと思ったが、そのことに不満を隠そうとしない。

「龍園とは価値観の違いで敵対している。それはクラスメイトとなった今も変わっていない。しかし、仲間になったからにはどちらも欠けることなくAクラスで卒業するということが最低目標だと思っている」

こういう人間だと分かっているから、龍園も直接葛城には伝えないんだろう。

個人的な成長を見たとき、龍園の進化には目覚ましいものがあるが、その勢いにクラスメイトはついて来られていない。

「さっきのことだが、時任のことを龍園の耳に入れない判断をしたのは正解だな」

「反乱分子など放っておけとなればいいが、排除となると問題が大きくなるからな」

悩みの種に頭が痛いだろうが、それが同時に葛城にとってのやりがいにも変わる。

少なくとも出番なく、飼い殺されていたAクラスの時とは大きく状況が違う。

どこか新しく思い描くことでもあったのか、葛城の表情が僅《わず》かに柔らかくなった。

「どうですか葛城《かつらぎ》くん」

「……分かっている」

こほん、と一度咳払《せきばら》いした後葛城はオレに改めて目を向ける。

「おまえに話を聞いてもらえて、少し自分のなすべきことが見えてきた。感謝する」

「いや、オレは思ったことを口にしただけだ」

「それがデタラメであれば話にならないが、言っていることは的を射ていた。椎名《しいな》がおまえに聞かせたのも、適切な回答をすると確信していたからだろう」

嬉《うれ》しそうにひよりは微笑《ほほえ》む。

利用された形にはなったが、これで龍園《りゅうえん》のクラスに僅《わず》かな兆しでも入ればいい。

「それにしても綾小路《あやのこうじ》。同じことを思った生徒もいるだろうが、少し意外だった」

「意外？」

「今回の特別試験、かなり際どい結果だったからな」

松下《まつした》を始めとしてオレの実力に懐疑的になった生徒も少なくないだろう。

そういう意味で月城《つきしろ》の存在は結果的に良い方向に転がってくれた。

「それが本来の実力か？　それとも、何か予定外のことでもあったか？」

「さあどうだろうな」

そうはぐらかしたが、葛城は見逃してはくれなかったようだ。

「椎名、悪いが綾小路と２人で少しだけ話がしたい」

「分かりました。自分の部屋に戻ることにしますね。では綾小路くん、また」

ひよりと軽い別れの挨拶を交わし、オレたちは2人この場に残る。

「無人島試験中、龍園からはおまえについて知っていることを全て聞かせてもらった」

「素直に龍園が話してくれたのか」

「最初は少しはぐらかされたが、俺をクラスの一員として認めるのなら話せとな」

ある種の殺し文句だな。

とするなら堀北《ほりきた》のクラスで暗躍していたXとしての立ち位置。

屋上での一件まで全てが葛城に知れ渡ったということだ。

坂柳《さかやなぎ》も言っていたが、少しずつオレを知る生徒が増えていくのは防げない。

「これまで上手《うま》く立ち回っていたようだな」

「静かな学校生活が送れるなら、オレにとってAクラスであることもDクラスであることも大きな違いはないと思っていた」

「それが実力を隠している理由か。俺は他言しないが、恐らく周知されていくまでにそれほど多くの時間はかからないだろう」

だろうな。広がり始めた情報を封殺する方法は、ほぼないと言ってもいい。

「オレはオレとして、この学校でやるべきことをやるだけだ」

「いつになるのかは分からないが、本気で戦うおまえと戦える日を楽しみにしている」

そう言って葛城は大きく一度頷《うなず》くと、この場を後にした。

4

昼下がり。あたしは1人の友達を連れてカフェテラスに足を運んでいた。

「なんかこんな風に2人で会うのは久しぶりよね佐藤《さとう》さん」

「そうだね。あの時以来かも」

あの時以来。それは、あたしが清隆《きよたか》と付き合うことになった話をした時のこと。

それからも佐藤さんとは仲の良い友達……ううん、以前よりもずっと距離が近くなって、今はもう親友と呼べる存在にまでなっている。

でも、あたしたちのグループは基本的に4、5人で構成されていることが多い。

入れ替わり立ち代わりで、常にそれくらいで遊んでいる。

だから佐藤さんと2人きり、というシチュエーションが中々できることはない。それはこの夏休み、船の上でも一緒だ。むしろプライベートが少ない分、7、8人で遊ぶ機会ばかりだ。参加に多少抵抗が残るプールも……まぁラッシュガードで肌を隠せるので問題はない。ともかく今日、佐藤さんと2人きりの時間を強引に作ったのには理由がある。

とりあえず……空いている席を、っと。あたしと佐藤さんは注文前に席を確保しておこうと、周囲を見回す。学校と違って、カフェテラスは広くて場所に困ることはない。

だけど今日の話の内容から、出来れば周囲に人がいてほしくない。

ある程度他の子たちから離れたところとなると、陽《ひ》の当たりの悪い場所になりがちだ。

どうしようかな……。

「別に室内の奥でもいいよ？」

「え、いいの？」

「だって大事な話があるんでしょ？」

察していた佐藤さんが、そう言って可愛《かわい》い笑顔を向けてきた。

「ありがと」

お礼を言って、あたしたちは不人気な外の見えない席を取ることにした。

使用中の札をひっくり返してから、注文へと向かう。

「ここはあたしに奢《おご》らせて。佐藤さんを呼び出したわけだし」

遠慮しそうな佐藤さんを押し切り、同じコーヒーを2つ注文してから席についた。

「それで――話って？」

席につくなり、そう切り出してきた佐藤さん。

あたしも引き延ばすつもりは一切なかったんだけど……。

「ん……ちょっと待って」

「どしたの？」

「なんか空気って言うか、変だと思わない？」

場の空気に対し違和感を覚えたあたしが確認するも、不思議そうに首を傾《かし》げる。

「変？　別に何ともないと思うけど……」

「そうかも。ごめん変なこと言って」

どうしてこんな風に感じるのか、最初はあたしも分からなかった。

だけど、もしかしたらアイツの……清隆《きよたか》といる時間が長いことで身に着いたものなのかも知れない。アイツはどんな些細《ささい》な変化もけして見落とさない。

それが誰かの表情なのか、感情なのか、あるいはこういった場の空気なのか。

どんなものにせよ異変に察知して見抜く。

もしかすると、あたしにもそんな選球眼みたいなものが身に着いたのかも……？

本当のところは分からないけど、今はそう思うことにした。

でもなんだろう。なんでこんなに嫌な気配を感じるの？

あたしは平静を装いながらも、静かに周囲の観察を始めた。

「ずっとさー、こんな船での生活が続けばいいのにねー」

なんて言いながら、あたしはカップを口に運びつつそれとなく辺りを見回す。

「あはは、それは同感。だけどこんな毎日が続いたら金欠になっちゃうよ」

「それは確かに。プールに映画に美味《お》しいごはん、すぐお金なんて底ついちゃいそ」

気が付くとその異様な雰囲気は消えていた。というより薄れていた。

あたしの単なる勘違い？　と、それよりも探りを入れることに夢中になっていて、状況が変わり始めていることに気付くのが遅れてしまった。

3年生の女子3人組が、談笑しながらあたしたちの隣のテーブルについたのだ。

「でさでさ～、Bクラスの木更津《きさらづ》くんがね～？」

「うっそマジで？　それ知らなかった～」

和気あいあいと雑談しながら、大声で笑い盛り上がっている。

あぁもう……早く話しておけばよかった。海側が人気とはいえ、人気《ひとけ》や日差しを避けてここを選ぶ人たちがいても不思議じゃない。あたしたちの会話に興味なんてないだろうけど、それでも聞こうと思えば聞ける距離。移動して逃げることも出来るけど、下手な悪印象は与えたくない。1年生の後輩ならともかく、先輩の3年生たち。

隣にいるのを嫌がって移動したことを根に持ってしまう可能性は捨てきれない。

こういった些細なことから虐《いじ》めが始まることを、あたしはよく知っている。

「実は、佐藤《さとう》さんには最初に伝えておこうと思って」

無関係な3年生の存在など気にせず、ここは佐藤さんだけに集中しよう。

余計なことを心配していたら、それこそ失礼だ。

「そろそろ皆に報告しようと思ってるんだ。清隆とのこと」

「……うん」

やっぱり佐藤さんは、あたしの話そうとしていたことの内容をほぼ予想していた。

もしかしたら『別れた』なんて可能性も少しは考えてたかも知れないけど……。

いいや、それはないか。もしそうなら、きっとあたしは平常心を保てていない。

平然と別れたんだよね～、なんて笑い飛ばせている自分が想像できなかった。

「だから佐藤《さとう》さんには、その……言っておこうと思って」

「皆、知ったら凄《すご》く驚くんじゃない？　2人が付き合ってるなんてさ」

それはあたしだって繰り返し頭の中でシミュレーションした。

やっぱりどのタイミングで言ったとしても、きっとちょっとした騒ぎになるだろう。

自分で自分を悪く言うつもりはないけど、あたしって可愛《かわい》げがない。

いつも偉そうで、マウント取ろうとして……清隆《きよたか》に会う前は虐《いじ》められるのが嫌で今よりもずっと勝気な性格を演じていた。興味ない男子に、色目を使ったこともある。

「それでいつ言うつもりなの？」

佐藤さんから時期について尋ねられ、すぐにあたしは返答する。

「今は夏休みだし、2学期に入ってからにしようかなって思ってる」

「そのことについて綾小路《あやのこうじ》くんはなんて？」

「あたしの好きなタイミングに合わせるって言ってくれてる」

佐藤さんは、チューっとストローを咥《くわ》えて一口飲む。

「そっか。ラブラブなんだ？」

「え!?　ええっ？」

「いいじゃない教えてくれたって」

「う、うーん。まぁそりゃ、ラブラブじゃなかったら恋人として変だし」

「キスとかしたの？」

「えええええっ!?」

「もう付き合ってから結構経《た》つよね？　そのへん、進展はどうなんですかっ？」

右手をグーにして、それをあたしの口元に差し出す。マイク代わりだ。

「……ふ、不意打ちで一回だけ」

素直にあたしが答えると、ニヤッと佐藤さんが笑う。

「いいないいな、不意打ちのキスなんてなんか憧れちゃうかも」

「そ、そう？　こっちは心構えも何もできてなかったし……初めてだったのに……」

そんな呟《つぶや》きを聞いて、え、と佐藤さんがちょっと目を丸くした。

「軽井沢《かるいざわ》さんって平田《ひらた》くんとは何もなかったの？　結構長い間付き合ってたよね」

「え？」

「それに軽井沢さんなら中学の時とか彼氏いても不思議じゃないっていうか」

あたしは佐藤さんからの突っ込みを聞きながら、血の気が引いていくのを感じた。

軽井沢恵《けい》は、モテる身として男をとっかえひっかえしているカースト上位の女。

そんな人物がファーストキスだったと報告するのは、確かに問題だ。

「ええと……ほら、あたしって身持ちは固いから」

懸命に平然とした様子を装って、そう答えた。

「本当にそういうのを許すのは彼氏の中でも特別な人だけっていうか？」

急激に喉が渇いていくのを覚えてカップのコーヒーの3分の1を一気に流し込む。

「でも平田《ひらた》くんだって超カッコいい彼氏だったじゃん」

「まあねー。でも、あたしには刺激不足だったかなー」

大丈夫、やれるってあたし。

口を滑らせてしまった以上、あとは上手《うま》く流れに乗って誤魔化《ごまか》すしかない。

「平田くんって草食系男子だから、がっついても来なかったしね。ちょっと物足りなかったんだよね～」

ごめん平田くん！　あたしは心の中で謝りながらも自分のために彼を犠牲にする。

「そっかー。まあ確かに彼氏には積極的にリードしてほしいってところはあるかも」

「でしょでしょ？」

「でも綾小路《あやのこうじ》くんだって見た目は草食系なのに、結構肉食系なんだ」

そんなことを言った佐藤《さとう》さんは、ちょっとだけ悔しさを滲《にじ》ませていた気がした。

「佐藤さん……あたし……」

「あ、ごめ軽井沢《かるいざわ》さん。そういうつもりじゃ……！」

今日の場は、ただ付き合っていることを告知することを伝えようと思っていただけ。

なのにこれじゃ、単なる自慢話する嫌味《いやみ》なヤツでしかないじゃない。

この学校に入学したての頃は、それで良いと思ってた。

平田くんのあることないこと勝手に触れまわって、嫌味な女全開だった。

だけど今はそれだけじゃダメだと思ってる。

大切な友達だと思っているからこそ、不用意な発言は避けるべきだったのに……。自分を守るための防衛本能だと言えば言い訳らしくも聞こえるけど、単なる身勝手なエゴだ。

「いいのいいの。だって良いなって思った男子を同時に好きになるのは普通って言うか昔からよくあることだしさ。まあ……私の場合、いつも負けてるんだけど」

ぶーっと唇を尖《とが》らせて、そんな不満を佐藤さんが漏らす。

でもそのあとは直《す》ぐにいつもの元気な様子に戻る。

「一応確認なんだけど、もし軽井沢さんが綾小路くんを振ったら……いいよね？」

いいよねって、それってそういう意味だよね？　心の整理が終わらないまま続ける。

「ほら平田くんだってフリーになって新しい彼女を作ってもいいわけじゃない？　だから綾小路くんだって同じだよね？」

「それはまぁそうだけど……」

そんなの絶対ダメ！　って言うか別れないし！

と心の中では叫びつつも、表面に出すわけにもいかないから大変だ。

「ほら、軽井沢さんならもっと上の男子狙えそうだしさ」

「もっと上の男子って、誰よ」

「誰って聞かれるとちょっと困るけど……司城《つかさき》くんとか、南雲《なぐも》先輩とか」

「ええ～？」

あたしにしてみれば、どっちも論外でしかない。

確かにビジュアルだけを言えば司城《つかさき》くんはトップクラスだし、生徒会長だってそうかも知れない。肩書みたいなもので言えば、上なのは間違いないしね。

でも……うん、やっぱり清隆《きよたか》のライバルにもなれる気がしない。

あいつって……嫌味《いやみ》なところもあるけど……強くて、カッコよくて、ミステリアスで。

それでいて——あたしのことを理解してくれてる。

「はい！　余計なことでしたご馳走様《ちそうさま》です！」

「え、えっ？」

「だって軽井沢《かるいざわ》さんの顔に書いてあるよ？　綾小路《あやのこうじ》くんが一番だって」

ぐ……。恋の詳細を知っている佐藤《さとう》さんには、あたしのポーカーフェイスが通じない。

「ありがと、最初に報告してくれて。嬉《うれ》しかった」

「そうかな……それなら良かったんだけど」

それからあたしたちの話は、他人の恋バナに移っていく。

無人島のことだったり全く関係ないことだったりを振り返って。

久しぶりに2人で楽しい時間を過ごすことが出来た。

5

同日。午後2時10分過ぎ。

多くの生徒たちが昼食を終えて遊び惚《ほう》けている時間帯。

私は呼び出した相手を待ちながら、静かに海を眺めていた。携帯を取り出し、自身の名前である堀北鈴音《ほりきたすずね》をクリックしOAAを開く。無人島試験の結果で何か変化が出るかと思ったけれど、どうやらこっちの変化はないようね。先生たち1人1人が生徒の様子を見られる場面は限られていたため、反映は見送られた可能性もあるかしら。

それはこの後待ち合わせをしている彼女のOAAを見てもやはり変化はなかった。

すぐに携帯を閉じて、1人静かに海を見つめる。

あれだけ過酷、そしてどこか現実味のなかった無人島試験から早数日。

身体《からだ》の疲れは抜けたけれど、豪華客船の上ということもあって日常感は薄いまま。

「げ、まだいたの？」

やや離れたところから声を向けられた。振り返る前に言葉が続けられる。

「他人使って呼び出さないでくれる？　あんたと仲良いって勘違いされるでしょ」

私が声をかけたのは、彼女の在籍するクラスで同じ客室の山鹿《やまが》さん。

「生憎《あいにく》とそれ以外に連絡手段がなかったのよ。それとも大勢が同席する食事の時に声をかけられたかった？」

「それは絶対イヤ。けど今日みたいな形で声をかけられるのも同じくらいイヤ」

「それなら、あなたと話したい場合どうしたらいいのか予《あらかじ》め方法を教えてもらえる？」

「話そうと思わないのが一番でしょ」

嫌な顔をしたままの伊吹《いぶき》さんが、待ち合わせの時間に10分ほど遅れてやって来た。

謝罪の言葉1つなく、さっきから不満ばかりを口にする。

「何か事情があって遅れたわけじゃなさそうね。もしかして宮本武蔵《みやもとむさし》のつもり？」

「は？　意味わかんないし」

私を怒らせて――ということでもないようね。

まあ、もしそれが狙いなら10分程度の遅刻じゃなく2時間は待たせるべきだけど。

「嫌がらせでないなら、どうして遅くなったのか聞かせてもらおうかしら」

「はあ？　私にしてみれば、あんたからの呼び出しが嫌がらせだっての」

「そうね。確かにそうだわ」

真面目に答え返すと、呆《あき》れたようにため息をつく。

「呼び出しスルーしたら私が逃げたことにするってどういう意味？　ムカつくんだけど」

「普通に呼び出しても、あなたは無視するでしょう？」

「そりゃそうでしょ。誰が好き好んであんたに会わなきゃいけないわけ」

完全に無視されることも視野に入れていたけれど、遅れながらも来てくれた。

彼女にしてみれば私に負けることが何より気に入らないみたいだし、挑戦的な呼び出し方にしたのは正解だったわ。

「あーもう分かったから」

用件があるならすぐに言え、そう急《せ》かすような態度を見せる。

彼女の気持ちを汲《く》んであげたいところだけれど、そうもいかない事情がある。

「歩きながら話しましょうか。立ち話としては時間もかかるし、ここは目立つわ」

待ち合わせには適しているけれど、内密な話をするのには向かない。

「はあ？　……ったく」

苛立《いらだ》ちながらも、割と素直に従ってくれる。

彼女としては無人島試験で私に得点で負けたことで悔しい思いをしているものね。

リベンジのチャンスを狙って接触してきたとしても不思議じゃない。

動き出したことで周囲の雑踏に溶け込むことが出来た私は、話を始める。

「無人島試験で私たちが戦った天沢《あまさわ》さんに関係していることよ」

「……ああ、あのクッソ生意気な1年ね」

やや後方を歩いているため、伊吹さんの表情を見ることが出来ない。

「ちょっと話しにくいからもう少し歩くペース上げてもらえる？」

「っさいわね。どんなペースで歩こうと私の勝手でしょ？」

「1人の時ならそうね」

足を止め、私は振り返る。

「あなたとしては早く切り上げたい。だから私としても出来る限り手短に済ませてあげたいとは思ってる。でも、そのためにはあなたの協力が必要不可欠よ」

「はいはい分かった分かった。速く歩けばいいんでしょ」

そう言って私を追い越すように歩き出す。それも競歩のような速さで。

何というか、彼女は悪い意味で子供ね。もちろん良い意味での子供さがないので、長所にはなりえない。私が内心でそんな感想を抱きつつ伊吹《いぶき》さんの背中を呆《あき》れながら見送っていると、怖い顔で振り返ってきた。

「ついてこないの⁉」

「速すぎるペースも問題よ。適度に速く歩いてもらえる？」

「あー、ったくもう！」

わしゃわしゃと自分の髪をかきむしり、伊吹さんが戻って来る。

「ちゃんと話聞いてやるけど、私のリベンジマッチに応じてもらう！　分かった⁉」

「そうね。２学期には体育祭があることも予想されるし――状況次第では叶えてあげることも出来るかも知れない」

「リベンジを受けるってことでいいのよね？」

「だから言ってるじゃない。状況次第では叶えてあげると」

少しだけ言葉の意味を整理した後、不満そうに唇を一度噛《か》む。

「つまり状況次第じゃ受けないってことでしょ、それ」

「あら、あなたの頭の割にそういうことは読み解けるのね、感心感心」

パチパチと拍手を送ると、バカにされたと思ったのかその手を叩《たた》き落《お》とされる。

「暴力ね」

「うっさい！　受けるって確約しないならここで話は終わりよ！」

「それでも構わないけれど、あなたの希望するリベンジマッチは永遠に叶わないわよ」

「なっ――」

「ここでは確約は出来ないけれど、あなたの行動次第で可能性は残すことが出来る。それはとても重要なことだと思わない？　私はあなたに負けたとは思っていない。つまり、卒業するまで……いいえ、卒業後も勝てなかった後悔が残ることになるわ」

「ぐ……！」

「それで？　話を聞くの聞かないの。選択肢はあなたにあるわ伊吹さん」

「分かった、分かったたっての！　話聞けばいいんでしょ！」

「最初から素直になっておいた方が、嫌いな私の話も手短に済むから楽よ」

次に向けたアドバイスを送っておく。伊吹さんはリベンジマッチを希望しているけれど、それは本当に今後次第。もちろん、クラスの方針と一致しなければ相手なんてしていられない。そのことはここで口にしてもマイナスしかないので言葉にはしない。

リベンジマッチを受ける余地を与えたことで、多少溜飲《りゅういん》が下がったのだろう。

伊吹さんは足を止め、私の歩調に合わせて歩き出した。

「で？　あの生意気1年が何よ」

「彼女と手を合わせて、あなたはどう感じたかしら」

「どう感じたって……」

「あなたが今まで戦ってきた誰よりも強い、そう感じたんじゃない？」

「ま……アレで万全じゃないってんだから認めるしかないけど」

私にせよ伊吹《いぶき》さんにせよ、天沢《あまさわ》さんには逆立ちしても勝てないほどの実力差がある。

「確かに天沢って1年がおかしな強さを持ってることは間違いない。あー、そのこと考えるとムカムカしてくるから嫌なんだけど？」

「そう言わないで。この話が出来るのもする必要があるのも現状あなただけなのよ」

直接対峙《たいじ》したからこそ、伊吹さんにもそれが分かる。もし何も知らない人に天沢さんの強さを説明しても、理解など1ミリも出来ないでしょうね。

「妙な経緯ではあるけれど、あなたにも何らかの被害があるかも知れない。先にそのことを謝っておこうと思ったの」

「被害？」

意味が理解できなかったのか、伊吹さんが眉を寄せる。

「私は今後、天沢さんの素性について調べて行こうと思っているの」

「あいつに首突っ込むってわけ？　やめといたほうがいいんじゃないの。あいつ頭のネジぶっ飛んでそうだし、何するか分かんないタイプでしょ」

伊吹さんにそう言わせるほどの、天沢さんの強烈なイメージ。

「確かに危険な相手よ。でも放っておくとこの先良くないことが起こる気がする」

「あいつ、あんたに興味があったようには思えないけど?」

「私じゃないわ。綾小路《あやのこうじ》くんにとってよ」

その名前を聞いて、伊吹さんにも理解が及んだのか視線を海側へ向ける。

「綾小路、ね。よく分かんないけど、確かに綾小路のこと詳しい感じだったたっけ」

そう、天沢さんは綾小路くんのことを知っている。

単なる後輩として、今年から彼を知ったという様子じゃなかった。

「彼は私のクラスメイトよ。出来ることがあるなら手を貸すのは当たり前よ」

自分でも少し歯の浮きそうな話だと思った。

この学校に入学した時の私が聞けば、鳥肌を立たせて全力で否定したでしょうね。

「けどあんたが調べてることに勘づいたら、あいつ多分仕掛けて来る。その時あんたに勝ち目はないんじゃない?」

「彼女の強さは、なんて言うか……私たちの住む世界と次元が異なる気がする」

「勝手にたちって付けるなって言いたいとこだけど、アレは確かに別かもね」

「あなたの記憶の中にも彼女ほどの実力者はいなかったということね」

「2年生の中じゃ私が一番強い。それは中学の時も同じだった。格闘技やってる女子は多くないし、かじってる程度のヤツに負けることなんてなかったから。つまり私は自分が知る限りずっとトップだった」

「そうね。あなたの強さは2年生で私に次いで二番手だと思う、否定しないわ」

「めっちゃ否定してるし。私の強さ認めないっての？」

「誰もそうは言ってないわ。ただあなたより弱いとは思っていないだけのことよ」

「いやいや、絶対私の方が強いし」

「一体どこからそんな自信が湧いてくるのか不思議ね。根拠は？」

「勘？」

「全くあてにならないわね。自分びいきに分析しているだけでしょう。互いに一度だって万全の状態では戦っていないもの。どちらが強いか明確に判断する材料は揃《そろ》っていないんじゃない？」

「だったら暫定で私が一番でいいじゃない。なんでこっちが二番手になんのよ」

「客観的評価をした結果よ」

「意味わかんないし」

目的地の1つであるカフェテラスに辿《たど》り着《つ》く。

「少し時間がかかるから、飲み物を買わせて。何がいいかしら」

「別に何でもいいけど……アイスレモンティーで」

伊吹《いぶき》さんと自分の注文を済ませ携帯で決済。2杯で1400ポイント、高いわね。

用意が済んだ店員から飲み物を2つ受け取る。

「どうぞ。私の奢《おご》りよ」

「なんかあんたに奢られるのって不思議な気持ちなんだけど」

「感謝は素直に受け取っておくべきよ」

「ま、いいけど」

左手でカップを受け取った伊吹さんは、明後日《あさって》の方向を見ながら一口飲む。

それから少し場所を移動し、人気《ひとけ》の少ない辺りで足を止めた。

「彼女と戦ったからこそ、私と同じ強さの感覚を共有できていることが分かった。その上で、彼女の弱点、戦い方のクセみたいなものは感じられた？」

「そんな分析が簡単に出来る相手じゃないでしょ」

「……そうね」

再戦という形にならないのが一番だけれど……深追いすればどうなるかは分からない。

「あんた1人じゃ返り討ちに遭って終わり。その結果が覆るとは思わない」

私を陥れるとかそういうことではなく、ただ事実を述べる伊吹さん。

ここから鍛錬を積み直したところで、指摘通りになるだけでしょうね。

「アレコレ考えるのはあんたの自由だけどさ、放っておくのが一番じゃないの」

「私の話を聞いていたかしら？　綾小路《あやのこうじ》くんに――――」

「そう、それよ」

カップを持った方の手を私に向け、言葉を遮る。

「天沢《あまさわ》が何しようと、あいつなら1人で対処するんじゃないの？」

「……どういうこと？」

確かに綾小路《あやのこうじ》くんは優秀な人だ。

それは、私が1年間傍《そば》で見てきて、少しずつそのことを知る機会があったから。

けれどまだまだ謎が多く、学力も身体能力も全てが解明されたわけじゃない。同じクラスの私ですらそうなのに、他クラスの伊吹《いぶき》さんはもっと理解できていないはず。

外から見れば数学が得意で運動神経も悪くない、という情報だけ。

「断言に近い言い方に感じたけれど、随分と綾小路くんを買っているのね」

「買うも何も、あいつの強さを考えたら誰にだって分かるでしょ」

彼の強さを考えたら分かる、と伊吹さんはハッキリ言う。

「もしかして宝泉《ほうせん》くんとのことをどこかで耳にしたの？」

「は？　宝泉？　誰だっけそれ。……あー、あのゴリラみたいなヤツか」

話が噛《か》みあわず、私はちょっともやっとした気持ちに包まれる。

「あなたの綾小路くんが強い、っていうのはどこから得た情報なのかしら？」

「どこって……」

言葉を選んでいる途中、どこかしまった、そんな顔をする。

「あれって口止めされてたんだっけ？　されてないんだっけ？　忘れた……」

何かを思い出そうとしているのか、うーんと目を閉じ腕を組む伊吹さん。

「私の知らないところで何かあったのね？」

ここは、少し押してみる。

「むしろあんたの方こそ、何も知らないわけ？」

「む……知らないことはないけれど、知っているわけでもないわ」

牽制《けんせい》しあうような形になったことで、私は思い切って話を進めることに。

「すり合わせ、必要なんじゃないかしら」

「私はしたくないけど」

「そうもいかないわ。この際だから知っていることを全て聞かせて。私が知らなくてあなたが知っている綾小路《あやのこうじ》くんのこと」

これはある種、千載一遇の情報収集のチャンスだ。

何か、何でもいいから少しでも伊吹《いぶき》さんが知っているのなら……。

「ま、いいけど。って、あんた何を知らないわけ？」

話す内容を定められないのか、伊吹さんが面倒臭そうに聞いてくる。

「確かにそうなるでしょうけど……さっき話しかけたことが気になるわね」

「さっき言おうと思ったのは、龍園《りゅうえん》と綾小路の屋上の件。ほら、軽井沢《かるいざわ》呼び出して水責めしてたときのこととか」

「ん、え？　ちょっと何を言っているのか……全く分からないわね」

龍園くん？　屋上？　それに、軽井沢さん？　水責めって？

私の頭の中にはクエスチョンマークが次々と浮かび上がって来る。

「あ〜、そういうこと。あいつはクラスの誰にも話してないってことね」

先に伊吹さんの方が合点《がてん》が行く部分があったのか、1人納得したように頷《うなず》く。

そして、伊吹さんは私の知らない綾小路くんのことを話し始めた。

その話を聞いている間、私は気持ちを高ぶらせないよう輝く海を見つめながら同時に頭を整理していく。龍園くんが私たちのクラスに潜む綾小路くんを探るため、軽井沢さんに目をつけたこと。そんな彼女を救うため、綾小路くんは屋上に単独で赴いたこと。

そこで圧倒的な力を見せ、
ある程度は彼のことを分かっていたはずなのに、それでも驚きが何度も上回った。

「……龍園くんが私たちのクラスに対してちょっかいを出さなくなったのは、そんなことがあったのね。全く知らなかったわ」

「とにかくこれで分かったでしょ。あいつの強さは普通じゃない」

「そう、そうね。計り知れないものを持った人ね……。綾小路くんと天沢《あまさわ》さん、両方と戦ったあなたから見て、あの2人が戦えばどちらが勝つと思う？」

「さあね。どっちも本気出してるところは見てないし。男だとか女だとか言いたいわけじゃないけど、総合的に綾小路の方が上なんじゃない？　ってわけで、あんたが首を突っ込む必要はなし」

もし彼が天沢さんに何かされても、対処できるだけの力があればそうかも知れない。

「けれど肉体的な強さがあれば、必ずしも安全というわけじゃないわ。こと学校生活において退学を避けられるわけじゃない。むしろ、その強さが仇《あだ》になることだってある」

無人島では天沢《あまさわ》さんも好き勝手暴れたけれど、学校内ではそうもいかない。

「ありがとう伊吹《いぶき》さん。思った以上にあなたの情報が役に立ちそうよ」

「今回の件、綾小路《あやのこうじ》には相談しないの？」

「今はまだね。そもそも彼のことだもの、ある程度察していても不思議じゃない」

特に天沢さんとは、無人島試験前のこともあって彼は何度か接触している。

「あとは紙の方の問題ね……」

「紙？」

「天沢さん以外に、もう一つ無人島試験で気になったことがあったの」

私は自分のテントに紙切れが1枚入れられていたことを説明した。

最終日、私が何故《なぜ》島の北東に居たのか、伊吹さんも合点《がてん》が行ったようだ。

「なるほどね。天沢じゃない誰かが、綾小路のことを示唆《しさ》する予告文を寄越《よこ》した、と」

「示唆なんて言葉知ってるのね」

「バカにしないでくれる？」

ＯＡＡの学力としては低い伊吹さんだけれど、話は意外と通じるのよね。

明らかにレベルの低い人と会話しているような不快感はない。

「あの時、天沢さんは私から受け取った紙を見て細かく破り捨てた。あの行動がずっと引っかかっていたのだけれど、それは筆跡の証拠を残したくなかったんじゃないかしら。とにかく綺麗《きれい》な字だったことだけはハッキリと覚えているわ」

「綺麗な字？」

「ええ。あのレベルで字を書ける人がゴロゴロいるとは思えない」

「なるほどね。その上手《うま》い字を書けるヤツが悪だくみしてる可能性があるってことか。けどそれだけで探すのは難航するんじゃない？　証拠も隠滅されたわけだし」

「簡単にはいかないでしょうね。一人一人に字を書いてくれと頼んで回るわけにもいかない。それからもう一つ、これはまだ根拠の薄い推理だけれど、この字を書いた人物の身体能力が高い可能性があるということよ。綾小路くんにせよ天沢さんにせよ、飛び抜けた強さを持っているのなら可能性はある。更に1年生である可能性が高いということ」

「綾小路に天沢ときたら、確かに強いヤツかも。でも1年の根拠は？」

「天沢さんの知り合いでその筆跡を知っている人物。2年生や3年生の可能性は低いわ」

「なるほどね」

綾小路くんと天沢さん、そして第三者の存在。

それぞれがどんな繋《つな》がりを持っているのか、今はまだ全く全貌は見えない。

けれど放っておくことは出来ない。

「あなたに被害が及ばないように動くつもりだけれど、私が倒れたらその先の保証は出来ない。もし天沢さんが妙な動きを見せるようなら迷わず学校に――――」

カン、と軽い音がデッキに響く。

伊吹さんが紅茶の入ったカップを手すりに強く押しつけたからだ。

まだ半分以上は残っている中身が、飲み口から溢《こぼ》れ彼女の手にかかる。

「どうしたの？」

「あんたが倒れたら？　あんたを倒すのは私だって言ったでしょ」

「私だってむざむざやられるつもりはないわ。でも、天沢《あまさわ》さんを含め見えない敵は何をしてくるか分からない、だから――――」

「向こうは2人、だったらこっちも2人でやるべきなんじゃないの」

「それって……」

「2年で一番強い私が加われば話も変わって来るでしょ。あんたがどう～～～～～～～～～～～～～～～～～～～～～～～～～～してもって言うなら、仕方なく手を貸してあげてもいいけど？」

そう言って反対の手にカップを持ち直すと、手の甲のレモンティーをひと舐《な》めした。

「どういうつもり？　あなたが二度も私に協力をしてくれるなんて」

「1年に舐められっぱなしで終わるのは嫌だし、あんたが私以外に負けるのも気に食わない。それに――あんただって本当は私に頼るつもりで話を持ってきたんでしょ？」

真《ま》っ直《す》ぐ、伊吹《いぶき》さんが私の目を見た。

「いいえ全く？」

「は？　そこくらい素直になったらどうなのよ。伊吹さんの協力が必要です、って」

「そんなこと一回も考えたことないけれど？」

「……じゃあいい！　もう二度と手を貸すなんて言わないっての！　バイバイ！」

怒った伊吹さんが歩き出そうとしたところで、私は左手首を掴《つか》む。

「なによ！」

「さっき奢《おご》ったドリンク代の分、あなたには無償で働いてもらうことにするわ」

「はあ？　奢りって言ったくせに今更金取ろうっての？」

「タダより高いものはないのよ」

「だったら今すぐ返す」

携帯を取り出す伊吹さんに私は続ける。

「それなら300万ポイントもらおうかしら」

眉を寄せ、伊吹さんが言ってる意味が理解できないと首を傾《かし》げる。

「私からの奢りだもの。それくらいの付加価値があると思わない？」

「全く思わない！　700ポイントでしょ！」

「支払い能力を持っていないのなら、私に手を貸すことで帳消しにしてあげる」

「あのさ……もう一回言うけど素直になれないわけ？」

「素直になる必要があればそうするわ」

何故《なぜ》か伊吹さんに素直に頼るのが気恥ずかしく、こんな形になってしまった。

でも私は普段と変わらない様子を保ち、高圧的に続けた。

「ほんっと、あんたって嫌な性格してる」

「それはお互い様でしょう、伊吹さん」

互いの視線が交錯しあい、伊吹《いぶき》さんは呆《あき》れながらもカップの残りを飲み干した。

「たっかいレモンティー」

そんな文句がなんだか面白くて、私は少しだけ笑ってしまった。

6

太陽が地平線の彼方《かなた》に沈みゆく夕暮れの時間。

約束の場所で、一之瀬《いちのせ》は海を見つめながらオレを待っていた。

どことない儚《はかな》げな彼女の横顔を見ると、少しだけ名前を呼ぶのが躊躇《ためら》われる。

「一之瀬」

「綾小路《あやのこうじ》くん。こんにちは」

軽く挨拶を交わし合って彼女の前に立つ。いきなり本題を切り出すという空気でもなかったので、ちょっとだけ雑談を挟むことにした。

「例の、プライベートポイントを貯金していく作戦は今も続けてるのか？」

本題とは無関係の話だったが、一之瀬は嫌な顔一つ見せなかった。

「うん。やってて損はないってことになったから。貯《た》めるだけ貯めて不必要になったら、その時に預かってたポイントを全員に返せばいいだけだから簡単だし」

簡単だと言うが、信頼のおける一之瀬だからこそやり続けることの出来る戦略だ。

今本人が言っていたように、預かるだけ預かっておくのは悪いことじゃない。自動的に目減りするものなら不都合も生じるが、渡した分だけ戻ってくることが約束されているのなら、いざというとき大金を動かせるようにしておくのは良い手と言えるだろう。

一之瀬に与えられた唯一無二の利点なのも、大きな要素だ。

「でも、プールしていく戦略は非常事態に備えてのもの。それだけじゃダメだよね？」

「新しく始めたことなら話は別だが、今回は継続ってことだしな」

つまり新たな戦略を用意したわけじゃなく、現状維持でしかない。

「綾小路くんは私たちに足らないものって何だと思う？」

「一之瀬のクラスに足らないもの？」

「うん。自分たちじゃ、その辺がちゃんと見えてこないっていうか……綾小路くんから見た私たちのクラスってどう映ってるのかなって思って」

「無人島試験では、何人か一之瀬のクラスメイトと話すこともあった。お疲れ様会も踏まえてやっぱり感じるのは、第一に性格の良い生徒が多いっていう印象だ」

これは口にするまでもなく分かっていることだろうが、切って切れない要素でもある。

だが基本的に争いごとを好まないため、積極的にクラスポイントを取りに行けない。

「もう少し強気に出ることも大切かもな。反則や裏工作をしろってことじゃないが、ラフプレーに対して強くなることは重要だと思う」

「ラフプレー……か。そうだね。もっとしっかりしないと戦っていけないよね」

今はまだ何か具体的な解決策を思いついているわけじゃない。

一寸先の闇に向かって懸命に突き進もうとしていることだけは痛いほど伝わってくる。

「先日の無人島試験。その返事のことなんだが……」

「う、うん……そうだったね、その話のためにここに集まったんだもんね」

オレはそっと一之瀬《いちのせ》の耳元に顔を寄せ、周囲に誰もいないことを分かっていながら意識を集中させなければ聞き取ることが難しい声で話そうとした——その時だった。

「こんなところで帆波《ほなみ》と2人で落ち合って何の話をしてるんだ？」

声の主である南雲《なぐも》生徒会長に驚いた一之瀬が慌てて距離を取るが、ほぼゼロ距離だった場面は間違いなく見られただろう。

後をつけられた？　いや、知らず知らずの内につけられるほど間抜けなことはしない。なら一之瀬の方が最初からマークされていたか？

いや、これは南雲が持つ無数の目の監視によるものだろう。

いくら人目を避けて移動しても、この客船にある3年生全員の目から完璧に逃れることはほぼ不可能だ。何人かにここまでの道のりを見られていても不思議はない。

だが、ここ数日南雲が接触してくる気配はなかった。

まるで図ったかのような、一番避けたいと思っていたタイミングでの接触。

「お疲れ様です、南雲生徒会長」

流れを一気に断ち切り、一之瀬は平常モードへと慌てて戻す作業を行う。

完全な動揺、戸惑いを払拭《ふっしょく》できたわけじゃない。

しかし、仮に完璧に取り繕ったとしても今の南雲には意味がなかったと思われる。

「無人島最終日にも会ってたみたいだが、また2人でコソコソと密会か？」

「え、えっと……」

突然無人島でのことを蒸し返され、一之瀬が言葉に詰まらせる。本人にしてみれば、うっかりオレに告白してしまった事件でもあり、それを誤魔化《ごまか》すのは一筋縄ではいかない。

オレが口を挟もうかと思ったが、南雲に手でそれを制される。

今は割り込んでくるなと強い圧を受けた。

「まあ何だっていいんだけどな。ただ——生徒会の仲間である帆波が泣かされるかも知れないとなったら、生徒会長としても放っておくわけにはいかないだろ？」

やはり、そういうことか。

桐山《きりやま》が南雲側についていたと完全に分かった時から、推測は出来ていたことだ。

南雲は更にオレたちに近づくと、一之瀬の隣に立つ。

「泣かされる……ですか？」

「俺の勘違いならいいんだが、軽井沢《かるいざわ》のことさ」

あえて一言では語らずゆっくりと、そして深く理解させるために言葉を小出しする。

「軽井沢さん、ですか？」

何故《なぜ》このタイミングで恵《けい》の名前が出るのか、当然ながら一之瀬には理解できない。

「まだ親しい人間にしか教えてないようだが、随分前から軽井沢《かるいざわ》と付き合ってるって話を耳にしたからな。そうだろ？　綾小路《あやのこうじ》」

軽井沢と付き合っている。

その言葉を聞いても、一之瀬《いちのせ》には恐らくすぐに意味が理解できなかっただろう。

「なんだ初耳か？　帆波《ほなみ》と綾小路は仲が良いみたいだからな、もう話してると思ったぜ」

そう言って僅《わず》かに間を空けたあと、続ける。

「まさか二股しようなんてこと、考えてたんじゃないだろうな？」

オレは南雲《なぐも》の一方的な攻めに対し何も返さない。

ここで、恵《けい》と付き合っていることを伝えようとしていたと言ったところで意味はない。

むしろ傷口に塩を塗る行為にしかならないことは明白だ。

「本当……なの？」

「おい綾小路、帆波が聞いてるんだ答えてやったらどうだ？　それとも、俺の勘違いで軽井沢とは何もないのか？　それならそうと否定してくれ、心から謝罪するぜ？」

桐山《きりやま》には、オレと恵が一緒にいたところを見られている。

しかし付き合っているという断定材料は一切与えていない。

つまり、恵との関係を決めつけた上でカマをかけている可能性も0じゃない。

だがここでオレが『そんな事実はない』と言う選択肢は存在しない。

もしそれを言葉にして、後日やっぱり付き合っていましたとなれば嘘《うそ》が露見する。

いやそもそも、南雲なら裏付けをしたうえで踏み込んできたと思った方が良い。

「表向きは誰にも話していなかったんですが、一体どこでその情報を？」

「ッ……！」

オレが認めたことで、一之瀬に明らかなショックが見て取れた。

まず間違いなく、一之瀬の気持ちがオレに向けられていることを南雲も悟ったはずだ。

「俺が単なる噂話《うわさばなし》や憶測に飛びついたわけじゃないと分かったみたいだな？」

嬉《うれ》しそうに歯を見せるも、種明かしや裏取りの方法を話そうとはしない。

鬼龍院《きりゅういん》の、オレにとって南雲は相性の悪いタイプかも知れないぞと言った言葉を鮮明に思い出していた。

「人の恋路にとやかく言うつもりはない。が、さっきも言ったように帆波は生徒会の役員だ。この先、生徒会長になる可能性も十分に持ってる。守ってやらないとな」

「南雲生徒会長の目にオレと一之瀬の関係が不自然に映ったことはよく理解出来ました。ですが、今の段階で踏み込んでくるにしては早計だったんじゃないですか？」

「確かにな。帆波がおまえと付き合ってて騙《だま》されていたって話ならともかく、見たところそういうわけでもなさそうだしな。全く無関係な話し合いだったのかも知れない。けどな、夕食前を見計らってこんな人気《ひとけ》のない場所で2人落ち合ってれば、そう勘繰ってしまうのも無理ないだろ？　おまえの彼女も、きっとこの状況を見れば悲しむだろうな」

「確かに、いらぬ誤解を生むかも知れません」

「これは生徒会長として……いや生徒会の人間として当然のことをしたまでさ」

南雲《なぐも》は最後に一之瀬《いちのせ》に軽く目配せした後、オレに近づいてくる。

「今度紹介してくれよおまえの彼女。一度くらい顔を見ておきたいからな」

そうして肩を叩《たた》いた南雲が、耳元で囁《ささや》く。

「俺のやり方をおまえがどう思おうと自由だ。けどな、まだ始まってもいないんだぜ？」

「始まってもいない、ですか」

「100の真実に1の嘘《うそ》を混ぜ込んでも誰も気づかない。取り返しがつかなくなる前に決断することだな。俺と戦いたくなったらその時はいつでも会いに来い。土下座の1つでもしてみせたら、相手になってやるよ」

つまり南雲との戦いを承諾しない限り、執拗《しつよう》な監視と嫌がらせは延々と続く。

強引にでも勝負の舞台に引きずり出そうという話だ。

「またな」

そう言い残し、この場を去っていった。

まだ始まってもいない、か。南雲だけが持つ、圧倒的な監視網と情報網。

3年生全員が己の手足となって動き、目となり耳となる。

それは敷地内で生活するこの学校の生徒にしてみれば、全ての生活が筒抜けになることも同義。そして100の真実に1の嘘という言葉。

今は真実を垂《た》れ流しているだけだが、そこに嘘も混じり始めるということ。

傍目《はため》に見れば、単なる嫌がらせの延長。子供じみた真似《まね》とも言えなくはない南雲の行動だ。だが、これまで戦ってきた誰よりも精神的にダメージを与えてきている。

南雲はオレに固執することで同学年の反感を買っていることなど気にも留《と》めていない。

この程度のことで信頼を失うとは思ってもいないのか、最初から信頼など得るつもりはなくルールで縛れればいいと思っているのか。

ともかく南雲が相応の覚悟を持っていることだけは確かだろう。

南雲が立ち去り、この場に残されたのは静寂な時だけ。

それは合流した直後に流れていた、どこか浮ついたような空気を一切孕《はら》んでいない。

ただただ重たい、静かな時間。

「あ、あはは。なんか、ちょっと話が中断しちゃったね……」

「そうだな」

「えぇっと、その……なんで、私ここに呼ばれたんだったっけ？」

「それは、無人島の――」

「あ〜〜〜！　アレ、アレね？　アレは……アレはその……だから……」

大きな声を出した後、だんだんと声がしぼんでいく。

「忘れて……くれるかな？」

そう吐き出した一之瀬は、ずっと笑顔を崩すことはなかった。

「ごめん、何も知らなくて。勝手に舞い上がって勝手に、その、変なこと言って……」

「南雲《なぐも》が言ってたように、オレは周囲には何も話してなかった。知らないのは当然だ」

「そう、そうだよね？　そうかもだけど……やっぱり、私がバカだったかなって！　ほ、ほら綾小路《あやのこうじ》くん、優しいし……凄《すご》く、素敵だし……彼女がいないわけない、よね……」

笑顔だけは絶対に崩さないという一之瀬《いちのせ》の強い意志の現れとは裏腹に、その瞳ははっきりと潤み、目には大量の涙が溢《あふ》れ始めていた。平静を装いながら、何事もないと取り繕いながら、その涙が溢《こぼ》れないように懸命に堪《こら》えている。

人が人を好きになり、そして相手に想《おも》う人が別にいた時、人はどんな感情を抱くのか。

テレビや本、聞き及んだだけではけして分からないこと。

オレは今目の前でそれを体感することが出来ている。

「――――さよなら」

絞り出して残した一言を置いて一之瀬は走り去った。

オレはその背中に言葉をかけることも、手を伸ばすこともせず無言で見送るだけ。

「南雲か。オレが思っていたよりもずっと厄介な相手を敵にしてしまったかもな」

少し予定とは違ったが、目指す道に変わりはない。

自分にとって不利な状況が積み重なっていく状況を億劫《おっくう》に感じつつも、胸の奥底から湧き上がって来る好奇な気持ちが膨れ上がっていくのを感じずにはいられなかった。

○女難の宝探しゲーム

残る船内での休日も3日となった。

濃すぎる日々が過ぎ去るのは強烈に早い。

誰もがこの客船で過ごす日々を名残惜しくなってくる頃、早朝全校生徒に対し学校から一斉にメールが送られてきた。いち早く携帯を開いた本堂《ほんどう》が読み上げる。

「本日朝10時より宝探しゲームを開催します？　なんだこれ」

全員がその見慣れない『ゲーム』という単語が入ったメールを同時に熟読する。


『宝探しゲーム』
・自由参加で行われるボーナスゲーム
・参加条件：男女問わず1名から可能で、参加費1万プライベートポイントが必要
・実施日：本日8月8日
・詳しい説明は会場にて（午前10時までに5階フロアに到着している必要有）
・説明を受けた後不参加の選択も可能

「一瞬特別試験かと思ったけどそんなわけないしな。自由参加って面白そうじゃん？」

参加が自由な上、個人が背負うリスクは参加費の1万ポイントだけか。

詳細は現時点では不明だが、宝探しというからには参加費以上の大きな見返りもあるとみていいんじゃないだろうか。宝を見つけたら、プライベートポイントがもらえるなどシンプルな内容が予想される。

常に金欠問題が付きまとっているオレにしてみれば、臨時ボーナスを得られるチャンスがあるのなら積極的に参加してみても良いと思えるような内容だ。1万ポイントで参加できるというのも、良心的と言えそうだしな。

宮本《みやもと》と本堂は当然参加するようで、食事が終わった後一緒に行く話を始める。オレも明《あき》人《と》あたりを誘って参加しようかと……。

「俺のことは気にせず、楽しんできてくれ……」

ベッドの上で、少しだるそうに息を吐いた明人は発熱で寝込んでいる状態だ。

昨日のプライベートプールで張り切り過ぎたせいかも知れない。

「私物の持ち込みが禁止じゃなかったら、ゲーム機でも貸してやったのによー」

「この状態でゲームする気になんてなれないって……」

どこか呆《あき》れつつ、明人は枕に顔をうずめた。

そんな明人を寝かせたまま食事を済ませ、9時50分ほどまでのんびり部屋で過ごした後、多少心苦しいが明人を置いて3人で会場に向かうことにした。

1

指定場所の会場には、多くの生徒が詰め掛けていた。

何人くらいが参加してくるのだろうとは思っていたが、ざっと全校生徒の半分ほどか。

想像ではもう少し多いかと思ったが、宝探しに興味のない生徒たちはここがチャンスとばかりに、人の少ないプールなどで満喫《まんきつ》するつもりなのかも知れない。

自由参加である以上、この1日をどう使うのも生徒たちの自由だ。

程なくして締め切り時刻を迎えたのか、前方のステージが騒がしくなり始める。

ゲームの内容を説明するのは3年Bクラスの担任である高遠《たかとお》先生のようだ。

ほぼ全ての教員が集まっているようだが、月城《つきしろ》理事長代理、そして1年Dクラスの担任である司馬《しば》の姿が見えない。司馬もまたあの男に雇われていたのだとしたら、今回の件で身を引いてもおかしくはないだろう。

事実、真嶋《ましま》先生や茶柱《ちゃばしら》にその姿、役割も周知されてしまったしな。

「皆さんおはようございます。午前10時になりましたので、現時点でここに集まっている生徒で募集を締め切らせていただきます」

入り口に立っていた他の先生が扉をゆっくりと閉める。

たとえゲームとつく自主参加型のものであっても、ルールはルール。

1秒でも過ぎた時点で、遅れてきた者の参加を認めることはないだろう。

「説明を始める前に、この宝探しゲームを行うことになった経緯を説明します。今回の宝探しゲームは生徒会長である南雲《なぐも》くんより、厳しい無人島生活に身を置きながら学年別で競い合った後は、親睦を深める意味でも面白く楽しめるレクリエーションをするべきだと提案されたことに起因します。南雲くん、挨拶をお願いします」

高遠先生に名前を呼ばれ、南雲が参加者たちの前に立つ。

「この度、学校の全面協力の下、ボーナスゲームが開催される運びとなりました。学校生活の充実と向上を目的とする生徒会の習いから、今回の発案に至りました。無人島試験では全学年が殺伐と競い合うことも多かったですが、この宝探しでは学年を越えてパートナーを作ることが可能です。是非そのメリットを生かし参加してください」

真面目な生徒会長らしい発言と共に、そう短く話は締めくくられる。

昨日オレたちの前に姿を見せた南雲を思い出す。

生徒会のメンバーには一之瀬《いちのせ》もいて、教員たちの傍《そば》に座り話を聞いていた。

ここから見える限りでは、変わった様子は見られないが……。

昨日、一之瀬が不意に流した涙を思い出す。

彼女が心に負った傷はけして軽いものではないだろう。今、ああやって自然に振る舞ってはいるが、それが癒えるまでにはそれなりの時間を要するはずだ。

その時オレに対して抱いていた恋心は消え失《う》せ、あるいは敵意を持つかも知れない。

どんな変化を遂げるのか、彼女にとって今後の大きな転機になることだけは確かだ。

南雲《なぐも》の挨拶が終わり、再びマイクが高遠《たかとお》先生に渡される。

「生徒会のメンバーは運営管理をしていただくためこの宝探しへの参加は出来ません。休日返上での事務作業となりますので、どうぞよろしくお願いいたします」

堀北《ほりきた》や一之瀬《いちのせ》を始め、何人かの生徒会メンバーが南雲のところへと集合をかけられる。

「それでは宝探しゲームの概要を説明しますが、複雑なルールはなく、非常にシンプルなものになっています」

高遠先生の挙げた右手。親指と人差し指で正方形の紙が握られている。大きさは5センチ角ほどだろうか。その紙には二次元コードが印刷されていた。

「この二次元コードの描かれたシール全100枚を、船内の至るところに貼り付けておきました。参加者にはこのシールを見つけ出す宝探しゲームをしてもらいます。専用アプリで読み込むことで報酬のプライベートポイントが支給される仕組みです。ただし携帯1台につき読み込める回数は1回だけ。サイトにアクセスした時点で結果が即時反映され報酬が支払われますので、注意してください。もちろん1度使用された二次元コードを他の携帯で読み込んでも無効となり報酬は貰えません。またシールを勝手に剥《は》がしたりペンなどを使って読み込めなくするなどの違法行為を行った者は、たとえゲームでも厳重に処罰するので絶対に避けるようにしてください」

なるほど、非常にシンプルかつ運が重要になってくるゲームだ。

「貰《もら》えるプライベートポイントは、一番低いもので5000ポイント。これが全体の丁度半分を占める50枚用意されています。そして次に多いのが30枚の1万ポイントです」

残念ながら100枚のうち半分が損をしてしまうということか。

仮に30％にあたる1枚を見つけ出せたとしてもいってこいで得はない。

「残る20枚の内訳は、10枚が5万ポイント、5枚が10万ポイント、3枚が30万ポイント。そして残りは50万ポイントと100万ポイントになっています。隠されている二次元コードを見つける難易度が高ければ高いほど、貰えるプライベートポイントは多いと思ってもらって大丈夫です」

参加者が200人ほどということは、2人に1人は何も貰えないことになるが、一番難易度が高い二次元コードのシールを見つければ100万ポイントか。これは特別試験でも簡単に手に入れられるような額じゃない。これなら半数が損をしてしまうリスクを負うものであっても不思議はないが……。

「参加する生徒数が200人以上に対し、用意された二次元コードが100枚。貰えない生徒が出て来ることは避けられません。しかしリスクを避ける方法も用意しています。参加者は学年を問わずペアを組むことが可能で、ペアを組んだ状態でどちらかの携帯を使って二次元コードを読み込めば、その二次元コードの報酬、仮に3万ポイントであればペアそれぞれに3万ポイントずつ支給されます」

ということは、仮にペアだけが二次元コード100枚を読み込んだなら、200人が報酬を貰えるということになるわけだ。1ポイントも貰えず損をするという可能性をグッと下げることが出来る。

デメリットがあるとすれば、複数の二次元コードを見つけた場合などに、どの二次元コードを読み込むかで揉《も》めてしまうおそれがあることくらいか。そんな多少調整のいるデメリットこそあるが、ペアを組むことにはメリットが高そうだ。

「また二次元コードが貼られてある場所は、予《あらかじ》め範囲が決まっています」

船内の至る所にと言っても、当然不可侵領域とされる場所は多数存在する。

スクリーンを使いながら高遠《たかとお》先生が説明していく。

簡単にまとめると、トイレ、客室には当然ながら二次元コードのシールは隠されておらず、また従業員専用のフロアや室内も当然除外される。

そして生徒が立ち入りを禁止されている階層にもシールは隠されていない。あくまでも公共の場、生徒の移動が認められている移動範囲に限られていることが強調された。

「それから――――こちらを支給していきます」

そう言うと、教員たちが一斉に紙を配り始めた。

程なくしてオレの手元にも届いた、二つ折にされた紙。

船内地図に多少手が加えられており、シールが貼られているエリアが色で塗りつぶされていた。そして、見慣れない文面と図形が記載されてある。

「基本的にこのゲームは運が大半を占めています。しかし、少しだけ実力が関係する要素を混ぜておきました」

恐らく、それは手渡された地図に書かれた文字図形のことだろう。

「ここには3つの謎かけ問題が書かれてあります。これを解くと全部で3箇所の二次元コードの隠し場所が分かる仕組みになっていて、この3つに限っては問題を解かない限り見つけられないと考えてください」

全100枚の中で、例外的に用意された二次元コード3枚、か。

オレは3つの謎かけを斜め読みしてから、ポケットにその紙を入れる。

「参加受付は今から30分間行います。各自携帯から参加の有無を表明して下さい。またバッテリー切れなどで電源が入れられない者がいるようなら、近くの先生に至急申し出るように」

続々と携帯を取り出した生徒たちが受付を始める。数名退室していく生徒もいたが、ほぼこの場にいる全員が参加するとみて間違いないだろう。宝探しゲームの終了時刻は午後5時。この時間までに二次元コードを読み込む必要がある。

オレも大多数に洩《も》れず携帯を取り出して、参加を決意する。

しかしこれだけ大勢の人がいると、オレに向けられる視線もここ数日で最大のものだ。

ここまで大規模になると、自然とどこかを見ていることに気付く他学年の生徒も出てくる。連携が取れているのか、あるいは予めそういう指示が出ているのか、他学年が視線を追い始めると一時的にオレに向けられる視線が減少、飛散する。

今の段階ではオレを監視していることを周知させるつもりはないらしいな。

より効果的な場面、よりダメージを与えられる場面まで温存している。

最終的な狙いがなんであるか分からない以上、こちらも上手《うま》く立ち回る必要がある。

全ての情報を盗み取られていると考えて行動を心がける。

参加者には彼女である恵《けい》の姿もあったがオレたちは視線を合わせることもしない。

2人の関係を告知していない以上、露骨なアイコンタクトは控えているからだ。

もちろん、ペアを組めると言われても組むことはない。

周囲の知る場所で綾小路清隆《あやのこうじきよたか》と軽井沢《かるいざわ》恵がペアを組むことは、普通に考えてない。

と、ここで堀北《ほりきた》がマイクを持って生徒たちの前に姿を見せる。

「生徒会の堀北です。参加される生徒の皆様にお願いがあります。不正防止の徹底のため、参加者には退室時に1万ポイントを支払う処理と同時に、学年別の名簿に名前を記入してもらいます。代筆などは一切認められません。第三者の携帯を利用した不正な参加を未然に防ぐための措置《そち》ですので、どうぞご理解ください。報酬受け取り後は、試験終了時刻までにここに戻り報告をお願いします。無視されますと報酬無効の可能性もあります」

携帯での簡易決済では、携帯と生徒を結びつける手段がない。

そのためオレが別の携帯を使って参加することも可能になる。それ自体にどれほどの問題があるのかは別として、本来のルールを守って参加するゲームの趣旨から離れることは確かだ。しかし決済の際に本人確認を含めた名簿への記入を強いることで、その携帯を本人のものと結びつけることができる。オレが別人の携帯で報酬を得ても、最後のチェックでルール違反を見抜けるし、携帯の持ち主を向かわせたとしても、名簿には名前がないため認められない。生徒会の人間と教師が連携し、出入口に特設の長机が置かれる。

そこで携帯から参加料を払って学年別に名前を書く作業をしてから退室するようだ。

参加費を払っていない者がこっそりアプリをダウンロードしたりする、といったことも可能性としては起こりうるからな。

アプリのインストールが終わった者から順に、この場を後にしていく。

雑多の中に紛《まぎ》れオレも列に並ぶと、やがて受付している堀北の前に辿《たど》り着《つ》いた。

「ここに名前を。それから1万ポイントを徴収《ちょうしゅう》します」

事務的な言葉をかけられ、オレは名簿に自分の名前を記入した。

それから携帯を決済用の端末に乗せ1万ポイントを支払う。

これで正式に、オレは宝探しゲームに参加したことになる。

「次の人」

堀北とは特別会話を交わすことなく、オレは流れに乗って室内を後にした。

2

さて、突如始まった夕方までの宝探しゲーム。

守るべきルールは多少あるが、基本的にそれは違反に関するものだけ。

あとは大きな運を引っ提げて参加するだけなのだが……。

スタート地点からすぐ二次元コードが貼られている範囲内のため、周辺は大混雑だ。

イナゴが作物を食い荒らすように、物凄《ものすご》い速さで調べが進んでいく。

今からオレが参加したところで割り込むスペースなどないだろう。

同じようにイナゴの大群を見て、探し出す地点を変え始める生徒も現れる。

更に多いのは、携帯を使って連絡を取り合っている生徒だ。恐らく二次元コードを探しながら、ペアを組む相手を同時進行で募集しているのだろう。

直接会わずともアプリ上でペアが結成できるため、二手に分かれる方法もある。

「ねえ森《もり》さん、上の方から見ていかない？」

遅れて会場から出てきた恵《けい》がクラスメイトの森寧々《ねね》と仲よさそうに歩いていく。

どうやら恵は一瞬でクラスメイトを掴《つか》まえペアを作ったようだ。

オレはもちろん独り身のため、とりあえず一番下の階層に降りることにした。

恵と同じように上の階から行けば、同じ空間を共にすることになるしな。

それにしても——携帯にはオレ宛のチャット1つも入っていない。

こういう時、誰か1人くらい誘ってくれてもいいんじゃないか？

いや深く考えるな。考えたら負けな気がする。

そもそも、メールもチャットも連絡先を交換している相手はそう多くない。

綾小路《あやのこうじ》グループは啓誠《けいせい》が空いているが、この手のゲームに興味がないのか不参加を早々に表明していた。明人《あきと》は体調不良だし波瑠加《はるか》と愛里《あいり》は最初からペアみたいなもんだしな。

「あ……」

そのための移動を開始すると、ばったりと佐藤《さとう》と正面から出くわす。

軽く手を挙げて挨拶してから立ち去ろうとするが……。

「あ、ちょ、ちょっと待って！」

腕を掴まれ、慌てたように呼び止められる。

「あのさ……綾小路くんって、もう誰かとパートナー組んだの？」

「いや、１人だ」

今は、と付けなかったのはこの先もペアになる予定がなかったからだ。

友達が増えてきたことと、こういった行事で一緒に動ける仲間がいるかは別問題だ。

自分で言っててちょっと虚しいと思ったが、そこはグッと堪《こら》える。

「じゃあ、じゃあさ？　私とペア……なってくれないかな？」

意外な提案をされオレはどう返事をしていいか困ってしまう。

佐藤は去年、生まれて初めて告白を受けた相手だ。オレはその気持ちに応えることが出来ず断り、そしてその後に恵と付き合った経緯がある。嫌われて当然のことをした身としては、パートナーを申し出られるとは思ってもみなかった。

特別断る理由はないが、受ける理由がないのも正直なところだ。

恵は建前上オレとのことを秘密にしているため、既に森とパートナーを組んでいたのは今しがた目にしたが、だからといって佐藤《さとう》と組んでいいかは別問題だ。

「恵《けい》ちゃんのこと気にしてる……？」

そうだとも答えづらかったが、こちらの態度で佐藤はすぐに察してくれたようだ。

「私2人が付き合ってるってこと皆に言うんだって聞いたよ」

「そうなのか」

この先、2学期にオレと恵の関係をオープンにするにあたって先手を打ったようだな。

過去の松下《まつした》の話からも、佐藤がオレと恵の関係を意識していたのは分かっていたことだ。

「付き合ってそれなりに経《た》つからな。いつまでも秘密にしておけることじゃない」

「まあ隠れて付き合ってるカップルもいるけど、綾小路《あやのこうじ》くんと恵ちゃんの組み合わせに気付けるのは相当限られた人だけだと思うし」

佐藤は、仲の良い女子何人かにオレと恵の関係を疑っていると話している。

もちろん当人から直接話したと聞いたわけじゃないが、接触してきた松下の口ぶりからも間違いないだろう。もちろん佐藤は何も悪くない。何も知らない中で、好きに推測して話したに過ぎないからだ。

「あぁでも、アレだよ？　パートナーを組もうって提案したのは何て言うか、その、相棒として頼りになりそうって思ったから。そこには違う意味はないってことで……ダメ？」

けして変な理由からではないと、力強くそう話す。

「手持ちのプライベートポイントは？」

「んっと、教えるのはちょっと恥ずかしいけど……18万ポイントくらい」

人のことを言えるような財政状況じゃないが、プライベートポイントが振り込まれた直後であることを考えるとけして多くはないようだ。リスクは少ないとしても、貴重な1万プライベートポイントを使っての参加にはある程度の決意もあっただろう。

「なら、難度の高い二次元コードを見つけておきたいしペアも組んでおきたい。分かった。佐藤がオレでいいならペアを組もうか。成果の約束は出来ないが」

「ほんと⁉　やった！」

嬉《うれ》しいことを素直に嬉しいと喜ぶ佐藤の態度は、組む側としても気持ちが良い。

互いの携帯を取り出し、アプリを通じてペア申請と承諾を行う。

これで正式にペアとなり、どちらかの携帯で読み込んだ二次元コードの報酬が貰《もら》える。

あとは最低でも3万ポイント以上の報酬を掴《つか》み取《と》るだけだ。

「そう言えば、先生たちから妙な紙渡されたよね？」

佐藤はポケットから、くしゃくしゃになった紙を取り出す。

「あ⁉」

取り出した状態を見て自分がくしゃくしゃにしたことを忘れていたのか、恥ずかしそうにすぐポケットにしまう。

「あ、ちょ、ちょっとアレで……見ても全然わかんなくてさ……あはは。綾小路くんも持ってるよね？」

謎が解けると思えず、適当に紙を丸めてしまっていたようだ。

四つ折りした紙を取り出して、佐藤《さとう》の前で広げる。

「これって二次元コードの在処《ありか》を示している3箇所が分かるってことだよね？」

「そうだな」

「じゃあこれが解けたら、100万ポイントゲットできる可能性ある？」

「いや、それはないだろうな」

希望を砕くようで悪いが即答する。

「ええ？　そうなの？」

100枚の二次元コードのうち3枚だけ、問題形式で答えが出されている。

そのため、この紙の問題を解いた先にある二次元コードに期待を寄せたくなるが……。

「この3つのヒントはレベル的にもどれも似たようなものだ。とすると、どれが解けても貰《もら》える報酬に差があるとは思えない。それなりに枚数のある10万ポイント……。あるいは5万ポイントの可能性もあるかも知れない」

「ええ？　でもさ3つってことは3枚だけ入ってる30万ポイントの可能性は？」

「確かに統一しやすい3枚限定の30万ポイントは結び付けやすいが、確率は低いな」

高額なプライベートポイント報酬はまず入っていないだろう。

「ええっ？　こんな難しい問題が解けたとしてもそれだけしか貰えないの？」

「この宝探しは完全に運を中心とした、ボーナスゲームの位置づけだ。頓智《とんち》の働いた生徒や問題を解いた生徒が本数の少ない100万ポイントや50万ポイント、佐藤の言った30万ポイントを得てしまうと、他の多くの生徒から納得できないっていう反応をされる可能性がある。佐藤ならそうは思わないか？」

もし全部30万ポイントだとすれば、運で探すはずのゲームには1枚も残っていないことになる。それではゲームとして不成立に等しい。

あくまでこの紙は救済措置《そち》の一環であって、控えめな報酬と見るべきだ。

「そ、そっか。確かにこれがどれも高い二次元コードだったらイラっとするかも……」

解けない自分がどう思うか考えて、すぐに納得がいったようだ。

「このヒントを元に二次元コードを見つけるのは悪いことじゃないが、見つけた二次元コードは読み込んでプライベートポイントを貰うまで結果が分からない。下手に手を出すとチャンスを逃すことにも繋《つな》がる」

この宝探しゲームは何時間もあるが、大きな勝負は最初の1、2時間ほどで決まる。

「じゃあ私たちはこれを無視していいってことね」

「このヒントの紙を使うことがあるとすれば、終了間際まで良さそうな二次元コードが見つからなかった時だろうな。指し示す場所は分かってる」

まあ頼ろうとした時には他の生徒がとっくに回収していました、となりそうだが。

「……もしかして綾小路《あやのこうじ》くん、この紙のヒントが解けたの？」

「何となくな」

「すっご……！」

それぞれのヒントが、高難度な作りになっていない。1年生から3年生まで参加できる仕組み上、正攻法というより謎解きに近い形。

そうこう話をしている間にも、周囲では宝探しに参加している生徒たちが、手あたり次第に二次元コードを捜索している。ある程度二次元コードが貼られているエリアが限られていると言っても、200人が一斉に探し出せば大半はすぐに見つけ出されるだろう。

スタート地点からかけ離れた遠くに高額な二次元コードが隠されている可能性もある。

「とりあえず下層を探してみようと思う」

「分かった、どこから探し始めるかは綾小路《あやのこうじ》くんに任せるねっ」

オレと佐藤《さとう》は並んで、捜索範囲に指定されている一番下の階層にまで足を運んだ。

それから5分ほど2人で二次元コードを探すも、露骨なシールを2枚見つけたに留《とど》まる。

場所が悪いのか、それとももっと難しいところに隠されているのか。

手ごたえを掴《つか》めないまま、周囲には少しずつ生徒も増え始めていた。

「あのさ綾小路くん……」

「どうした、見つけたのか？」

「そ、そうじゃないの……ちょ、ちょっとお手洗い行ってきてもいい？　朝、いっぱい飲みすぎちゃって……ほんとはさっき行くつもりだったんだけど……」

物凄《ものすご》く恥ずかしそうにしながら、佐藤がそんなことを聞いてきた。

「なるほど、そのタイミングでオレを見つけたわけだな？」

コクコクと顔を赤らめながら頷《うなず》く。

「ごめんね、少しでも急ぎたいはずなのにっ」

トイレに行くなと言うつもりは毛頭ない。オレは快く佐藤を送り出す。

「す、すぐ戻るから！」

「慌てないようにな」

とりあえず佐藤をトイレに送り出し、オレは1人で近くの捜索を再開する。

「宝探しゲーム、綾小路くんも参加してたんだ？」

オレがソファーの下を覗《のぞ》き込《こ》んでいると、背後から声をかけられた。

誰かが足を止めたと思ったが、クラスメイトの松下《まつした》だった。

今日は珍しいクラスメイトによく声をかけられる日だな。

それと同時に松下と話をしていたと思われる3年の多々良《たたら》が怪訝《けげん》そうな顔を見せる。

「……綾小路かよ」

「知ってるんだ？　綾小路くんのこと」

不思議そうに松下が多々良の顔を覗き込むと、バツの悪そうな顔をして視線を背けた。

松下は知る由もないが、今3年生の全体には南雲《なぐも》からオレに関することで何らかの伝達が行われていることは確かだ。

「今は宝探しの最中なんだから話は後にしろよ。時間勿体《もったい》ねーし行こうぜ？」

「それを言うなら多々良《たたら》先輩もですよ。私なんかに構わず他の子とペア組んでください」

この場に現れた3年の多々良の存在は、南雲《なぐも》の戦略を探るのにいい機会かも知れない。

「先輩も宝探しに参加されているんですね」

こちらから飛び込むように声をかけると、露骨に嫌な顔をして視線を背けた。

小さな舌打ちを聞いて松下《まつした》も多々良の気配が変わったことを察する。

「どうかしたんですか？　多々良先輩」

もう一度そう声をかけると、明らかに多々良は逃げの態度を見せ始めた。

松下に対し何らかの好意を抱いているのは、最初の印象からも伝わってきている。

ペアを組みたいと思う気持ちよりも、オレとの接触を嫌う方が強いということは、不用意な会話はするなという指示を受けていると見て間違いない。

「松下、また今度な」

「あ、はい」

よく分からないまま軽く笑い、松下は多々良に手を振って別れを告げた。

どこか未練がましそうに松下を見つつも、オレを睨《にら》みつけて去っていく。

「ふーっ。なんだか知らないけど助かっちゃった。綾小路《あやのこうじ》くん多々良先輩と何かあった？」

南雲からの指令については分からずとも、あの態度を見れば不審にも思うだろう。

「何もない、話をしたこともないしな」

「ふうん？」

納得は行っていないようだったが、肩の荷が下りたのかホッと胸を撫《な》で下《お》ろす。

「ねえ、もしかして綾小路くんも1人？　もし1人だったらペア組まない？」

「あぁいや────」

松下に宝探しを誘われそうな空気になった時、後ろから駆けてくる足音が。

「ちょっと松下さん、綾小路くんとは私が組んでるんだからね！」

お手洗いから帰ってきた佐藤《さとう》が猛烈ダッシュで松下との距離を詰め、両肩を掴《つか》んだ。

「え？　あ、そうなの？」

その異様な速さと圧に驚きつつも、松下が振り返る。

「ていうかさっき多々良先輩見かけたけど、松下さんと一緒だったんじゃないの？」

「一緒だったって言うか付きまとわれてるだけって言うか……」

どうやら多々良という3年生のことに関しては、松下だけでなく佐藤も知っているようだ。3年Aクラスの生徒で、OAA上では全体的にB～Cと平均よりやや高い成績をしている生徒だ。男子にしては長く変わった髪型もしている。

ああいうのは、なんていうへアーなんだろうな……その辺のことはよく分からない。

「モーション強すぎてちょっと引いてる。遠回しに断ってるんだけどねー」

「あ～分かる～」

オレは分からない。

とりあえず、調べている途中だったソファーの下を改めて調べ直すことにしよう。

「って言うか綾小路《あやのこうじ》くん、そこにはないんじゃない？　あったとしても安い二次元コードだと思うんだけど」

確かにソファーの下は二次元コードの典型的な隠し場所として選ばれやすい。

事実、このソファーの床には少し角度を変えてしゃがむと、顔を覗《のぞ》かせる二次元コードの姿があった。もちろん、この二次元コードを読み込むようなことはしない。

「重要なのは学校側のパターンだ」

「パターン？」

「この宝くじゲームを実施することを決めた時、二次元コードの価値をどうやって決めるかが重要だ」

「え、っと……？」

よく分からないと佐藤《さとう》は首を傾《かし》げる。

それに対し松下《まつした》は、特に考えることもなく答えた。

「当然、見つかりにくい場所に対して価値の高い二次元コードを用意するよね」

「そうだ。なら、次はその『見つかりにくい』を判断するのが誰かということになる」

「先生！」

今度は答えるとばかりに、佐藤が松下より先に言う。

しかし補足するように松下が付け加えた。

「１００枚の二次元コードを貼るとなると相当大変だよね。先生が貼ってることに間違いはないと思うんだけど、1人や2人とは考えにくい。昨日の夜中に手分けして貼ったとしても数人は駆り出されてる……」

「生徒たちが無人島試験をしている最中にじっくりと船内のどこに二次元コードを貼るか決めたのか、それとも突発的に作業担当の先生に託したものなのか。それが分かればどこにシールが貼られているかも推測しやすくなる」

「ごめん、私全然言ってる意味が……」

「通路の作りや置いてある装飾って、基本的に一緒だものね」

「今のどういう意味か分かったの松下さん」

「まあね」

「凄《すご》いよ綾小路くん！」

「着眼点は面白いと思うけど宝探しゲームくらい、もうちょっと気楽にやってもいいんじゃないかな？」

「……そうだな」

それを言われてしまうと、もはやオレに言い返すことは出来ない。

一応、理詰めも多少しておいた方が後悔もないと思っただけなんだが。

「でもそっか、残念。先客がいたなんて」

「ざ、残念？」

「私ももうちょっと頼りがいのあるパートナーを探そうかな。またね」

立ち話をしていても、この場の全員が機を逃すだけだからな。

3

宝探しが始まって1時間弱。多くの参加者たちは散り散りになり、固まって何十人も集まるシーンこそ見られなくなったが、それでも繰り返しすれ違っては、同じような場所を懸命に探している姿を見かける。

心理的に、1番最初に見つけた二次元コードを読み込ませることは難しい。

それが最難関とされる二次元コードだったとしても、それ以外の基準を持たないからだ。

オレたちも含め、50万ポイント100万ポイントの二次元コードを見つけていながら保留、スルーしている生徒もおそらく一定割合いるだろうな。

「おはようございます、綾小路《あやのこうじ》先輩っ」

「ん？　あぁ、おはよう七瀬《ななせ》」

後ろから近付いてきた気配に声をかけられたかと思ったら、七瀬だった。

今日も今日とて、休日が始まってからの連続遭遇記録を更新したことになるな。

「……誰？」

なぜか露骨な警戒心を見せた佐藤《さとう》が七瀬を睨《にら》み付《つ》ける。

一方の七瀬は、その視線を不快ともとらえることはなく頭を下げた。

「私1年Dクラスの七瀬翼《つばさ》と申しますっ」

「ふうん……1年生とは思えないよね」

ある部分を見て佐藤が吐き捨てるように言ったが、七瀬は不思議そうに首を傾《かし》げる。

「そうでしょうか？　そんなに普段から年上に見られるほど立派ではないと思いますが」

「は、はあ？　どこが立派じゃないって言うんだか。どう見ても立派でしょうよ！」

「そう、です？　褒めていただけたのであれば、嬉《うれ》しいです。もっと立派になれるように日々精進していきますっ」

「これ以上立派になっても仕方ないでしょ、って言うかどうやって立派になるつもり？」

自分も立派になりたいのか、佐藤はやや前のめりに聞く。

「具体的には説明が難しいですが……うーん、心の成長は欠かせないと思いますね」

「こ、心？　牛乳飲んだり毎日のマッサージだったりじゃなくて？」

「もちろんそういった身体的成長を促す行為も立派になるためにはつながっていると思いますが、私の場合はやはり心からですね」

「へえ……初めて聞いた。なんか説得力あるかも」

感心するのはいいが佐藤、多分七瀬とは話が噛《か》み合《あ》っていないと思うぞ……。

「七瀬も宝探しに？」

「え？　あぁいえ、私は違います。何となく今日はゆっくりしていたい気分だったので」

宝探しには不参加のようだ。しかし、それならこんな場所に姿を見せるのは何故《なぜ》だ。

「今日も綾小路《あやのこうじ》先輩は元気そうで何よりです。では、私はそろそろこれで失礼します」

七瀬《ななせ》と別れると、直後に中泉《なかいずみ》ともすれ違う。

「中泉か」

「ん？　中泉くんがどうかしたの？」

この数日、気に留《と》めないようにしていたがやはり偶然ではないようだ。

七瀬と毎日遭遇しているのは、単なる偶然じゃない。

まず第一に、七瀬はオレの様子を逐一確認するために接触を図っている。

3日目こそデッキで昼食中だった七瀬をオレから見つけたが、仮にオレがあの場所に足を運んでいなかったとしても、七瀬から出向いてきたんじゃないだろうか。

そして、そんな七瀬の後を追っている中泉。

毎回七瀬の後を追っているわけじゃないのかも知れないが、何か企《たくら》んでいることは確かだろう。そして中泉の背後には十中八九龍園《りゅうえん》の影が見え隠れしている。

オレと七瀬の関係を調べているのかとも思ったが、中泉はオレに気を留める素振りを1度も見せていない。とするなら、純粋に七瀬をマークしていると見た方がいいだろう。

七瀬をマークする理由を少しだけ推理してみる。龍園は小宮《こみや》たちに怪我《けが》をさせた犯人探しをしている。それに関係しているとするなら七瀬は完全な白だ。それは須藤《すどう》や池《いけ》の証言を取ることでもハッキリさせられるだろう。なら、何故《なぜ》七瀬を見張るのか。あの日天沢《あまさわ》を見たことはオレと彼女との共通の認識だが、七瀬がそれ以上の情報を隠しているのなら話も変わってくるな。と、今考えてもこれ以上は分からないだろう。一度頭の隅に置く。

「あ、あったよ綾小路くん！　ちょっと見つかりにくいところに！」

佐藤《さとう》が嬉《うれ》しそうに叫んで指をさす。

それは視界にほぼ入らないスタンドライトのカバーの裏側。

そこに隠れるように貼り付けられた二次元コードのシールだった。

幸い、今はオレたちの他に姿は見えない。

「でもこれがどれくらいのポイントかは、読み込んでみないと分からないんだよね？」

「難しいところだな」

一番枚数の多い二次元コードではない気もするが、見つけるのが困難なようで、そうでもないような場所のため判断に困る。

「どうしよう？」

「そうだな……」

とは言え、捨てていくには勿体《もったい》ない二次元コードであることは間違いない。

オレは携帯を取り出し、カメラモードにして二次元コードへと向けた。

「え？　い、いいの？　読み込んじゃって」

「いや読み込みはしない」

「へ？」

オレは撮影ボタンを押し、拡大した二次元コードを写真に残す。

「何してるの？」

「貰《もら》えるプライベートポイントの高そうな二次元コードは、こうして写真に収めて残しておく。仮にこの先他に良い二次元コードが見つけられなかったら、佐藤《さとう》の携帯でオレの保存した写真から二次元コードを読み取ることが出来るからな」

「え？　そ、そうなの？　写真に撮ったヤツも反応する？」

「鮮明に撮っておけば問題なく機能する」

過去に見つけた二次元コードを探しに、またここに戻って来るのは非効率だ。他のライバルたちに先を越されることもあるだろうが、複数枚見つけて保存しておけばいざという時手当たり次第に読み込むことも出来る。そのうちの1つでもヒットすれば、儲《もう》けものということ。1台でも、二次元コードにカメラを向けURLを表示させることは可能だ。

だがオレたちが使っている携帯ではアクセスをしない場合そのURLをコピーしておくことは機能上できない。つまりURLを残そうと思ったら後で手打ちすることが求められてしまう。それに万が一URL先を誤操作でタッチしてしまえば読み込みが行われ、ポイントが振り込まれてしまう。

「学校がペアを組むことにはメリットしかないと言っていたが、何もポイントを共有できることだけじゃない。携帯を2台使った時間短縮テクニックや事故防止にも使える」

そう語ったものの、スタートダッシュに慌てている生徒たちは見落としているかも知れないが、これくらいのテクニックは多くの生徒も実践してくるはずだ。

あとはとにかく、この二次元コードが見つからないことを期待するだけ。

スタンドライトを見ているところを目撃されたら、すぐにこの場所は露呈する。

「移動しよう」

「うんっ」

それから階層を変えて、再び二次元コードの探索を始める。

オレはあるソファーの下を手探りで調べていて、ある引っかかりに気付く。

「ここにもあったな」

「分かりやすいパターンだね。同じようなソファーの下なんて」

「佐藤。ちょっと周りを見張っててくれるか？」

「いいけど、どうしたの？」

オレはソファーの前に座り込み、覗《のぞ》き込《こ》むように顔を下げた。

「こういう二次元コードは期待できないんじゃないの？」

「ここの二次元コードはな」

オレはソファーの下、ではなくソファーの底に手で触れる。

通常、覗き込んでソファー下の床を見渡すことはしても、ソファーの裏側は見ない。

見ないというより、見えないと言った方が正しいが。

しかし手で触れればその感触が違うことに気付く。本来ソファーの裏側は生地になっていて平らでなければおかしい。ところが、触れた先には5センチ角の僅《わず》かな引っかかりがある。つまり、シールが貼られているということ。

手に持った携帯をソファーの下に入れ、撮影する。

フラッシュによる光と共に、暗闇の二次元コードを写真として収める。

「わ、ホントだ。二次元コードだ……！　これは普通見つけられないよね！」

もし単独でこの宝探しゲームに参加していたら、この二次元コードを読み込むのは簡単ではなかっただろう。フラッシュをオンにしていれば撮影後に二次元コードが写った状態で保存は出来るが、自分の携帯では読み込めない。

ソファーをひっくり返すにしても、かなり大掛かりで目立ってしまうため他の生徒に見られることを考慮すれば、実質この二次元コードを読み込む覚悟がいる。

しかしペアならこの写真を佐藤《さとう》に読み込ませればいいため、スムーズに作業が行える。

「色々考えてるようだな、学校も」

新しい読み込み候補を見つけたオレたちは、先に進むことにした。

4

広い船内とは言え、生徒がどこにでも自由に移動できるわけではない。必然的に遊べる場所、くつろげる場所に集中するため予期せぬ出会いも往々にしてある。

ある男はカフェテラスへ向かうため、またある男は客室に戻るため。

全く関係ない場所を目指していた2人が廊下で対面する。

両者共に真ん中を歩いているため、譲り合う真似《まね》は一切見せない。ほぼ同時に互いの存在に気付いた男たちは、1メートルほど手前で足を止めた。

「よう龍園《りゅうえん》、この間は色々と世話になったな」

先に口を開いたのは、1年Dクラスの宝泉和臣《ほうせんかずおみ》。

「寝てなくて大丈夫なのか？　どうせならあと1週間くらいベッドで寝んねしてな」

言葉を受けた龍園翔《かける》も、受けるように応える。

「安心しろよ。こんなところでテメェを半殺し——いや全殺ししても俺の気はもう収まらねぇからな。殺すターゲットが1人から2人に増えて忙しくなりそうだしよ」

「同じ相手に二度負けたら格好つかねぇからな。無理はやめとけ」

互いに挑発を繰り返しながらも、けして拳《こぶし》を出すようなことはしない。

「ハッ。それよりもテメエ、1年から便乗カードの効果を内密に買い取ってたんだってな。南雲《なぐも》とかいう3年に賭けさせてたらしいが、相当儲《もう》けたんじゃねえのか？」

「クク。お漏らししやがったのは誰だ？　契約書で口止めしといたんだがな」

龍園は無人島試験前、便乗カードを持つ1年生に近づき契約を交わした。指定したグループが入賞した場合に得たポイントを全て差し出すこと。上位50％以上を当てただけでは得られるポイントは3万のみ。つまりそれ以上の対価を払えば自《おの》ずと権利を放棄する者も出て来る。結果、龍園は南雲を言い当て、28万の報酬を契約した生徒の数だけ得た。

この事実は龍園《りゅうえん》のクラスメイトも殆《ほとん》どが知らず、実行に使った仲間だけが知っている。

「俺の靴でも舐《な》めたら、少しくらいおこぼれをくれてやってもいいんだぜ？　ゴリラ」

笑いながら、龍園は一度もポケットから手を出すことなく歩き出した。

宝泉《ほうせん》はそのまま受け止めることも出来たが、一歩横にずれて道を作った。

直後姿を見せた石崎《いしざき》は宝泉を警戒しながらも、慌ててその後をついていく。

宝泉もまた振り返ることなく1人堂々と廊下の真ん中を歩き出した。

「相変わらずおっかないヤツっすねえ。でも、ビビッて道を開けてましたよ」

「そんなタマかよアイツが」

「でも……」

「俺にやり返したら、今度はテメェに譲らせてやるって決意の表れだ」

ほとばしるほどの殺気と暴力性を、すれ違った瞬間で龍園は感じ取った。

「厄介っスね」

「ほっとけ。あいつが面倒な相手なのは分かってるが、まずは例の犯人捜しだ」

「うす。今西野《にしの》のヤツに押さえさせてます」

携帯を取り出して確認した石崎が、その後は先導するように龍園を案内する。

それから程なくして、目的の場所に辿《たど》り着《つ》いた龍園たち。

石崎が次の言葉を発するよりも早く、龍園は1人の女子生徒へと近づいた。

「七瀬《ななせ》翼《つばさ》だな？」

「はい。私に何か御用でしょうか？」

足止めをされていた七瀬は、慌てた様子もなく龍園を見つめる。

何故《なぜ》自分が、1つ上の先輩に目を付けられているのか理解は出来ていない。

「悪いが少し時間をもらうぜ」

本来なら龍園1人、もしくは石崎との2人で十分なところだが、足止めのために使っていた女子の西野にも同行させる。男だけで後輩の女を取り囲んでいる状況が、自分たちにとって不利になることはあっても有利になることはないと分かっているからだ。

「おまえには無人島試験でのことで聞きたいことがある」

「試験でのこと、ですか」

まだ状況が理解できなかった七瀬だが、次の言葉で理解する。

「小宮《こみや》が負傷した。俺はその犯人が誰かを探してんだよ」

「何故私なのでしょうか？」

「あの時事件現場にいち早く駆け付けたのは須藤《すどう》、綾小路《あやのこうじ》、池《いけ》、本堂《ほんどう》、そしておまえの5人。須藤と池、本堂のヤツが何か手がかりを得るのは無理だ」

「では同じ2年生の綾小路先輩にお聞きすれば良いのではないでしょうか」

「もちろんヤツからも状況次第じゃ話を聞く。が、まずはおまえからだ。おまえは無人島試験じゃ綾小路に張り付いてたようだが、その理由は？」

「事件のこととは無関係のように思えます」

「事件と無関係かどうかを判断するのは話を聞いてからだ」

高圧的な態度の龍園《りゆうえん》に詰め寄られると、大抵の者があっさりと白状する。

「すみませんが、お話しすることは何もありません」

しかし七瀬《なせ》はうろたえるどころか冷静に断ってきた。

頭を下げこの場を去ろうとする七瀬だが、龍園は足を蹴り出し壁に足底を叩《たた》きつける。

「話す話さないをテメェに決める権利はねえのさ」

「随分と乱暴なんですね。このような状況を誰かに見られると問題が生じると思います」

「心配すんな。そうならないように他にも何人か見張りを立ててる」

「小宮《こみや》先輩が龍園先輩のクラスメイトだということは分かりました。しかし、私では何もお力になれないと思います。何も手がかりがありません」

「そうか？　その割にはここ数日色々と動き回ってんじゃねえか」

「何のことでしょうか」

視線も外さず意味不明だと返すが、それは龍園にとって付け入る隙だった。

「遊び惚《ほう》けてる連中ばっかりの中、終日1年Cクラスの倉地《くらち》を見張ってるだろ？」

「っ……」

ここで初めて七瀬が目を見開いて動揺を見せる。

「小宮から事情を聴いた段階でおまえと、それから念のため須藤《すどう》と池《いけ》、本堂《ほんどう》にも見張りを立てた。後の3人はバカみたいに遊び回ってるが、この船の上じゃそれが健常な行動だ。

ところがおまえは一向に遊ぶこともなく特定の1年を付け回してる。普通じゃねえよなあ」

「単なる偶然です」

「偶然か。今日は宝探しだなんだと、大勢がゲームに興じている。倉地のヤツも参加しているがおまえは参加していない。なのにおまえは西野《にしの》が捕まえるまでずっと倉地の後をつけるように行動してただろ。今日のその行動も偶然か？」

ゲームに参加してしまえば、二次元コードを探す真似《まね》をしなければならない。

だが参加していなければ、その手間を省くことが出来る。

倉地を見張ることに集中していた七瀬は、自身を見張る存在に気が付かなかった。

「私も未熟ですね、連日後をつけられていることに気付かないなんて。驚きました」

「先におまえに接触してやったことに感謝しろよ？」

「お見事です龍園先輩。しかし小宮先輩のことと倉地くんのことは無関係です」

「そうか、なら直接倉地に話をつけてやることにするか」

「それは困ります」

「なら知ってることを話せ。それとも『誰か』に指示を仰がないと何も話せないか？」

「そんなことはありません。ですが無関係なものは無関係ですから」

「何度も言わせるな。それを判断するのはおまえじゃない、この俺だ」

これまで笑顔を絶やさず、そして今も笑顔を継続している龍園だが放つ空気が変わる。

傍《そば》で見張っている石崎《いしざき》は何度も傍で龍園の威圧を感じているが、未《いま》だに慣れることはない。自分が問い詰められているわけではないのに屈しそうになる。

「違います。龍園《りゅうえん》先輩にそのような判断をする権限はありません」

にもかかわらず、七瀬《ななせ》は何一つ動揺を見せずに真《ま》っ直《す》ぐ龍園の目を見つめ返した。

「何を迷ってやがる。さっさと行動すればいいだろ」

確かに、七瀬翼《つばさ》は迷い悩んでいた。その悩みの種が生まれたのは、無人島試験中盤のこと。やり場のない怒りを綾小路《あやのこうじ》にぶつけてしまった日、凶器を持った天沢《あまさわ》が七瀬たちの前に現れた後に遡る。

綾小路によって天沢の前に誰か、別の人物がいたことが予想された時のこと。

あの時、綾小路はGPSサーチすることを否定したが、七瀬は組み立てたばかりのテントでこっそりとGPSサーチをしていた。

しかし詳細を見ず綾小路のテントに潜りこんだ。もし下手に調べて何かが分かってしまったら、その驚きや動揺を見抜かれてしまうと分かっていたからだ。そんな内密なGPSサーチの結果、七瀬と綾小路に近かった人物が天沢を除いて2人。2年生の櫛田桔梗《くしだききょう》と1年生の倉地直広《くらちなおひろ》の両名。本来ならどちらも調べるべき存在だが、2年生の櫛田は綾小路のクラスメイトということもあり後回しにしていた。

そしてその件とは別に、綾小路に異変が起こっていないかを確かめ、場合によっては守るため定期的に接触を図っていたが、その点については気付かれていないようだった。

「時間が勿体《もったい》ない、話を聞きに行こうじゃねえか」

観念したかのように俯《うつむ》いた七瀬だったが、すぐに顔を上げる。

「残念ですが、彼が二次元コードを探すために船内のどこに行ったのか分かりません」

龍園は小さく笑い携帯電話を取り出す。

「倉地はどこだ。４階の客室フロアだな？　ああ、直《す》ぐに行く」

こうなることも全て予測していた龍園は、短く通話を終えてポケットに仕舞う。

「私から引き離した後、倉地くんを見張らせていたんですね」

「おまえと違って俺には手足や目、耳になってくれる連中が大勢いるからな」

「本当に無関係かも知れませんよ、倉地くんは」

「おまえに言われるまでもねえよ。１つずつ消していくのみだ」

七瀬にしても龍園にしても、今追える手がかりは倉地しかいない。

「行くのか行かねえのか、早く判断しろ」

ここで七瀬が拒否すれば龍園が単独で倉地に詰め寄ることは想像するまでもない。

七瀬は一度頷《うなず》き、龍園と共に倉地の元に向かうことにした。

それから程なく二次元コードを探す倉地と、そのペアと思われる田栗《たぐり》を視認する。

「まずは私と倉地くんの２人で話をさせてください」

「なに？」

「上手《うま》く情報を引き出しますから」

「おまえが俺に聞き出した情報を下ろす保証はどこにある」

「私を信じていただくしかありません」

「悪いが信じられねぇな」

「信じられずとも信じていただくしかありません。必ず全て報告しますから」

「まあいいさ。だが下手なことすりゃ女でも俺は容赦《ようしゃ》しねえぜ?」

「察しています」

龍園《りゅうえん》は顎で西野《にしの》と石崎《いしざき》に指示を出し、田栗《たぐり》を倉地《くらち》から引き離す。

2年生、それも石崎たちに声をかけられたなら大人しく従うしかない。

「少しいいですか、倉地くん」

「えっ? おまえ確か、Dクラスの七瀬《ななせ》……だよな?」

田栗が先輩に呼び出されたことに動揺していた倉地は落ち着きがない。

「少しお聞きしたいことがあります」

「悪いけどさ、俺今宝探ししてるから時間が——」

「あなたが無人島試験の時に綾小路《あやのこうじ》先輩を狙っていた理由を教えてください」

「は? な、何のことだよ」

悠長に時間をかけていれば、いつ龍園が接触してくるかも分からない。

2人きりになれている間に聞き出す必要性が七瀬にはあった。

「隠しても無駄です。試験7日目の大雨の時、私はGPSサーチを使って周辺にいた人物が誰かを突き止めたんです。天沢《あまさわ》さんと、そしてもう1人あなただけでした。そして現場近くには人を殴るための道具もあった。言い逃れは出来ません」

「意味わかんねえよ！」

　大声を出して否定する倉地は逃げ出そうとするが、その腕を七瀬が掴《つか》む。

「後ろに2年生の先輩が見えますよね。彼は綾小路先輩が襲われそうになった犯人を捜そうと必死になっています。場合によっては暴力を振るうことも考えられます」

「は、はあ？　ふ、ふざけんなよ何だよそれ！」

「シッ。あまり大声を出して反感を買わない方が身のためです」

「っ！　け、けど俺は……俺はただ……！」

「ただ？」

「……綾小路先輩を襲ったら金をやるって……そう言われて……」

「襲ったらお金、ですか」

「普通だったら受けないって。でも俺プライベートポイント使い込んで、それに……」

「それに？」

「襲う『フリ』でいいから、大事にはならないからって言われたんだよ。俺は別に悪いことはしてないんだって、分かるだろ？」

　確かに襲うフリであれば、冗談の範疇《はんちゅう》で済ませることも出来る。

「あなたにお金を提供するから襲うフリをしろと命令したのは誰ですか。そもそもいつ」

「それは……無人島試験の前だよ……」

「し、試験前、ですか」

予想もしていなかった時期に、七瀬《ななせ》も驚く。

「つまり最初から予定されていたこと……なんですね」

「それと誰かなんて分かんねえよ。プライベートポイントが勝手に振り込まれてたんだ」

「――嘘《うそ》、ですね」

「ッ!? う、嘘じゃねえよ」

「明らかに何かを知っていて隠している、そんな風に見えます」

「俺は何も……」

「倉地《くらち》くんは深くご存じないかと思いますが、あの時のあなたの行動のせいで、龍園《りゅうえん》先輩とは別に宝泉《ほうせん》くんの計画にも変更が出てしまったんです」

いきなり話が切り替わったことで、倉地が眉をひそめる。

「今、彼は必死になって犯人を探しています。もし私が報告したらどうなるでしょう? きっと宝泉くんは容赦《ようしゃ》なく倉地くんに対して拳《こぶし》を振り上げるのではないでしょうか」

2年の龍園に1年の宝泉。武闘派の2人に狙われていると脅す。

「ままま、待て、待てって! 分かった話すよ! 話すからそれは勘弁してくれ!」

小声ながらも必死に声を張り上げる。

1年生の中で最も毛嫌いされ恐れられている宝泉。

その名前の効力は、試しに使ってみた七瀬も想像以上の効果を実感する。

「……クラスメイトの宇都宮《うとみや》だよ」

「宇都宮くん、ですか」

「ああ。この特別試験が終わったら金を渡すから綾小路《あやのこうじ》先輩を襲って欲しいって」

「本当のことですか？」

「マジのマジで本当だって！」

倉地のその目を見て、七瀬は一度頷《うなず》く。

「あなたを信用します倉地くん。最後にもう1つ聞かせてください、小宮《こみや》先輩たちが怪我《けが》をした件については何か知りませんか？」

「小宮？　何のことだよ知らねえよ。いや、ホントに知らないって。とにかく俺が関わったんだって絶対宝泉には言わないでくれよ？　な？」

「分かりました、お約束します」

倉地に行くように指示を出すと、それと同時に田栗《たぐり》も解放される。

すぐに近づいてきた龍園は、七瀬に話すように要求する。倉地は小宮の件について何も知らない様子だったが、素直にそれを伝えても龍園は信じない。遠目に見ていたとしても何か知っている情報を七瀬に話していたことは伝わっているからだ。

「彼の話では……宇都宮くんが何か知っているかもしれない、と」

「宇都宮？」

「倉地くんと同じ、1年Cクラスの宇都宮陸《りく》くんです」

すぐに携帯を取り出した龍園《りゅうえん》は、宇都宮《うとみや》の顔と能力をＯＡＡで確認する。

「見た覚えのないツラだな。だが身体能力はＡか」

「彼なら、小宮《こみや》くんに悟られず突き落とすだけの能力はあるかも知れませんが、まだ確証は一切ありません」

「見えてきたじゃねえか色々と」

「……どうするつもりですか」

「決まってんだろ、宇都宮ってガキを追い詰めて話を聞かせてもらうのさ」

「待ってください。それは賛同しかねます」

もしも宇都宮がホワイトルーム生であれば、幾《いく》ら龍園であれど相手にするのは厳しい。

何より綾小路《あやのこうじ》に許可なくここまで進めていることも、褒められたことではないからだ。

「決定的な証拠がない事件……いえ、事案です。仮に宇都宮くんが犯人だったとしても、白《しら》を切られてしまえばそれまでではないでしょうか」

「今の倉地《くらち》も吐いたように、要は脅し方一つってことだろ」

「ここ数日彼に張り付き、事前リサーチが出来ていたからです。元々の性格から考えても、押せば落とせると思っていました。しかし宇都宮くんに関しては未知数です」

「俺にどうしろって？」

「私に時間を下さい。もちろんタダでとは言いません」

「ほう？　言ってみろ」

「ずっと黙っていましたが、小宮先輩の事案の際に龍園先輩の知らない目撃者がいます。その方が誰なのかを教えても構いません」

「誰だ」

「今は言えません。宇都宮くんへの接触を控えていただけたならお教えします」

「俺相手に強気な交渉だぜ。まあいいさ、その条件飲んでやってもいい」

「ありがとうございます。詳細は追って連絡します」

「ただし、嘘《うそ》だった時にはそれ相応の覚悟をしてもらうことになるぜ？」

「嘘じゃありません」

「クク、だろうな。俺が我慢できなくなる前に連絡して来いよ」

小さく返事をした七瀬《ななせ》は、頷《うなず》きその場を立ち去った。

5

何枚かの二次元コードは見つけたが、ポイントの高そうなものは未《いま》だ1枚のみ。

視界に見える範囲にも数人の生徒がコードを探している様子が見られ、競争率がけして低くないことは間違いないだろう。

参加者以外の人海戦術は禁止しているため、大っぴらに不正を働く生徒はいないだろうが、それでも200人以上参加者がいるのでこうなることは避けられない。

ふと佐藤《さとう》が立ち止まっていることに気付き振り返る。

「私何を頑張ればいいかな。何を努力すれば、クラスに迷惑かけないでいられる？」

「どうしたんだ、急に」

「ごめんね変なこと聞いて。だけど適当な思い付きなんかじゃないんだよ？　無人島試験の前から考えてた。私ってクラスの役に立ててるのかなって」

そう言って佐藤は自分の両手、その手の平を見つめる。

「適当に面白おかしく高校生活を送って、どこにでも就職できるって浮かれてた入学前の私に教えてあげたいよ。ここは普通の高校じゃなくて、とんでもないとこだぞって」

少し言葉を悪く言えば、佐藤は一般的な高校生よりも全体的に低い能力の持ち主だ。

ただ、それでもカーストは上位側に位置しているし、発言力はそれなりにある。

学力や身体能力、コミュニケーションはそれぞれ難度の違いはあれど、多くの者がある程度努力することで向上を図ることが出来る。

分かりやすい例として、須藤《すどう》の名前が一番に上がるだろう。

学年最下位の学力だった須藤は、めざましい活躍を見せ一気に学力を向上させた。

それからも窺《うかが》えるように、重要なのは伸びしろだ。

「クラスメイトのために努力するなら、やっぱり勉強は欠かせないだろうな」

「う……だよね」

分かってました、と項垂《うなだ》れるように佐藤が頬《ほお》をかく。

「あ、綾小路《あやのこうじ》くんが勉強教えてくれたり……しないよね？」

「オレが？」

そう聞き返した直後、しまったと佐藤は慌てて両手を目の前に突き出し振った。

「ごめんごめん！　今のは忘れて！　軽井沢《かるいざわ》さんに怒られる……！」

「堀北《ほりきた》に教わるのがいいんじゃないか？」

「堀北さんに？　でも、私あんまり仲良くないよ？」

あんまり、という表現でもかなりマイルドに包んだ方だろう。

ほぼ1年半、佐藤は堀北と友達と呼べそうな行動はしていない。

「仲良くなる必要があるかはさておき、勉強を教えることには定評があると思うぞ。なにせ、あの須藤を鍛え上げたわけなんだからな」

堀北の人間性や教え方を事細かに教える必要は全くない。

学年一の問題児須藤を育成してのけた。

「いつの間にか、須藤くんに抜かれちゃったもんね……確かに」

「クラス最下位、学年最下位の不名誉な称号は取りたくないんじゃないか？」

「ぜ、絶対ヤダ」

佐藤はその最下位候補の1人でもあるため、その点での危機感は強い。

「じゃあ、綾小路くんに橋渡し役ってお願い出来たりする？」

「それくらいでいいならお安い御用だ」

クラスの学力向上が見込めるなら、堀北《ほりきた》が拒むことはないだろう。須藤《すどう》は堀北の周りに同性であれ異性であれ人が増えることは複雑だろうが、拒絶したりはしない。

6

「堀北先輩、交代のお時間です。休憩を取られてください」

宝探しゲームが始まって2時間ほど経《た》ち正午を迎える頃、次に報酬確認をする八神《やがみ》くんが近づいてきてそう言った。私は1年生の名簿を閉じてゆっくりと視線をあげる。

「特に疲れてもいないし、このまま引き続き私が報酬確認を担当しても構わないわ」

今、こうして少ない人数の中自由に名簿を見られる時間は大切にしたい。

「そうはいきません。僕には僕の与えられた仕事があります。それを堀北先輩に任せてしまっては生徒会のメンバーを名乗れませんから」

「……そうね、その通りだわ」

楽をできるなら楽をする。そんな考えの人間が生徒会に入ることはまずない。

ここは強く粘ることはせず椅子を後ろに引く。

「ありがとう。遠慮なく休憩させてもらうわね」

「もちろんです」

となれば、この後は2時から再び報酬確認を手伝って役目は終わり。

仕事をする時間としてみれば、大した負担ではないけれど……。

「堀北先輩。今のところ報酬を受け取ったのはどれくらいの人数なんですか？」

名簿に目を落とし、八神くんは私にそう聞いてきた。

「ペアの人も合わせて40人ほどかしら。50万ポイントを得た生徒もいたけれど、意外と読み間違えて5000ポイント止まりの生徒も多い印象ね」

「自分だけが見つけた、そう思うような二次元コードは他の人に取られたくないでしょうから、つい急いで読み込みたくなるんでしょうね。何となく分かります」

その二次元コードを見逃した後、次に見つけられる保証もないものね。

そんなことよりも気になるのは、八神くんと共にこの場にやってきたもう1人の存在。

八神くんはその人の方を向いて笑顔を振りまいた。

「それじゃあ櫛田《くしだ》先輩、また」

彼と彼女が中学時代親しかったことは聞いていたけれど、その関係はこの学校でも続いているようだ。

「うん、またね八神くん」

親しげに彼を送り出す彼女の姿は、単なる友達の垣根《かきね》を越えているようにも見えなくはない。友人以上恋人未満という言葉が当てはまりそうな関係とでも表現しようかしら。

「もし何かあったら連絡して、すぐに駆け付けるわ」

「分かりました、ありがとうございます」

まだ生徒会の仕事では少しだけしか関わりのない八神《やがみ》くんだけれど、当たり前のことを当たり前にこなす実力に加え、高いコミュニケーション能力を有している。

信頼して次の仕事を託せるという意味でも頼りがいのある後輩で、同時期に生徒会に入った2人の1年生よりもずっと有能なのは間違いない。

まだまだ先の話ではあるけれど、私たちの次の世代一番の生徒会長候補と言えそうね。

私が持ち場を離れると、櫛田《くしだ》さんは八神くんの傍《そば》に残ることなくその場を離れた。

この後の仕事を邪魔しないため、当然と言えば当然だけれど。

私に横並びで歩き出したことには、何か意味があるとしか思えなかった。

「八神くんと一緒だったのね。櫛田さんはどうして宝探しに参加しなかったの？」

「うーん。何となくゲームに参加する気になれなくって。結構そういう子多いよ？」

「確かに2年生や3年生の参加率は思ったよりも高くなかったわね」

高額なプライベートポイントを得るチャンスよりも休日を優先したということ。

単なる休みであればともかく、この船で過ごせる時間は貴重だものね。

「堀北《ほりきた》さんはこれから休憩ってことだよね？　良かったら一緒にお昼ご飯食べない？」

「私と？」

珍しい櫛田さんからの提案に、私は怪しむことを隠せなかった。

「私が誘うのって変？　って、変だよね」

面白そうに微笑《ほほえ》みつつも、誰にでも見せる笑顔を崩すことはない。

ここは考える必要のある場面じゃない。

「いいわ、この後も生徒会としての仕事が残っているし、お腹《なか》の中に何か入れておこうとは思っていたから。ただ急な呼び出しもあるから売店で買ってもいいかしら」

「もちろんだよ」

こんな風に櫛田さんが声をかけてくれる機会は、きっとそう多くない。

私の中にくすぶっている疑問をぶつける良い機会でもあるかも知れない。

「素朴な疑問を聞いてもいいかしら」

時間を惜しむように、私は移動を始めるなり話かけた。

「堀北さんを誘った理由？」

「それもあるけれど――」

「私が八神くんと仲良くしている理由？」

こちらの感じた疑問点なんて、櫛田さんにしてみれば当たり前のように分かっていたことのようだった。

「気にならないと言えば嘘《うそ》になるわ」

彼女自身、通常では理解しがたい行動をしていることがずっと気になっていた。

「あなたは中学時代の過去を隠そうとしている。だから同じ中学出身の私や、過去を知ってしまった綾小路《あやのこうじ》くんを目の敵にしている……これは筋が通るわ」

櫛田さんは前を向いたまま、視線を向けず耳を傾けている。

「仮に八神《やがみ》くんが何も知らなかったのだとしても、あなたは特定の男子とだけ仲良くするのを避けてきた印象を持っている。やや言葉を悪く言うなら八方美人、良く言うなら誰にでも分け隔てなく接する人物だと思っていたの」

「それってさ、言葉悪く言う必要なかったんじゃない？」

「……そうね。気分を害したならごめんなさい」

「あはは、怒ってないから安心して」

意図して悪く言うつもりはなかったけれど、個人的な印象を口にしてしまった。

迂闊《うかつ》だったと思いつつも、吐いてしまった唾は飲み込めない。

「どうして八神くんと親しくしてると思う？」

逆に問題になって、私へと返ってきた。

「もしかして――八神くんとはそういう関係だったりするの？」

直接表現するのが躊躇《ためら》われたので、少し濁して伝えてみる。

「そういう関係って、付き合ってるとか？」

「……ええ」

「残念だけど何にもないよ。私、在学中に特定の誰かと付き合うつもりはないからさ」

それはまさに、八方美人を維持するためということよね。

男子にとって櫛田《くしだ》さんが高い人気を誇っていることは、普段その手のことに関心のない私でも知っていること。後輩であれ何であれ、恋人を作ったとなればその人気に陰りが出て来ることは避けられない。

誰よりもよく見られたいと思っている櫛田さんには似合わないと思っていた。

「なら、こんなに八神くんと仲良くする理由は何かしら」

「決まってるでしょ？」

おかしなことを言うんだねと、笑った手で口元を押さえる櫛田さん。

「邪魔者を消すには、懐に入り込むのが一番だからだよ」

「……なるほど」

想像はしていたけれど、まさにストレートな想像通りの返答と笑顔に気圧《けお》される。

つまり私や綾小路《あやのこうじ》くん同様に、八神くんも排除すべき対象ということ。

でもそれはそれで、疑問が全て解消されるわけじゃない。

「彼があなたの過去を知っている可能性は？　絶対とは言い切れないでしょう？」

「そうだね。絶対に知ってるって保証はないね」

「それなら……」

「でも、絶対に知らないって保証もないよね？」

ずっと笑顔を崩さないまま、櫛田さんは続けた。

「八神くんは私に対して先輩後輩以上の気持ちを抱いてるみたいだから、傍《そば》に張り付くのは思ってるよりずっと簡単なんだよね。だから隙を見せるのを傍で待ってるの」

1％でも2％でも、0％じゃない限りは排除する。それが櫛田さんの基本スタンス。

それは後輩である八神《やがみ》くんでも例外ではないということなのね……。

「あなたにとっては目の上のたんこぶが増えるばっかりね。私や綾小路《あやのこうじ》くんも退学させられてないのに、これ以上敵を増やすつもり？」

「バカみたいだと思ってるよね、堀北《ほりきた》さんは」

少なくとも、賢い行動とは思えない。

「本来、私たちは敵対しあう必要はないと思っているの。お喋《しゃべ》りな他の子ならともかく、私や綾小路くんは口を滑らせたりしない」

どうしてこの部分を理解してもらえないのか、これまで踏み込んでいたようで踏み込んでいなかった領域に一歩入り込んだ。

「その保証は？　１００％だと言い切れる？」

「限りなく１００％に近い、とは言えるのだけれど……それでは納得できないのよね？」

「私が守るべき過去を知っていること。それだけでもう無防備に心臓を曝《さら》け出しているようなものなんだよ。いずれ、その心臓を堀北さんは掴《つか》んで来るに違いないんだから」

「理解できないわ。そんなことをする必要性がないもの」

「必要性がないからしない。だったら、必要性が生まれたら？」

「……どういう意味？」

「もし私がクラスの秘密を持ち出して他クラスにリークしようとしたら？　裏切って別のクラスに移動しようとしたら？　その時、堀北さんたちが『過去をばらされたくなかったら裏切るな』と釘《くぎ》を刺してくることが絶対にないって言い切れる？」

「それは――」

確かに、抑えなければならないシチュエーションが訪れた時、櫛田《くしだ》さんの過去に触れないという保証は出来ない。クラスメイトを守るためにそうしなければならないのなら、伝家の宝刀を持ち出す可能性は消し切れない……わね。

もちろん、大抵のことは『捏造《ねつぞう》』という形で櫛田さんは逃げ切ろうとするはず。けれど櫛田さんの信用には少しだけ綻びも生じている。

クラス内投票での戦略ミスでは、無駄に目立つ結果になってしまった。

「私にとってはね？　こういう話をしなきゃいけない状況にフラストレーションを強く感じているんだ。今も吐き気を覚えるくらい、本当は苦しい想《おも》いをしてる」

言葉とは裏腹に、本当に笑顔とその声のトーンはずっと穏やかなままだ。

彼女は怒りの多くをコントロールして、表面上覆い隠している。

「何となく言いたいことは分かったけれど……やっぱりそれは考え過ぎよ。私はあなたのことが心配なの」

「へえ、そうなんだ。私のこと心配してくれてるんだ？」

「あなたの精神的負担を、出来れば軽くしたい」

「あははは、心配しないでいいよ堀北さん。私は大丈夫」

「大丈夫？」

「私もいい加減、この厄介な問題事を終わらせなきゃって思ってるから」

「つまり……」

「私なりにその負担ってやつを取り除く方法は考えてるってことだよ」

なら何か解決策をもって、櫛田《くしだ》さんは私に近づいてきたということ？

「色々考えてた。このままジリ貧な状態が続いても、余計なことを知る人は増える一方だって。だから……まずは堀北《ほりきた》さん、あなたが退学してくれないかな？」

当然、彼女の精神的負担を軽くするもっとも合理的な方法は、私の退学。

もちろん承諾は出来ない。何よりそれで全てが解決するわけじゃない。

「話が繋《つな》がっているようには思えないわね。綾小路《あやのこうじ》くんの存在はどうなるの？　八神《やがみ》くんは？　もし私が退学したとしても、あなたのことを知る人物は残ることになる」

とてもそれで精神的な負担がなくなるとは思えない。

「綾小路くんが油断ならない相手ってのはよく分かってる。だけど知ってた？　綾小路くんは私にプライベートポイントを貢いでるの」

「貢ぐ……？」

以前、綾小路くんから聞かされたことのある話だった。

ここは知らないフリをして、聞き返してみる。

「退学にされないための防衛策って言ってたかな。つまり私が敵だと分かってる証拠と同時に、恐れてるってこと。堀北さんを排除してみせれば、いくら綾小路くんでも黙っておくしかなくなるよね？　下手なことをすれば自分が退学になるわけだし」

不気味な笑みを見せながら、その顔が少しだけ私に近づいた。

「ともかく、堀北さん以外をすぐ退学させられなくても一定の安らぎは得られる。その間に綾小路くんを排除する方法をまた考えれば済むんだよ。それと八神くんの方は、いつでもどうとでもなるかな。私のことが好きなだけの真面目くんだもん」

彼女の大きな瞳は、色を持っているようで持っていない。

人は目で感情を読み取れるけれど、櫛田さんに限っては間違いなく例外だ。

絶対に退学させるという強い意志は、全く揺らいでいない。

「やっぱり堀北さんに真っ先に消えてもらいたい理由は、私と同じ中学校だからだよね。調べたらその事実に辿《たど》り着《つ》く人は他にも出ちゃうかも知れない。けど綾小路くんは高校で出会ったから、仮に私のことを暴露したとしても嘘《うそ》をついてるだけだって言い逃れも出来るじゃない？」

確かに櫛田さんの言っていることは正しい。

もし私か綾小路くん、どちらに過去を暴露されて困るかと言われたら、同じ中学校出身である私なのは間違いないからだ。それも圧倒的な差で。

「排除するって言ったって退学になんて簡単に出来ないと思ってる？　思ってるよね？　この1年半堀北さんに手も足も出てない。それが事実だもんね。だからこれからも退学になんてさせられない……本当にそうかな？」

「私たちがクラスも違う敵同士なら、その可能性もあったかも知れないわ。でもそうじゃない。同じクラスの仲間を退学にするのは容易じゃないわ」

「必ず証明して見せるよ」

「分かりあうことは出来ないの？　私は櫛田《くしだ》さんも含めクラスメイト全員でAクラスの卒業を目指している。そして、そのためにはあなたの力が必要不可欠なの」

「バーカ」

語尾が消えいりそうな程小さく、私を罵倒《ばとう》する。

「あんたに協力なんてするわけないじゃん。反吐《へど》が出ること言うのはやめてよ」

「櫛田さん……」

「2学期が楽しみだね。きっと楽しい時間が共有できると思う」

近づいていた顔がゆっくりと離れると、その表情から邪悪さは薄れていた。

それでも笑顔の裏には、憎悪と怒りが入り混じっていることは明白だ。

「どうしても無理なのね……」

彼女は、もう十分に話し終えたのか私から離れていく。

「けれど私は信じるわ……きっと、あなたにもいつか理解してもらえると」

言葉は確かに彼女の耳に届いたはずだけれど、歩みを止めることはなかった。

7

午後2時過ぎ。宝探しゲームが終わるまで時間は十分あるが、大体見て回ったと判断していいだろう。写真に収めた二次元コードは全部で6枚。そのうち客観的に発見難易度が5段階中4と判断したものが3枚。まずはこの中から選んで読み込むのがいいだろう。

「カメラを起動してくれ」

「どれを読み込む？」

「佐藤《さとう》が直感的に良いと思ったものを選んでくれていい」

「え、ええっ？　私に選ばせちゃっていいの？　ど、どうしよハズレ引いたら」

「元々厳選した二次元コードしか残してないつもりだ。それに、全部読み込まれてしまってる可能性もあるから最終的に総当たりになるかも知れない」

ゆっくり考えられるよりも、即断してもらった方がチャンスは広がるだろう。

「わ、分かった」

携帯を取り出し、佐藤がオレの写真をスライドさせる。

数秒悩んだみたいだったが、意を決して1枚の写真に自身の携帯カメラを向けた。

それはオレがソファーの下に携帯を差し込んで見つけた二次元コードだ。

しかし――――。

「あぁっダメみたい。受け取り済みって出ちゃった」

かなり難度の高いものではあったが、他にも見つけ出した生徒がいたようだ。

「気にせず次の二次元コードだ」

頷《うなず》き、今度は迷わずスライドさせた二次元コードを読み込んだ。

だが2度目も受け取り済みが出たらしく、佐藤が悔しそうに地団太を踏んだ。

「折角《せっかく》見つけたのに！　悔しい！」

3枚目の二次元コードを急ぎ読み込む。

それから、暫《しばら》く画面を見つめていた佐藤だったが、大きく飛び跳ねる。

「読み込めた！　見て！　なんか宝箱みたいなの出てきた！」

簡単なイラストではあったが宝箱と、TAPの文字。

「何ポイント貰《もら》えるんだろ……」

人差し指で宝箱をタップしようとした佐藤だが、その指が触れる手前で止まる。

「あ、綾小路《あやのこうじ》くんが押して！」

どうやら結果を見るのが怖いらしく、携帯をオレに渡してきた。

佐藤にしてみれば貴重な1万ポイントを使っての参加。結果を見るのが怖いらしい。

オレは佐藤から携帯を受け取り、画面の宝箱をタッチする。

「わ、綾小路くん大胆ッ！」

大胆と言われるほど大したことはしていない。

宝箱がシンプルに光ると、箱の中から青い光がほとばしった。

そして――

「あ!! ……あ〜」

一瞬強烈に驚いた佐藤《さとう》だったが、すぐに真実に気づき喜びが尻すぼみになっていく。

何故《なぜ》なら宝箱の中から出てきたのは100万ポイント……ではなく、10万ポイントだったからだ。30万か50万、あるいは100万ポイントの夢を抱いていただけに、やや肩透かしか。

「どうやら、思ったほど難しい二次元コードを見つけたわけじゃなかったらしい」

「そっか〜……残念。でもでも、参加料引いても9万ポイントプラスだし十分だよね!」

確認されるまでもなく、参加してよかったと大手を振って言える成果だ。

「ありがとう綾小路《あやのこうじ》くん」

「お礼を言うのはオレの方だ。未承認だったこの二次元コードを見つけたのは佐藤だったんだからな」

「……へへ」

嬉《うれ》しいような恥ずかしいような顔を見せ、佐藤がはにかんだ。

8

宝探しで二次元コードを読み込んだ生徒は、学校側に報告する義務が残っている。

オレと佐藤《さとう》はスタート地点へと戻り、受付で待つ堀北《ほりきた》の元へ向かった。

「お疲れ様、これで手続きは完了よ」

そんな報告を受け、佐藤も喜びを素直に表現する。

「それじゃあ綾小路《あやのこうじ》くん、今日はありがとう。今度一緒に遊ぼうね」

そう言って、佐藤は手を振って嬉《うれ》しそうに歩いていく。

臨時収入も入ったことだし、多少なり豪勢な時間を過ごすのも悪くないだろうしな。

「参加費を除いて2人で合計18万ポイント。上出来ね」

「そうだな」

この時間となると殆《ほとん》どの参加者はゴールを決めているようで、やってくる者は少ない。

「おまえも大変だな。休憩は取ったのか？」

「ええ、1時間ほど。でも文句は言えないわ。不正防止の観点から、自ら考えて学校側に直訴したことだもの」

「直訴か。些細《ささい》なことだが生徒会長への一歩ってところか」

こういったことで印象を良くしておけば、生徒会にも学校にも評価される。

「そういうのじゃないわ。私が進言しなかったとしても大した不正行為にはならないでしょうしね。ただ……まあ、少しでも役に立てればと思っただけ」

よくは分からないが、堀北は視線を明後日《あさって》の方向へと外した。

「それで、クラスで一番高いプライベートポイントを獲得したのは？」

「誰だと思う？」

こちらが聞いたら、逆に問題にして返された。

「オレたちじゃないってことには期待したい」

「良かったわね正解よ。50万プライベートポイントを獲得したペアがいるわ。王《ワン》さんと高《こう》円寺《えんじ》くんよ」

「高円寺？　ゲーム自体に参加したこともそうだが、誰かと組むなんて意外も意外だな」

説明会では大勢集まっていたため、高円寺の存在には気づかなかった。

「それには同意見よ。どういう経緯で参加、ペアを組むことになったのかは知らないけれど、彼はここ2週間ほどで相当な大金を稼いだことになるわね」

「何をやらせても規格外だな、高円寺は」

驚異的な身体能力に加えて運まで持ち合わせているとは。

もしくは相方の方が見つけた二次元コードだったかも知れないが。

「今後その高円寺くんが使えないのは、クラスにとって大きなマイナスね」

「元々動くヤツじゃなかったんだ、今回1位を取っただけで満足できないのか？」

「満足なんて出来るはずないでしょう？　Aクラスに上がるために、彼の実力を使わないのはあまりに勿体《もったい》ないわ。何かあなたに考えはないの？」

高円寺を上手《うま》く使うための方法？　もはや考えることすらリソースの無駄だ。

「無理だな」

「即答なのね」

ある程度の相手なら、オレもコントロールしてみせる自信はある。だが、その中で唯一の例外といってもいいのが高円寺《こうえんじ》だ。

クラスメイト全員に対し、何度かオレはコントロールするためのシミュレーションを行っている。高円寺だけは何度やっても、コントロール下に置くことは出来なかった。

「あなたが諦めても、私は諦めないわ。彼の力は必要不可欠だもの」

制御できないものを制御しようとする。それは単なる矛盾だ。

「それが時間の無駄だとしてもか？」

「あなたは高円寺くんは必要ないと？」

「害を為《な》さないのなら放置が最善策だと考える。高円寺にプロテクトポイントも渡ったことで、より放置することが可能になったからな」

「きっと合理的な考え、なんでしょうね」

「高円寺抜きで勝てないクラスなら、躍起《やっき》になるのも分かる。だが堀北《ほりきた》のクラスは既に他クラスとも十分渡り合えるだけの戦力に成長してきた。そしてこれからも成長していく」

「そうね、確かに1年前と比べて随分と頼もしくなったわ」

でも———と堀北は続ける。

「Aクラスを目指すことが最優先かつ最終目標ではあるけれど、私はクラスを1つにまとめたいの。全員で力を合わせられるように導いていきたい」

高円寺であっても欠けさせたくないということか。

こちらを見つめてきた堀北の瞳が余りに真《ま》っ直《す》ぐで、オレは思わず言葉を詰まらせた。

もしも高円寺という男を堀北が仲間に引き入れることが出来たなら、それは何にも代えがたい頼もしい味方になるだろう。

しかしそのハードルは、恐らくAクラスを目指すことよりも難しい。

以前なら、オレはこの発言を本気で受け止めることはなかった。

世迷言《よまいごと》、分不相応な発言。それで片付けたはずだ。

堀北の成長は、ゆっくりとだが一歩ずつ進んでいる。

まあ……それでもいつか堀北なら高円寺も動かせるかも、とは言ってやれないが。

本当に高円寺という男だけは、計算が通じそうにないからな。

「どうしたの？」

「何が」

「考えごとしているようだったから」

「いや、手に入ったプライベートポイントを何に使うかで悩んでた」

「……そう。あなたは櫛田《くしだ》さんにお金を半分渡しているんだから、今日得たプライベートポイントは大切にして無駄遣いはやめておくべきよ」

「そうだな。そうしよう」

これ以上長居しても運営の邪魔になるだけなので、すごすごと立ち去ることにした。

9

午後5時半過ぎ。6時からの夕食前に、ある人物と待ち合わせの予定を組んでいる。

客室を出て5階のデッキを目指そうとしていると、2つ隣の客室の須藤《すどう》と出くわした。

「もうすぐ飯なのにどこ行くんだよ」

須藤は客室に戻るところだったのか、そう聞いてくる。

「食事前に少し散歩だ」

「なんかジジイみたいなこと言ってんな。んじゃ、レストランで会おうぜ」

軽い言葉を交わして別れようとしたが、何かを思い出したのか須藤が声を上げた。

「いや、悪い悪い。そうだ実はちょっとびっくりしたことがあってよ！」

「池《いけ》と篠原《しのはら》が付き合いだしたことか？」

「な、なんだよもう知ってたのかよ！」

「偶然耳にしただけだけどな」

「いやもちろんそれもびっくりしたけどよ、先越されたし……。それより、あいつ俺と一緒に勉強したいって言い出したんだよ。鈴音《すずね》の勉強会に参加させてくれって」

それは意外、というよりも思ったよりも早い行動だな。

「学力が低いのは、この学校では致命的だからな」

退学の危機にさらされることが多いのは、やはり学生の本分である学業に関して。

「俺としちゃ鈴音と二人きりになれる貴重な時間だけどよ、あいつがやる気出してるっていうなら応援するしかねえだろ？　ってことで夏期講習から寛治《かんじ》も猛勉強だ」

夏期講習、どうやらこの旅行が終わった後、すぐに勉強を始めるつもりのようだ。

すぐに成果が表れるかは池の努力次第だが2学期早々成長が見られるかも知れないな。

須藤も池も恋愛がキッカケとなって大化けしていくかも。

「他にもメンバーが増えるかも知れないぞ」

「あ？　マジで？」

「堀北《ほりきた》に勉強を教わりたいって思い始めた生徒は、池だけじゃないってことだな」

「男じゃねえだろうな？」

真面目な顔をして、オレに詰め寄ってくると両肩を掴《つか》んだ。

「いや……違う。佐藤《さとう》だ佐藤」

名前を言うつもりはなかったが、有無を言わさぬ圧を受けたため自白する。

「女子か。まあそれなら……つか佐藤かよ。俺だけじゃなくて池もいるってなったら勉強会に参加しないいんじゃねえか？」

「そういうこともある程度想定してるんじゃないか？　強い覚悟を持ってそうだった」

「ふぅん。ま、いいけどな。誰が来ようと俺は負ける気ねえしよ」

ふんふんと鼻を鳴らし、勉強に対する強い意欲の継続を感じさせた。

「部活と並行しながらできつくないか？」

「そりゃきついぜ。けど元々自慢するだけの体力は持ってるつもりだしよ。頭を回転させると最初は1分で眠くなったけど、今は全然……いや1時間くらいは集中していけるぜ」

それだけ集中できて勉強できるなら問題ない。

1時間勉強、休憩、1時間勉強の繰り返しで十分すぎるほどだ。

「でもよー……くそ、寛治《かんじ》のヤツが先に彼女作ったのだけは納得いかねー」

笑いながらも本心から悔しそうに須藤《すどう》は嘆いた。

「その辺、恨みながら徹底的に鍛え上げてやるぜ。バスケ部のスパルタ教育でよ」

悪友に対する愛情と愛憎を交えながら、可愛《かわい》がりをするようだ。

「ほどほどにな。嫌いだった勉強を好きになるのは簡単なことじゃないからな」

「分かってる。俺自身どんだけ勉強を毛嫌いしてきたか」

そう言って苦いものを噛《か》んだように舌を出す。

須藤と別れた後、目的の場所に近づいたオレ。櫛田《くしだ》の姿をデッキ前方に見つけ一度身を隠した。待ち合わせの時間は既に5分ほど過ぎているため、当然待っている状況だ。

携帯を取り出し櫛田へとコールする。２コールほどで電話を取った櫛田。

「もしもし？」

その声を確認してからオレは歩き出し櫛田のいるデッキを歩き出す。

携帯電話はその性質上『通話』が優先される。

仮に録画モードを起動していたとしても、通話が始まれば自動的にオフになる。

つまり、これから行われる会話はオレと櫛田との間だけのものだ。

「悪い櫛田、遅くなった。今向かってる途中なんだが、まだ待ってるか？」

「うん、えっと——あ、こっちだよー！」

櫛田が左右を確認してすぐにオレを見つけてを振る。

オレは自分から携帯を切らず、そのまま駆け足で櫛田の前へと到着した。

それとほぼ同時に、お互いに携帯を切る。

「待たせて悪かった。ちょっと道を間違えた」

「綾小路《あやのこうじ》くんもドジするんだね。でもどうしたの？　話があるってことだったけど」

「どうしようかここ数時間迷ってたんだが、やっぱり素直に打ち明けておこうと思ってな」

「ん？　打ち明ける？　何を？」

「宝探しゲームにオレが参加したことは知ってるよな？」

「うん。佐藤《さとう》さんとペア組んでたよね？」

それがどうした？と話の流れが理解できず不思議そうにする。

「今回の宝探しで、オレが読み込んだ二次元コードの報酬は10万ポイントだった。つまり、参加費を引いて9万ポイント。それを2で割れば45000ポイントだ。櫛田にはその半分渡すのが正しいやり方だと思った」

そう言って、オレは携帯を取り出して自分の入出金の記録を見せた。

まさに先ほど10万ポイントが振り込まれたことが明記されている。

「えぇっ？　アレはゲームなんだし、そこまで気にしなくてもいいよ～」

思ってもみなかった話に驚いた櫛田《くしだ》が、両手をパーにして拒否する。

「正直オレも最初はそう思った。正確にはそう思おうとした、だが、どうしてもそれが邪《よこしま》なずるい考え方なんじゃないかと感じるようになった。いらないと言ってくれる可能性もあったが、黙ってれば櫛田にバレずにいられるんじゃないかってな。そんな自分の考えを恥じたからこそ、渡すのが筋だ」

「でも――――」

どんな理屈をこねたところで、櫛田からしてみれば受け取りにくいポイントだろう。

「本音を言えば……これがオレの誠意だと思って受け取ってほしい」

「誠意……？」

「オレは得るプライベートポイントの半分を渡すことで、櫛田からの安全を買ってるんだ。ここに対して誠意を向けている限り、櫛田にも誠意を向けてもらえると思ってる」

違うか？と目で訴える。

「プライベートポイントは少しでも多く持っておいて損はない。そうだろ？」

「それはそうだけど、綾小路《あやのこうじ》くんだってかなり苦しいんじゃない？」

「別にいい。櫛田と揉《も》めることに比べれば大したことじゃないからな」

「なんか……逆にちょっと怖いな」

「というと？」

「綾小路くんは、ほら、今色々と凄《すご》い生徒だって話も出てるし。本当に私と休戦したいからってプライベートポイントを半分も渡してるの？」

「オレにしてみれば、特別試験で戦う坂柳《さかやなぎ》や龍園《りゅうえん》みたいな生徒より私生活も関係してくる櫛田を敵にする方が危険だと判断している」

ややや警戒しながらも、櫛田は一応の納得をしたかのように頷《うなず》いた。

「わかった。じゃあ本当にいいんだね？」

「もちろんだ」

オレは携帯を通じ櫛田の持つ口座に今回もプライベートポイントを転送する。

「渡しておいて言うのもなんだが、もしお金関連で困ったことになったら助けてくれっていうかも知れない」

「えぇ～？　それはちょっと格好悪いよ綾小路くん」

こちらの情けなさが面白かったのか、櫛田が少し笑った。

「でも堀北《ほりきた》さんよりはずっとずっと賢いやり方だと思う、嫌いじゃないよそういうの」

「そうか？」

「私も綾小路くんだけは敵に回したくないと思ってるから、これからもよろしくね」

「ああ。持ちつ持たれつでやっていけるように頼む」

そういって、オレと櫛田は何事もなかったかのように別れた。

◯因縁の過去

夜、客室の仲間は他愛《たあい》もない話で盛り上がっていた。

体調が心配だった明人《あきと》は、1日で熱も引いて回復傾向にあり、横になりながら喋《しゃべ》っている分には問題なさそうだ。オレは時々相槌《あいづち》や小ネタを挟みつつも、基本的には傍観《ぼうかん》しながら携帯を操作して夜を過ごしている。

眠気を待ちながらネットサーフィンをしていると、チャットメッセージが届く。

『今ちょっと電話したいんだけど、いい？』

そんな恵《けい》からのメッセージだった。

チャットを解禁してからしばらく経《た》つが、大体1日に1回はやり取りをしている。

今日は顔文字やスタンプが使われておらず、真面目な話であることが窺《うかが》える。

『今部屋にいるから3分待ってくれ』

まだ門限を迎えているわけじゃないので、客室を抜け出すことが難しいわけじゃない。

返事を送ってから、オレはベッドを手早く抜け出すことに。

「飲み物買って来る」

どのタイミングでも使える便利な言葉を用い客室を抜け出して通路へ。

午後9時を回っていたこともあって、擦れ違う生徒を見ることはなかった。

それから夜のデッキに出て、一応周囲の様子を確認する。

誰もいないことを確かめてから恵に電話をかけることにした。

「もしもし？」

「急にごめん。でもどうしても、今日電話したくって」

彼女らしい可愛《かわい》いことを言われる。

これが『何となく声を聴きたくなった』という恋人からの要求だろうか。

「あのさ――――」

僅《わず》かに言葉を溜《た》めた後、恵が切り出す。

「あんたの良くない噂《うわさ》を聞いたんだけど？　詳しく説明してくれるよね？」

「良くない噂？」

む？　想定していた言葉は飛び出して来ず、むしろ恵の機嫌は悪そうだ。

沈黙が長くすぐに返事が戻ってこない。

「良くない噂？」

堪《こら》えきれず2度聞き返すも、悔しがるような気配を感じるだけで答えようとしない。

むしろ一言一句変わらない言葉を繰り返したことを逆に怪しんだようだった。

「思い当たる節でもある？」

「思い当たる節はない」

そう迷うことなく答えてはみたものの、思い当たる節は幾《いく》つかある。

まず本命は、やはり一之瀬《いちのせ》とのことだ。

南雲《なぐも》はオレと一之瀬のやり取りを見て、只《ただ》ならぬ状況にあることを察した。

そして恵《けい》とコンビの関係にあることを知った以上、その事実を触れて回ったとしてもおかしなことじゃない。それ以外にも一度はオレに告白してくれた佐藤《さとう》とペアを組んだことや、松下《まつした》と雑談したことなどが脳裏を過《よぎ》る。

「本当に思い当たる節はないわけ？」

間をおいて、審判を下すために最終確認をしているような様子。

「ないな」

それでもオレは、知らぬ存ぜぬを貫き通した。もし、恵の言う『思い当たる節』が確定で分かっていたのなら、一之瀬とのことだろうと佐藤とのことだろうと白状するつもりでいる。しかし特定に至っていない以上、下手に適当なことを口にすれば傷口が広がるかも知れない。肉を切らせて骨を断つってヤツだな。

……って、なんで甘い電話になるどころかこんなことになっているんだ？

「恵？」

名前を呼んで促してみると、唇を震わせたように喋《しゃべ》り出す。

「あんたが、その、後輩をたぶらかしてる、って噂《うわさ》よ！」

「……ん？」

噂の内容らしきものを耳にするも、理解が追い付かず首を傾《かし》げる。

こちらの想定していた思い当たる節はハズレていたか。

やはり不用意に口にしなくて正解だったな。

「それは、どこからどういう風に聞こえてきた噂なんだ」

「知らないわよ！　だけど、なんか1年生の女子と繰り返し会ってるとこを見たって聞いたけど⁉」

1年生の女子。パッと浮かぶ人物がいるとすれば七瀬《ななせ》くらいだが……。

確かにこの連休では繰り返し七瀬と話をすることが多かった。

ひっそりと会っていたわけでもないので、目撃者はあちこちにいることだろう。

状況が分かったのなら話は早い。

「単なる後輩だ」

「そんなの分かってるわよ！　って言うか単なる後輩じゃないのはアウトなヤツ！」

確かに。

「それと！　宝探しで佐藤さんとペア組んでたの聞いてないんだけど⁉」

っと、どうやら思い当たる節のことに関しても恵は気付いていたようだ。

「確かに報告はしてないが、恵のことだからすぐに知ってたんじゃないのか？」

宝探しで佐藤と歩き回っていたため目撃者も多く、松下だって知っていることだ。

「そ、そりゃすぐに分かったけど……分かったけどさぁ」

不満たらたらのようで、ぶつぶつと聞き取れない言葉で何かを言っている。

「ホントはあたしが清隆《きよたか》とペア組みたかったのに」

「気持ちは分かるが、順序が逆になるだろ？」

「ぶー」

「ちなみに森《もり》と組んだ結果はどうだったんだ？」

「……それ聞く？」

「いや、いい」

空気がより悪くなったので、深入りするのはやめておこう。このまま愚痴《ぐち》を聞き続けてもいいんだが、折角《せっかく》佐藤《さとう》の話題が出たのでこちらから振ってみることにしよう。

「これからのこと、佐藤には先に話したんだな」

「え？　あ、あぁうん。やっぱり佐藤さんにだけは最初に伝えておきたくって」

「まあ、それが無難だろうな。ちなみにその話、電話やチャットでしたのか？」

「まさか。こういうことは直接会って話さなきゃ。カフェでしたわよ」

「カフェか。誰かに話を聞かれた覚えは？」

「あたしだって気を付けてるってそれくらい。少なくとも2年生の誰かに聞かれたってことはないから安心して」

確かに恵《けい》が最大限気にかけるべきは2年生だ。

1年生も3年生も、基本的に他学年の恋愛話には強い興味を示さない。

特にその対象がオレであるなら尚《なお》のこと。

しかし、こと3年生に限っては真逆で、オレの話題にだけ食いついてもおかしくない。

「あ〜でも、近くの席に3年生の女子が来てちょっと話し辛《づら》かったけどね」

答え合わせをするように、恵が佐藤と会っていた時のことを振り返った。

諸事情を知らない恵にして見れば3年生をマークすることは想定にあるはずがない。

「理解してもらえたのなら良かったな」

「うん。でも本当にいいのよね？　あたしたちが付き合ってることオープンにしても」

「もちろん問題ない」

むしろ、遅かれ早かれ必要な行動なのは分かり切っている。

後ろに倒せば倒すほど、その他の処理も面倒になっていくだけだ。

「まあオープンにするって言ったって、クラスメイトの前で宣言するわけじゃない。おまえの友達から自然と広がって、時間差で知っていくことになるだけだ」

思い思いの反応は後日あるんだろうが、それほど大きな問題じゃない。

「でもほら……清隆って、モテるし」

「そうなのか？」

「うわ、その何も分かってなさそうな感じ超むかつくんですけどー」

「だったらそんな話しなければいいだろ」

「う、それはそうだけど、分かってても心配だから聞いちゃうんでしょ！」

言いたいことが分からないわけじゃないが、矛盾点もある。

「余計な虫をつけないための宣言なんじゃないのか？」

好きな相手が彼氏か彼女がいないと思われているうちは、激しいアタックを受けるかも知れない。それを避けるため、付き合っている人がいることを大っぴらにする。

そうすることで、大半の人間は諦めてアタックしてこなくなるものだろう。

もちろん少数の例外があることは百も承知だが……。

「心配にもなるって……」

その少数の例外、まだ見ぬ敵に対し恵《けい》が怯《おび》えているということだ。

「あんたはまだ知らないかもしれないけど、彼女がいるってわかった男子を好きになったり、奪《うば》うことに情熱をかけるような子だっているんだから」

「なるほどな」

「いい？　絶対に浮気なんて許さないからねっ」

依存型の恵にしてみれば、彼氏の浮気など絶対に許すことはない。

それは付き合う前から分かっていたことだ。

「安心しろ、そんなことはしないから」

「ほんとに？」

「本当だ」

「ほんとのほんと？」

「本当だ」

繰り返し、不毛とも思えるやり取りを往復させる。

しかしこの不毛とも思える行動こそが、恋愛の過程における愛情表現の1つでもある。

「あたしのこと……好き？」

オレは一度念のために周囲を見回す。

もちろんこの時間、好き好んで暗いデッキに顔を出す生徒もいないだろうが。

「ああ、好きだ」

誰もいないことが分かったことで、躊躇《ためら》うことなく口にできる。

「……んふふふ」

「なんだその気持ち悪い笑い方は」

てっきり喜ぶか、同じように返してくると思ったが、まさか笑われるとは。

「なんか、清隆《きよたか》が周囲を気にしながら言ってるかと思うと面白くなっちゃった」

どうやら恵にはオレの行動が見えていたらしい。

「もう切るぞ」

「あぁ待って待って。もう一回言ってよ」

「む」

好きのお代わりを要求されると、オレの言葉は喉元で一度引っ掛かる。

「飲み物を買うって言って出たからそろそろ戻らないと」

「ちょっと！　好きって言ってよ！」

「さっき言ったぞ」

「もう一回聞きたいの！」

なんて我儘《わがまま》な。いや、それにしても同じ言葉なのにこうも重さが変わるのか。

「……………好きだ」

「……………ぷぷっ」

「おい」

笑いを堪《こら》えようとした恵《けい》が、結局堪えきれず声を漏らす。

「うん、やっぱあんたって最高。……絶対に他の子にはあげないんだから」

今はその心配がないと言ったばかりだが、不安は募るばかりのようだ。

「あたしにも求めなくていいの？」

「お願いしたら言ってくれるのか？」

「それはどうかなー？」

「じゃあ、また明日」

「ちょっと！　そこはお願いするところでしょ！」

なんというか、さっきからオレに選択肢が与えられているようで与えられていない。

「じゃあ言ってくれ」

「投げやり！　どうでもよさそう！　気にくわない～！」

「……言ってください」

「え〜？　どうしよっかなぁ〜」

オレは言い返したいところをぐっと堪え、恵からの返答を待つ。

「……好き」

短く、ちょっとだけ笑いながら、いや、テレながら恵がそう答えた。

「お休み清隆《きよたか》」

「ああ、お休み」

通話を切ると、オレの耳の奥には恵の言った好きの言葉が反響していた。

「悪くない、な」

恋愛というものは本当に面白い。

そう思った、夜のひと時だった。

1

8月9日に変わって間もない船内。

既にほとんどの生徒たちが寝静まっているであろう深夜1時過ぎ。

大人だけが利用できる夜のバーラウンジで、3人は落ち合っていた。

「うー、疲れたぁ。なんで私たち教師がこんな遅くまで毎日毎日働かなきゃいけないわけ？　お肌荒れちゃうじゃない。私たちだって夏休みがほしぃ〜」

べたっとバーのカウンターにうつ伏せになった星之宮《ほしのみや》が不満を漏らす。

「十分休めただろう。5日と6日は休息に充《あ》てられたはずだ」

「2日だけでしょ～？　昨日も今日も忙しかったし～。何が宝探しのボーナスゲームよ、ボーナスが欲しいのはこっちだって～」

「気持ちは分かるが私たちは社会人だチエ。子供のような長い夏休みは来ない」

星之宮の右側に座る茶柱《ちゃばしら》が、そう諭す。

「生徒たちが2週間無人島で努力したことを思えば、大したことじゃない」

今度は星之宮の左側に座る真嶋《ましま》が、踏ん張るように促した。

「現実を押し付けないでよ……。聞きたくない聞きたくないー」

両手で耳を押さえて、イヤイヤと首を振る。

「じゃあ、せめて船の上でくらいバカンスさせてよ。プールも映画も、何もかも生徒たちだけで私たち利用できないなんて不公平でしょ～？」

毎日目の前で指を咥《くわ》えて見ている状況に、星之宮は納得できない。

「それが仕事だ」

「社会人になったら、それが普通のことだチエ」

「あーヤダヤダ仕事人間たちは！」

更に強く、両耳を手で塞ぐ。

しかし程なくして両手を離すと右手を挙げ、声をあげた。

「現実逃避できる強いお酒くださーい。マスターのお任せで」

そして左手でバンバンとカウンターのテーブルを叩《たた》いてお酒を要求する。

「全く……おまえは変わらないな」

茶柱はそんな星之宮を見て、呆《あき》れるようにため息をつく。

「いつまでも綺麗《きれい》で若い私でいるのが目標ですから？」

「そういうことじゃない」

「じゃあ何～？」

「……いや、気にしないでくれ。説明するのは無駄だろう」

遅れて真嶋と茶柱もビールを注文し、揃《そろ》ったところでグラスを傾け乾杯する。

「しかし今回の特別試験、妙に荒れた展開が続いたな。予定外のことが多すぎた」

「生徒の大怪我《おおけが》に、明らかに生徒たちが好き勝手やった結果の腕時計の故障。それから3年生だけが退学するなんて想定外のことも起きちゃったしね」

出されたカクテルを一口で飲み干し、星之宮が一息つく。

「やっぱり生徒に自由にさせ過ぎるのが問題なのよー。報告には上がってないけど、きっと見えないところで男女がアレでアレな感じになってたりするんじゃない？」

「最低限そのラインは守られたと思いたい」

「甘いって真嶋くんは。色々チラつかせたって、若い子の激情は止められないんだから」

「それはおまえの中だけの話だ」

ぴしゃりと言い放たれると、星之宮《ほしのみや》はすぐにお代わりを要求する。

「夏休みが明ければまた忙しくなる」

「うげ、もうヤダ。安月給でこき使われる教師なんて。消耗品よ消耗品」

「さっきから愚痴《ぐち》ばっかりだな」

「そりゃそうでしょ。愚痴を言いたいからこの場を設けたんじゃない」

悪びれることもなく星之宮はそう言って、2杯目のグラスに口をつけた。

「変わらないなチエは。それが良いところでもあるわけだが」

茶柱《ちゃばしら》は軽いおつまみとしてナッツを要求する。

「何にせよ今回の無人島試験はホッとしたわよね。2年生が負けなくってさー」

「3年生だけ異様に退学者が出たのは不気味だったがな」

星之宮と茶柱に挟まれたまま、真嶋《ましま》は静かに話に耳を傾けていた。

しかし他の話題に移ろうとしたところで、半分ほどに減ったビールのグラスをやや強めにテーブルに置いた。

「2年生はよくやっている。だが、それが逆に困った事態を招くことにもなる」

「なにそれ、頑張ってるのが良くないってこと?」

「学校側も退学者を望んでいるわけじゃないが、やはり俺たちが受け持つ2年生は事実上これまでの特別試験で退学者を一度も出していない」

「事実上、ねぇ。学校から半強制的に退学する生徒を選ぶことにはなっちゃったけど、退学者は退学者でしょ？」

　3人とも、クラス内投票のことについては克明に覚えている。

「あのような逃げ場のない特別試験は、後にも先にももうないと信じたいものだ」

　普段は冷徹にクラスメイトへ接する茶柱も、心を痛めなかったわけじゃない。ミスをしたわけじゃない生徒を無理やり追い込む真似《まね》には賛同できない立場だ。

　その点は星之宮とも意見が一致している。が、真嶋の顔には険しさが残る。

　それを見て茶柱は覗《のぞ》き込《こ》むように真嶋の目を見る。

「まさか、また強制的な退学者を出す特別試験が用意されているということか？」

「去年のクラス内投票のような展開は学校側もそうやれることじゃない」

「それなら問題ない。強制的な退学措置《そち》のあるものでないなら、私のクラスは乗り切る」

「あららら？　随分と言うようになったよね佐枝《さえ》ちゃん」

　真嶋の背中越しに、星之宮が茶柱の脇をつつく。

「やめろ」

　やや怒りながら茶柱がその手を掴《つか》むと、星之宮は鋭い瞳を向け返す。

「Aクラスに上がれるなんて思ってないよね？」

「……誰もそうは言っていない。ただ、例年のクラスよりも優秀だと言いたいだけだ」

「ふうん？」

　ピリッとした空気が流れる中、真嶋は残った半分のビールをグイっとあおる。

「確かに強制的な退学はない。しかし……」

言葉を詰まらせた真嶋《ましま》へと、茶柱《ちゃばしら》と共に星之宮《ほしのみや》も視線を向ける。

「次の特別試験に関する概要が先日発表された。実施されるのは実に11年ぶりだ」

「11年って……私たちが今年29歳だからぁ……高校3年生の時以来ってこと？　珍しいよねえ、そんな古い特別試験が採用されるなんて」

高校時代の記憶、その多くは脳の奥に溶け消えてしまっている。

どんな会話をして、どんな特別試験をしたのか。

その全てをすぐに思い出せと言われても答えることは出来ないだろう。

「学校は特別試験を1年間のスケジュールに合わせて作成している。もっと踏み込んで言えば4年間のローテーションを基本としている。ここまでは分かるな？」

「在学中に他の子たちに特別試験の内容が洩《も》れないようにするためだよね？」

高度育成高等学校はその歴史の中で、数多《あまた》の特別試験を実施してきた。1度しか行われなかったもの、汎用性の高さから4年に1度の枠組みに入ったものまで様々だ。

「もちろん意図的に短い期間で同じ特別試験を繰り返し、情報共有を目的とした特別試験を行うこともあるが、基本的には予《あらかじ》め定められたローテーションだ。だが年々の流れによっては4年より更に過去の特別試験を持ってくることもある」

「昔の特別試験が採用されることはそう珍しいことではない、ということだな？」

「そうだ。余程『問題』のある特別試験でない限りはな」

含みのある言い方をする真嶋ではあったが、２人はそれほど深くは考えない。

むしろ、特別試験が新たに始まることに対する意欲を見せていた。

「私と佐枝《さえ》ちゃんのとこで争い合うことになったりするかもね～」

「そうなることを期待しているようだな。ウチと戦えば勝てるとでも？」

「そんなことないわよぉ。でも龍園《りゅうえん》くんのとこや坂柳《さかやなぎ》さんと戦うよりはマシって感じ？」

ニヤニヤとしながら、星之宮は口からアルコールの臭いを吐き出す。

「ウチのクラスも随分と成長した。簡単にいくとは思わないことだ」

「へえ～。佐枝ちゃんがそんなこと言うなんてねー。やっぱり綾小路《あやのこうじ》くんって特別な子がいるから強気になっちゃってるんだ？」

「確かに綾小路も逸材《いつざい》だ。だがウチのクラスには可能性を感じさせる生徒が多い」

「も？　佐枝ちゃんは綾小路くんに頼り切ってるんじゃないの？」

「一体何のことだ、私がいつ綾小路に頼った」

何気ない言葉のキャッチボールをしているようでも、間に座る真嶋にとっては肝を冷やしかねない２人の会話。

このまま黙って話を聞いていれば、ものの数分で言い合いに発展する。

「その辺にしておけ。今ここで張り合っても意味のないことだ」

「そうね、ちょっと熱くなっちゃったかも」

反省の弁を述べながら、星之宮は酒をグッと空になるまで喉に流し込む。

「ペースが速いぞ」

「平気平気ー、簡単に潰れるほど弱くありません」

「いやそうじゃない。明日……今日の仕事に響くと言ってるんだ」

「大丈夫だって、響かない響かない」

全く飲むのを止める気配はなく、3杯目を要求する星之宮《ほしのみや》。

「……なら、酔いが回る前に話しておこう。次の特別試験の概要を見てみるといい」

携帯を操作した真嶋《ましま》が、テーブルに携帯を置く。

「重要なのは特別試験の名前だ。それを見ればすぐに理解できる」

「試験の名前？」

「読んでみろ」

2人は顔を見合わせ、ほぼ同時に携帯を覗《のぞ》き込《こ》む。

そしてそれを見た瞬間に茶柱《ちゃばしら》は息を呑《の》んだ。それは星之宮も同様に。

学生時代、茶柱と星之宮が経験したことのある特別試験。

それが2学期の最初に実施されることが決定したとの知らせだった。

「11年前の……遠い昔のことだとしても、この特別試験のことはよく覚えているはずだ」

記載されていた特別試験名を何度も何度も見て、言葉を失う茶柱。

星之宮は携帯から目を背け、運ばれてきた3杯目のグラスを手に持つ。

そこに映った自分の顔を見て、フッと自嘲気味に笑った。

「まさか、またこの特別試験が行われることになるなんて、ね……」

茶柱は何も答えられず、ただ静かに一度目を伏せる。

「私はてっきりさ、去年のクラス内投票……アレがこの代用だと思ってたんだけど？」

確認するかのように、真嶋の方を見た星之宮。

「結局のところ似たような使い方を学校側もするしかなかったということだ。無人島試験で2年生の誰かが退学していれば、次の特別試験は別のモノになる予定だったらしい」

「ま、それも仕方ないかあ。退学者を出すために筆記試験をハードにすることも出来ないし。佐枝《さえ》ちゃんのクラスが優秀過ぎて～？　大問題ないやらしい特別試験が出てきちゃったってわけねー」

揚げ足を取るように、星之宮はそう強調した。

「大問題と決めつけるのは早計だ。見方によっては他愛《たあい》もない試験でしかない」

「でも、一歩選択を誤れば難題に変化する。そうだよねー？　佐枝ちゃん？」

目を閉じた茶柱は、イエスともノーとも答えない。

「そうだな……おまえたち2人は、特にこの特別試験に苦しめられたからな」

「私たちの時は3年生の3学期だったっけ。あの日のことは忘れたことないなあ」

昔を懐かしむように自分に、そして茶柱に向けられた言葉だった。

「でさ、いつまで黙ってるつもり？　何かコメントはないの？」

そう聞かれても、頭の整理がつかないのか茶柱は言葉を発せられなかった。

「なっさけな」

短く愚痴《ぐち》をこぼした後、何も返さない茶柱《ちゃばしら》を無視して真嶋《ましま》の方へと視線を移す。

「真嶋くんはどう思う？　次の特別試験……退学者は出るかな？」

「Aクラスが頭一つ抜けているとはいえ、まだBクラス以下にも逆転のチャンスは残されている。勝つつもりで挑むのなら、おまえたちと同じ道を辿《たど》る可能性は大いにある」

「泥沼の予感——かな」

星之宮《ほしのみや》はそう呟《つぶや》き、バーテンダーにお酒の4杯目を希望する。

飲むペースはどんどんと上がっていく。

「ま、私のクラスは多分悪い意味で大丈夫だと思うけど、佐枝《さえ》ちゃんのとこはどうかな？　今は飛ぶ鳥を落とす勢いでどん底から這《は》い上《あ》がってるし、ここでクラスポイントを増やせれば一気にBクラスってこともあるもんね。私なら——」

「部屋に帰る」

ずっと黙り込んでいた茶柱は、1杯目を飲み干す前にそう言って立ち上がった。

「やっと喋《しゃべ》ったと思ったら帰るって、白《しら》けるんですけどー」

「すまないが後は2人でやってくれ」

背を向けた茶柱に対し、これまでマイペースだった星之宮の表情が一変する。

「あのさー！」

酒の入っていないグラスを、強くテーブルに叩《たた》きつける星之宮。

そして勢いよく立ち上がる。

その行動には茶柱だけでなく真嶋も驚いたのか、声を出せず僅《わず》かな動揺を見せた。

客がこの場の３人しかいなかったのは幸いだろう。

「いつまでつまんない恋を追ってんのよ、あんたは！」

「……何を言っている」

「私たちが今幾《いく》つか分かってる？　29よ？　何年前の恋愛だっつーのよ！」

「おい、一気に飲み過ぎだ――」

「真嶋くんは黙ってて！」

「…………」

近くでグラスを拭いていたバーテンダーは、只《ただ》ならぬものを感じお手洗いに席を外す。

「高校３年生でずっと時を止めて、そのくせ歳《とし》だけはいっちょ前に重ねて。そんで今の子たちに勝手に重し乗せて……はあ？　バッカじゃないの？」

罵声の連続に言い返すこともせず、茶柱は無言のままこの場を後にした。

この場に残された星之宮と真嶋の間に沈黙が流れる。

「あーらら、行っちゃった」

拍子抜けしたとばかりに、星之宮は茶柱の残した酒を回収し座り直す。

「おまえも意地が悪いな星之宮」

「だって仕方ないでしょ。よりにもよってこの特別試験が出るのが悪いんだから」

「おまえたちの仲に決定的なものを生んだのは、この特別試験だったからな」

「佐枝《さえ》ちゃんが正しい答えを選択していれば、私たちはAクラスで卒業できたのよ？」

「……やはりまだ恨んでるのか」

「恨んでるに決まってるでしょ。失敗して今は、この学校で教師なんてしてる。本当だったらもっと煌《きら》びやかな世界に行けてたはずなのに」

「あの試験の後、おまえと茶柱《ちゃばしら》が同室だったせいで寮生活も大変なことになったな」

「あんなことがあった後で一緒に生活なんて送れないでしょ。殺し合いになってたかも」

「大げさな……とも言い切れないのがおまえたちの怖いところだ」

星之宮《ほしのみや》は髪の毛を掴《つか》んで、一本それを引き抜く。

「その癖、治したんじゃなかったのか？」

「あ、いっけない。無意識でやっちゃった……私の大切な髪の毛……いる？」

「いらん」

差し出してきた髪の毛を無視して、戻ってきたバーテンダーに2杯目を要求する。

それを見て星之宮も4杯目を催促した。

「ルームシェアなんてするもんじゃないって。上手《うま》くいってるうちはいいけど、トラブルが起きたら関係性なんて激変するんだから。恋愛や将来のことがかかわってくるとね」

いつの間にか、星之宮はいつものひょうきんな表情に戻る。

「折角《せっかく》2年生、無人島試験で全員残ったのにねー。学校も酷なことするぅ」

「元々、年に数人は退学者が出る、それがこの学校の作った方針だからな。2年生はあまりに人数が残りすぎた。だが学校側も十分2年生の頑張りは認めている。だからこそ、この特別試験だ。結果がどうなるかはまだ分からないからな」

「それはそうだけど……あの試験は、人の醜さや弱い心を浮き彫りにするからね。せめてもの救いは今がまだ2年生の1学期が終わったばかりってところかな。あ、それが学校も認めてるってことに関係してくるってことね」

「残りの学校生活が短ければ短いほど、クラスポイントの価値は跳ね上がり特別試験は難易度を増す。3年の3学期にやった俺たちに比べれば幾《いく》らかは救いもある」

「私は絶対悪くないもん……悪いのは、佐枝ちゃんなんだから……」

「それは考え方次第だ。おまえも茶柱も、どちらも正しい判断をした」

「どうだかー」

ふと新しく来た酒を飲もうとして星之宮の手が止まる。

「どうした」

「私のクラスじゃ……少なくともAクラスにはなれない」

「何を言っている」

「もう分かるって。坂柳《さかやなぎ》さんのクラスには届く気がしないもん。でも……でも、だとしても佐枝ちゃんのクラスをAクラスで卒業させるなんてことは絶対にさせない。私たちにとってAクラスで卒業することは悲願だった。それを壊したあの子が、自分の教え子をA

クラスで卒業させる資格なんてない。そうでしょ真嶋《ましま》くん」

「……それとこれとは別問題じゃないのか」

「別じゃない。絶対にね」

「それに一之瀬《いちのせ》のクラスは優秀だ。まだAクラスへの道は残されている。恐らく次の特別試験を一之瀬のクラスは楽に切り抜けるはずだ」

「それじゃダメなんだって。どんなに非道な未来が待っていたって、Aクラスで勝つためには鬼になる必要があるんだから。私がそうしようとしたようにね」

「退学者を出してでも、か?」

「退学者を出してでも、よ」

にしても、と溜《た》めをつくる。

「平田《ひらた》、櫛田《くしだ》、堀北《ほりきた》、高円寺《こうえんじ》に綾小路《あやのこうじ》……何度考えてもズルすぎでしょ」

「例年通り問題児とされる生徒が多いクラスだが、妙に連帯感が生まれている。まるで欠点が1つ1つ解消されているかのようにな」

「次の特別試験で、それがぶっ壊れちゃえばいいのよ」

そう言って、星之宮《ほしのみや》は頭を真嶋の肩に乗せる。

「なんか悪酔いしちゃったかも……ちょっと休憩したいな、真嶋くんの部屋で」

「寝るなら自分の部屋で寝ろ」

「きっつー。もうちょっと優しい言い方ってあるんじゃないの?」

「眠るのなら自分の部屋に戻った方がいい」

「あんまり変わってないし！」

大きな左腕を抱きしめるように、自らの身を寄せていく。

しかし真嶋は力で強引に引きはがした。

「困ってない？」

「困っていない」

「えー、ならせめて私の部屋まで送ってってよ〜。それで部屋で飲み直そ？　朝まで」

「悪いが俺も部屋に戻る。おまえも飲み過ぎないようにな」

「これって千載一遇のチャンスだと思わない？」

「悪いが、俺はおまえや茶柱《ちゃばしら》に深入りするつもりはない。トラブルにしかならんからな」

「きっびしぃ〜」

誰もいなくなったバーのカウンターで、星之宮は静かにお酒を口に運んだ。

2

そんな教師たちの愚痴《ぐち》を含めた飲み会が行われた当日。

何も知らない生徒たちは残された豪華客船で思い出を作ろうと仲間と行動を共にする。

しかし、私堀北鈴音《すずね》は、そんな残り僅《わず》かな休日を全く別のことに使おうとしていた。

プライベートプールの入り口前には、従業員と受付のカウンターが設置されている。

空いていればここで受付、そして支払いを済ませてからプールを使用するようだ。

でもプライベートプールは生徒たちに人気が高いらしいから、ほぼ予約でほぼ埋まっているんじゃないかしら。

もちろん、私にとってそれは好都合な話なのだけれど。

「すみません、プライベートプールの予約を考えているのですが」

私は受付にいる従業員に話しかける。既に大勢の生徒と繰り返し同じ会話をしてきたのか、従業員は手慣れた様子で簡単な説明を始めた。

「希望の時間帯をご記入ください。埋まっている場合は、キャンセル待ちも出来ます」

そう言い、従業員は私に対しボードを差し出した。

この場所に来たのは、プライベートプールを楽しむためじゃない。

今日の前に捉えたボードを手にするため、わざわざ足を運んだのよ。

「お借りします」

カフェなどの受付は全てタブレットや機械を使っての予約システムとなっていた。

しかし各組1時間おきと時間が決まっていて、かつ数日先の予約まで取ることが可能なプライベートプールに関しては、全て紙に記入して予約する形式をとっていた。

私は自分が予約する日と時間を探すフリをして、それぞれの字体に注目する。

複数名で利用するプライベートプールだが、代表者が記入する仕組みになっている。

本当は先日の宝探しゲームで、ケリをつけるつもりだった。

参加者は全校生徒の約半数。

1年生に至っては参加率が66%を超えていた。

試験終了前に参加した1年生全員の名前と筆跡を確認していったけれど、記憶にある筆跡と合致する候補者は1人もいなかった。

たまたま34%の中に、私に手紙をよこした人物がいた？

いいえ、あるいは私に名前と筆跡を一致させないために参加しなかった？

ともかく、そういったこともあって残り34%の1年生から探し出す作業が続いている。

それにしても、驚くのはプライベートプールの予約率だ。

最終日まで含めほぼ全ての時間帯が埋まっている。

前日までなら予約のキャンセルに費用はかからないため、とりあえず押さえておくという生徒もいるでしょうけれど、本当に人気ね。

代表者の名前と人数を記載する欄があるけれど、学年は書く必要がない。

私が見た、あの紙に書かれていた文字は本当に綺麗《きれい》だった。

パラパラとめくって全員分確認したものの、同じレベルの筆跡は見つけられない。

簡単には見つからない気がしていたけれど想像通りのようね。

生徒の名前と筆跡が確認できる機会なんて、そうそう巡ってくるものじゃない。

見つからなかった以上、こうなると手間な作業の開始ね。

改めて一人一人名前を見て、ＯＡＡと照らし合わせる必要が生まれてくる。

予約リストとしては何百件もあるわけじゃないものの、確認作業だけで時間がかかってしまう。露骨に字が汚い生徒や癖の違いのある生徒を飛ばすことは簡単だけれど、ここで誰が除外できるのかを確実に、そして明確にしておきたい。

1年Ｂクラス木林《きばやし》くん、1年Ｄクラス望月《もちづき》さん除外。江藤《えとう》さん……は昨日の宝探しゲームに参加して筆跡は確認済みだから、除外ね。受付の人は雑務が色々とあるのか、携帯を片手に名簿を見ている私に注視していないのはありがたい。

それにしても、本当に簡単には見つからないわね。念のため2年生3年生の宝探し参加者の名簿リストにも目を通したけれど同一人物と思える人は居なかった。

あの紙を書いた人物は一体どこにいるの……。

9人目を除外し終えたところで、何分か経過してしまった。

そろそろ受付の人に怪しまれてしまいそうな頃、予期せぬ背後から声をかけられた。

「あの、まだ時間がかかりますか？」

「えっ!? え、ええ。ごめんなさい。ちょっと友達との時間合わせに苦戦していて」

背後に立っていた生徒の気配に気付かないほど、私は名簿を見ることに集中していた。

もう殆《ほとん》ど予約に来る生徒はいないと踏んでいたけれど、ついていないわね……。

この先、何分も待たせて除外名簿を作っていくのは難しい。

それなら先に、この男子に予約させてしまった方がいいと私は判断する。

見たところ上級生じゃない、1年生のようだし。

「まだ決まるまでかかりそうだから、お先にどうぞ」

「そうですか？　では先に失礼します」

そう言って私からボードを受け取った男子生徒。

身長が高く、須藤《すどう》くんと同じくらいか少し低いくらい。私は携帯を操作しつつ、友達とチャットしているように装いながら来客が予約名簿に書き終わるのを待つ。

予約が取れる箇所は限られているためか、思ったより決めるのが早い。

程なくして予約を書き終えたのか、男子はこちらを振り返った。

「ありがとうございました。失礼します」

入れ替わるように名簿を受け取った私は、すぐに記入した1年生の名前を確認する。

「……あった」

代表者名、石上京《いしがみきよう》。利用人数は5人。

宝探しゲームにも不参加だったから、初めて目にする名前ね。

既に開いてあるOAAで名前を調べると1年Aクラスであることも分かった。

字は洗練されていて、ペン習字を長年やっていたと言われても不思議はないもの。

ただ、字というものは非常に癖が出やすい。無人島で見た、まるで機械のようなお手本さを感じさせる字体ではなかった。それでも、これまでの中で最も近しい筆跡であることも事実。手元に紙が残っていれば詳しく照合することも可能だけれど、天沢《あまさわ》さんに破り捨てられてしまったためそれも敵《かな》わない。記憶の中の文字とこの石上《いしがみ》くんが書いた字が本当に異なるものである、という確証は得られない。

ジッとその字を見つめていると、ゲシュタルト崩壊にも似た感覚に陥る。

先日から字ばかりを見ているから、色々と脳にも負担がかかっているみたいね。

「ごめんなさい、ちょっと待ってもらえないかしら」

私は遠ざかっていく石上くんに対し、やや声を張り上げて呼び止める。

不思議そうに振り返った彼に、私はこう続けた。

「実は今友達と話し合いが終わったのだけれど、あなたが書いた時間帯と被《かぶ》ってしまったみたいなの。だから少し、相談させてもらえないかしら」

どんな話題でも、彼が綾小路《あやのこうじ》くんの退学を仄《ほの》めかした人物か確かめるヒントが欲しい。

「相談に乗れないわけではないですが、ちょうど今仲間にその時間で予約したことを伝えてしまいまして」

裏側をこちらに向けて携帯を顔の辺りまで持ち上げた。

ひとまず呼び止めることに成功したため、繋《つな》ぎとめることは出来た。もしも目の前の彼が、無人島で紙に書き記した人物なら、テントまで直接届けたかどうかは分からないにしても、私を知っている可能性は十分ある。

「もう一度名簿を見せてもらえますか」

「もちろんよ。悪いわね」

「いえ構いませんよ堀北《ほりきた》先輩」

名前を呼ばれ、心拍数が少しだけ速くなる。

「……私の名前を知っているのね。あなたと話した記憶はないけれど」

「入学した直後の最初の特別試験で、学力の高い2年生の名前と顔は大体覚えました」

便利なOAAは、先輩後輩の名前を覚えるのにも役立つ。

「良い記憶力ね。私もある程度学力の高い生徒のことは覚えていたつもりだったけれど、あなたのことは分からなかったわ石上くん」

「俺は目立つ方じゃないですから」

揉《も》めることもなく、そして私が疑われることもなく話し合いは円滑にまとまる。

決定的なものは得られなかったけれど、やはり彼の字体はどこか違う気がするわね。

これ以上引き留《と》めるのは申し訳ないと思い、彼を帰すことにする。

「1つ聞いてもいいですか、堀北先輩」

ところが、今度は私が石上くんに言葉をかけられてしまう。

「呼び止めた時、学力の高い生徒のことを覚えているつもりだった、でも俺のことは分からなかったと言いましたよね？」

「ええ、それがどうかしたの？」

おかしなことを言った覚えはないけれど……。

「本当に記憶にありませんでしたか？」

念を押されるようにそう確認される。

「もちろん本当よ」

事実私は石上《いしがみ》くんのことは記憶の中になかった。

「じゃあ、俺の学力が高いというのはどのタイミングで知ったんですか？　友人と予約の時間で打ち合わせていたのなら、ＯＡＡを起動して確認するまでにそれなりの時間がかかると思うんですが」

思ってもいなかった鋭い指摘に、私はすぐに対応することが出来なかった。

名簿で名前を見つけたところまでは何もおかしなことはない。けれど確かに石上くんの言うように学力が高いことを知っていた、という点にはおかしな部分が出て来る。

もっと早い段階でそのことを指摘出来たはずなのに、ゆっくりと放り込んできた。

何事もなく対応を終えられた、そう安堵《あんど》したタイミングを見計らったかのように。

「たまたまＯＡＡを開いていて裏で起動していたのよ。石上くんの名前が私の予約したい時間帯にあったから、あなたで合っているか急いで顔写真で確認したの」

少し苦しい言い訳ではあったけれど、絶対にあり得ないような話じゃない。

「そうですか。変に勘繰ってしまい申し訳ありませんでした」

石上くんは携帯で友人に確認を取り終えると、淡々と予約時間を変更してくれた。

「いいのよ。ちょっとびっくりしたでしょうし、勘繰るのも無理ないわ」

「それじゃあ、俺はこれで失礼します」

「あ……そうだ石上くん、予約の件本当にありがとう」

「構いませんよ、でも――」

何か言いかけた彼は、ちょっとだけ次の言葉を躊躇《ためら》っているように思えた。

「なに？」

「いえ。また会いましょう堀北先輩《ほりきた》」

「そうね。また」

私の思った展開にはならず、石上くんは背を向けて歩き出した。

筆跡からも黒ではないと思うけれど、妙に気になる生徒。

今のところ白寄りのグレー、という位置付けにしておいた方が良さそうね。

そのまま背中が見えなくなるまで見送った後、私は名簿を握りしめたまま立ち尽くす。

予約を取った以上、ここでじっくり名簿を見ているのは不自然ね。

時間を置いてからキャンセルの連絡をしておくのを忘れないようにしないと。

それに手がかりが得られなかった以上、次の一手をどうするかも考えないとね。

「随分と難しそうな顔をしてるわね～堀北さん」

珍しく、この場に姿を見せた星之宮《ほしのみや》先生が声をかけてきた。

そんな先生は受け持つクラスの神崎《かんざき》くんと同席していたようで、私とも目が合う。

「そうでしょうか、いつもと変わらないと思いますが」

「そう？　そうかもねー」

それよりも気になるのは、星之宮《ほしのみや》先生が壁に手をついていること。

「あの、気分が優れないんですか？」

「あぁ～コレ？　コレは気にしないで、大人特有の病気だから」

大人特有の病気？　一体どんな病気かしら……。

「というか、さっきのカッコいい子って……えーっと、誰だっけ～。どっかで見たことある気がするんだけどな」

星之宮先生が直前にすれ違ったのは、石上《いしがみ》くん以外にいない。

「1年Aクラスの石上です」

私が答えるよりも先に、先生の隣に立つ神崎《かんざき》くんが答えた。

「え？　1年生？　って、まぁ2年生や3年生なら知ってて当然なんだけど……」

何故《なぜ》か不思議そうに顔を傾《かし》げる星之宮先生。

「どうかしたんですか。彼について思うことが？」

どんな手掛かりでも手に入るのなら、そう思い聞いてみる。

「うーん、なんか結構前に一度学校で見かけた気がするんだけどなあ……見間違いかも。ってごめん堀北《ほりきた》さん、私ダメみたいっ！」

足をふらつかせながら、星之宮先生は駆け出しデッキに向かっていく。

何事かと思い、私もその後姿を追った。

「あ、うぐぐ、ひいい！」

よく分からないけれど、苦しい声をあげながら外に出る。そして、うっ、とひときわ大きく喉を鳴らすと、星之宮先生は口元を押さえ、デッキの手すりを掴《つか》んだ。

「オロオロオロオロ!!」

キラキラ（実際はそんな綺麗《きれい》なものではないけれど）とした嘔吐物《おうとぶつ》が強い海風に飛ばされ飛んでいく。少し遅れてやってきた神崎くんと一緒に、それをただただ見つめる。

私たちは一体なにを見せられているのかしら……。

「先生……それは、色々と問題行動だと思います」

衛生観念やモラル的な部分を指摘しておく。

「うう、二日酔いと船酔いがミックスしちゃって、ごべんね堀北さ——オロロロロ！」

せめてもの救いは、この下が海だったことね……。

「ごめん、私やっぱり部屋に戻って寝まぁす……。神崎くん話の途中なのにごめんねぇ」

「気にしないでください。また声をかけさせていただきます」

「それから堀北さんも変なの見せてごめん〜……うぷ！」

ひらひらと手を振るも、すぐに口元を押さえ直して船内へと駆け込んでいった。

「……忙しい人ね」

「見慣れていないと戸惑うだろうな」

「何度か見たことがあるの？」

「朝のホームルームでは、3回ほどああいったものを見せられている」

それは……なんというかご愁傷様ね。

私は星之宮《ほしのみや》先生が見えなくなったことで、神崎《かんざき》くんに軽く会釈して立ち去ろうとする。

「堀北《ほりきた》、石上《いしがみ》とどういう関係がある」

呼び止められると同時に、思いがけない話を振られた。

「どういう、とは？」

その言葉の真意が不明なため、私はそう返すしかなかった。

「アイツと話していただろ」

「その口ぶり、少なからず知り合いのようね。名前も知っていたようだし」

「2年進級直後の特別試験で、1年生とは接点を持つ機会が多かったからな」

1年生の優秀な生徒、その多くは坂柳《さかやなぎ》さんクラスや龍園《りゅうえん》くんクラスに持っていかれた。

その過程で神崎くんが石上くんを知っていても不思議はないけれど……。

普段私と話すことのない神崎くんが食いついてきたのはちょっと意外だったわ。

「プライベートプールの予約で彼とバッティングしてしまったのよ。それでね」

簡単に事情を説明するも、神崎くんは少し納得がいっていないようだった。

「ところで、あなたから見て彼は信用できる後輩かしら？」

私が追う手がかり、その証言者の1人としてどれほどのものかはまだ分からない。

だからこそ、1人でも多くから情報を得ておきたいところだ。

「学力は申し分ない。それはＯＡＡでも分かる通りだ」

「そうね、文句のないA判定だったわ」

対照的に身体能力はあまり芳しくなく、Ｄ－という判定だったけれど。

「けれど勉強が出来ることと信用はイコールじゃないわ」

「石上が信用できるかを知りたい理由は？　予約とは無関係に思える」

今、特別試験も行われていない夏休みの真《ま》っ只中《ただなか》。

確かにその点が気になったとしてもおかしくない話ね。

神崎くんが気にしていたみたいだから聞いてみたけれど、ここまでにしましょう。

「いいの気にしないで。何となく聞いてみただけよ」

筆跡に関する情報は渡せないため話を流そうとする。

でも、彼は私から目を背けず言葉を続けた。

「あの男を信用できるかどうか、その材料を持っていないわけじゃない」

妙な言い回しだけれど、石上くんについて神崎くんは知っているということ。

「もし俺からの疑問に答えてもらえるのなら、石上について教えても構わない」

彼は白寄りのグレーだと判断したので、無理に話に付き合う必要はない。ただこの時の神崎くんの表情は、普段見せる落ち着いたものとは違うような気がして引っかかった。

「疑問？　何かしら」

「俺はここしばらく堀北のクラスについて考察を続けている」

「……私のクラス？」

「その中でも特に……綾小路《あやのこうじ》の本当の実力が知りたい」

「そんなことを私に聞かれても答えようがないわ。彼に直接聞いてもらえる？」

ここで綾小路くんの名前が出たことに内心驚きつつ、そう話を逸《そ》らしてみる。

「聞いたところで、素直に答える相手ではないだろう」

「そうかも知れないわね。でも、私から出た言葉が信用できるわけでもないでしょう？」

「1つの参考になればそれでいい」

「付き合いは長くなって来たけれど、彼については何も知らないわ」

「何も知らない、というのは大げさ過ぎる。仮にもクラスを束ねるリーダーを自称するのなら、クラスメイトの内情にはある程度詳しいはずだ」

「私はまだクラスメイト全員から信頼を得たわけじゃない。それは綾小路くんも然《しか》りよ」

堂々とリーダーと名乗るだけの資格は、まだ持ち合わせてはいない。

少なくとも、坂柳《さかやなぎ》さん、一之瀬《いちのせ》さん、龍園《りゅうえん》くんのような存在にはなれていない。

「素直に答えるわけにもいかないか。堀北《ほりきた》のクラスにとって貴重な戦力だろうからな」

「そうやって警戒してもらえるだけでも、彼の存在価値はある程度感じられるわね」

実力の有無にかかわらず、考える労力を割いてくれるのならありがたい話だわ。

「他に聞きたいことはあるかしら？」

「いや、俺が今気にしているのはそれだけだ」

だとするなら、石上《いしがみ》くんに関しては教えてもらえなくても仕方ない。

こちらから強く追及することは出来ないわね、そう思っていたけれど……。

「石上という生徒は優秀で情に厚く実行力もある。既に1年Aクラスではリーダーとして認められ、あの男の仲間は間違いなく全幅の信頼を置いているだろう。一之瀬と坂柳の良いところを抜き出した男、という表現が一番伝わりやすいかも知れないな」

「それは仲間にとって頼もしいことでしょうね」

「ただし、それはあくまで味方に対してだけだ。仲間を脅かす存在についてはその限りじゃない。恐らく容赦《ようしゃ》なく牙を剥《む》くタイプだろう」

私には温厚そうな生徒に見えていたので、今持つ材料ではイメージが難しい。

「じゃあ敵でも味方でもない相手には、どんな態度を取るのかしら」

「敵でも味方でもないのなら、奴《やつ》にとってそれは無関心だ」

「無関心？」

目の前で話してくれていた神崎《かんざき》くんの動きが止まる。

「……ああ。自分にとって意味をなさない存在は気にも止めないはずだ」

「彼は私に『また会いましょう』と言ったわ。無関心な人が再会を示唆《しさ》するような言葉を残すかしら」

「石上が？　いや、奴はそんなことを簡単に口にする男じゃない。本当に言ったのか？」

「聞き間違いでないならね。それにしても、随分と彼について詳しい様子ね」

私の追っている一件とは無関係に、神崎くんと石上くんには何かあるのかしら。

「詳しくなんてない。俺は一度も相手にされたことはないからな」

そう独り言のように呟《つぶや》いた後、こう続けた。

「あの男は敵か味方か、そのどちらかにしか興味を示さないのは事実だ。つまり、すでに石上《いしがみ》の中で堀北《ほりきた》がそのどちらかに分類されていることになる」

「そう言われても、よく分からないわね」

私は今日、初めて石上くんと接点を持った。

その前には一度だって直接顔を突き合わせたことも、挨拶を交わしたこともない。

明確な味方でも明確な敵でもない、というのが普通の分析だ。

「知らず知らずのうちに関係を持っているというのは、常に起こりうることだ」

「間接的に私の行動が彼に影響を与えているとでも？」

「その可能性も排除しきれない」

どうにも、神崎《かんざき》くんの話には理解の及ばないところがある。

しばらく考え込んでいた神崎くんだったけれど、やがて静かに呟いた。

「1つだけ忠告しておく。石上にはこれ以上かかわるな」

「元々かかわる気はないもの。忠告ついでに他に警戒しておく1年生はいないかしら？」

「他の1年生？」

今のところ明確に容疑者だと言えそうな人物は1人もいない。手がかりが欲しい。もし天沢《あまさわ》さんや、それ以外の名前が出てくれれば、彼の発言に深みも生まれてくる。

そう思ったのだけれど……。

「1年生で気に留《と》めるべきは、石上くらいなものだ」

神崎くんは、そう答えてから背を向け歩き出す。その途中こちらを見ていた伊吹《いぶき》さんとすれ違ったけれど、神崎くんとは目を合わせることもしなかった。

「あんたって神崎と仲いいの？」

「いいえ全く？　今日たまたま共通の話題で話すことがあっただけ、どうかしたの？」

「あんたと一緒で賢そうな顔してるのが嫌いなのよね」

真面目に聞くだけ無駄だったわ。

「あいつと共通の話題って？」

「石上くんって1年生よ。少しだけ探してる筆跡に似ていた生徒だったのよ」

そう言って、私はOAAにアクセスした石上くんのプロフィールを表示させた。

1年Aクラス　石上京《きょう》
学力　A　(95)
身体能力　D－　(25)
機転思考力　B＋　(77)
社会貢献性　D　(31)
総合力　B－　(61)

「それに、話し方や態度から底が見えなくてちょっと不気味な感じもあった」

「ふうん？　あんたの中では怪しいってこと？」

「どうかしら。白寄りのグレーだと思っているけれど……。もしこの身体能力の評価が本当の実力じゃないとしたら一気に怪しくなるかも知れないわね」

とは言っても、それを確かめる方法も今のところないのだけれど。

「この石上《いしがみ》ってのは白よ」

推理を否定するように、伊吹《いぶき》さんが言葉を挟んだ。

「どうして言いきれるの？」

「一昨日《おととい》プールが見下ろせるフロアから、何となく遊んでる連中を眺めてたんだけど」

「1人で？　寂しいことね」

「は？　話すの止《や》めようか？」

「冗談よ、続けて」

「ったく……。背が高いからちょっと目立つアイツが視界に入った。上半身も下半身も鍛えてない普通の体つきだった。身体《からだ》を鍛えてるってことは絶対にない。あんたが探してる相手の予想は、天沢《あまさわ》や綾小路《あやのこうじ》みたいに強いヤツでしょ？」

「もしかしてプールに足を運んだのって……鍛えてる人を探すため？」

やっと気づいた？といった感じで肩を竦《すく》め、伊吹さんは続ける。

「強さと肉体は必ず比例する。動けるヤツなら絶対に引き締まった身体をしてるし、力のあるやつなら筋肉が鍛えられてなきゃおかしいからさ」

素人の判断ならともかく、曲がりなりにも伊吹さんは格闘家。

上半身が裸だった石上くんを見たのなら、このデータには高い信憑性《しんぴょうせい》がある。

「あなたにしては良いところに着眼点を置いたわ」

伊吹さんからの情報が確かなら彼の身体能力は紛《まぎ》れもないD－前後ということ。

もちろん、最初に推理した必ずしも強い人物、とは限らないわけだけど……。

完全な白と判断してしまっても良さそうね。

「どちらにせよそろそろ休日も終わりだし、続きは2学期が始まってからだわ」

「いつまでかかるんだか」

呆《あき》れたくなる気持ちも分からなくはないけれど、今は決定的な証拠が何もない。

しばらくはコツコツとやっていくしかない。

3

多くの生徒が船内の施設へと足を向けている時間。

1年Aクラス天沢一夏《いちか》は、1人の生徒が待つ客室内へと足を運んでいた。

「この時間、同室の子が戻ってきたらどう言い訳するつもり？　って、普通なら言うんだけど、あんたのことだから絶対に戻ってこないように計算してるんでしょ？」

そう問いかけた天沢《あまさわ》に、薄く笑いかけどちらとも答えない。

「今の状況分かってる？　七瀬《ななせ》ちゃんも堀北《ほりきた》先輩も、それから龍園《りゆうえん》先輩も、皆が皆あんたを血眼《ちまなこ》になって探してるみたいだよ。そのまま放っておいていいの？」

「これでいいんだよ。面白いように計画が進んでいるよ」

「ならその計画ってヤツの詳細をあたしにも教えてよ――拓也《たくや》」

拓也と呼ばれた、1年Bクラスに在籍する八神《やがみ》拓也は静かにベッドから立ち上がった。

「君も学習しないね一夏《いちか》」

近づいてきた八神に警戒心をむき出しにする天沢は、その行動を瞬《まばた》きせず凝視する。

瞬きをしたその瞬間に、強烈な何らかの攻撃を受ける可能性があるからだ。

「こんなところで手をあげたりしないさ」

「あたしとしても信じたいけどね」

「確かに君はもうホワイトルーム側の人間じゃなくなった。だから僕にとって君は敵」

右腕を伸ばし、天沢の前髪にそっと触れる。

「そう考えたんだろうけど……僕は君を敵とすら認識していないよ」

「あらら、言ってくれるぅ」

「冗談さ。君が一般人になった以上、迂闊《うかつ》な行動が取れないだけさ」

「今の会話を録音してるかも知れないしね」

「それくらいなら好きにすればいい」

この会話を録音したところで、何も不利益はないと八神は分かりきっている。

もし天沢が完全に綾小路《あやのこうじ》側についたのであれば、直接八神のことを話すだけでいい。

本当の話かを信じるには足らずとも、最大限八神を警戒させることは出来る。

「ここに君を呼んだのは、真意を確かめたかったからなんだ。本心から綾小路先輩を守りたくて、繰り返し僕の計画の邪魔をしていたのかな？」

「何のことかさっぱりニャ～」

おどけて見せた天沢を見て八神は笑うと、毛先から指を離す。

「数が多すぎて指摘が面倒だから、予定変更を強いられた1点について聞こうか。無人島試験で僕が綾小路に送り込んだ櫛田《くしだ》と倉地《くらち》の妨害をしたのはどうして？」

「説明しなくても分かってるんでしょ？　綾小路先輩にとって痛い戦略だからだよ。七瀬ちゃんと倉地くん、繋《つな》がりのない2人と争ってるシーンを撮らせたくなかったの。先輩なら上手《うま》く切り抜けただろうけど、それでも物騒な映像になることは避けられないし」

「そう。確かに彼なら七瀬だろうと倉地だろうと難なく対処する。でも、その対処する場面を記録に収めておけば交渉材料の1つには出来ていた。もし綾小路が櫛田から強引にタブレットを取り上げてもパス解除できないし、物理的破壊をすれば別の問題も生まれる」

その行動を先読みした天沢による、計画阻止。

「怒ってる？」

「まさか。結果的にはより面白い演出が出来たと思っているよ。彼の性格、読みの確かさを知ることも出来たしね。襲われそうな気配があったのにGPSサーチをする選択を選ばなかった。それをしても邪魔にしかならないと的確に読んでいたから出来ることさ。普通なら七瀬《ななせ》のようにGPSサーチをして倉地《くらち》か櫛田《くしだ》を追うのが定石だよ」

船に戻ってからもその点に関して行動の変化は見られない。

「結果的に七瀬ちゃんと龍園《りゅうえん》先輩は迷いの森に足を踏み入れちゃったもんね。まだ接触してないみたいだけど、この先無関係な宇都宮《うとみや》くんを問い詰めてもどうなるわけでもないしね。でも堀北《ほりきた》先輩は？　拓也《たくや》の書いた紙からヒントを得て、特定しようとしてるみたいだけど。宝探しゲームで名簿に手書きさせるなんてちょっと考えたよね」

「彼女にはもう少しヒントを与えれば、いずれ僕までは辿《たど》り着《つ》くだろうね」

八神《やがみ》に焦りのようなものはなく、むしろそれを今か今かと待っているようだった。

「あの『紙』を仕込んだのもワザとだったってことか」

「もちろんアレも僕の演出だよ。頑張って辿り着いて欲しいところさ」

そのためのヒントを、八神はこの先もしっかりとちりばめている。

直接そのことを聞かずとも、天沢《あまさわ》にはそのことがよく理解できている。

「その先は？　拓也の筆跡と一致したら、その情報も綾小路《あやのこうじ》先輩の耳に入るよ」

そうなればホワイトルーム生の候補として疑われる。

「元々彼は僕を信用していないし、いくつか撒《ま》いてある嘘《うそ》にも気がついていると踏んでるよ。この回りくどいやり方も元々は月城《つきしろ》が邪魔だったからだけどね。退いたことで必要性も薄れた。用意された優位な状況で綾小路を叩《たた》きのめすことに意味はないからね」

「いつバレてもいいってこと？」

「そういうこと。僕から直接カミングアウトしても構わないと思ってるくらいだ」

最初から八神は、綾小路と真正面からやりあうつもりだった。

ただその前段階で不用意な行動をすれば月城に妨害を受ける可能性もある。

あの手この手で計画を立て月城に従いつつも、それらは全て時間稼ぎのためだけ。

「けど、無人島試験も終わっちゃって2年生とやりあう機会は当分ないんじゃない？　早くホワイトルームに戻った方が自分のためになると思うよ〜」

戻る気のない天沢にしてみれば、除名されたことは願ったり叶ったり。

しかし八神にとっては帰るべき唯一の場所でもある。

「完璧な形で完全に叩き潰さないとね。勉強の遅れは幾《いく》らでも取り戻せる」

不器用に歯を見せて笑う笑顔は、いつもの爽やかさとは似ても似つかない。

「ホントあたしと違うところで捻《ね》じれてるよね、拓也の性格って」

呆《あき》れつつも、天沢は言葉を続ける。

「宇都宮くんもカワイソ。仲間思いなだけなのに、椿《つばき》ちゃん守るために拓也と組むなんて。Cクラスの仲間を退学させたのが拓也だって知ったら怒るだろうなー」

「彼が不器用で仲間思いな人間であることは最初から分かっていたことだからね。１人クラスメイトを退学させておけば今度は絶対に阻止したいと考える。本来手を取り合えない他クラスの僕と組ませるには宝泉《ほうせん》という共通の敵を作っておくのが手っ取り早い。椿《つばき》と宇都宮《とみや》の懐に入り込んで、成功するはずのない戦略を展開させ綾小路《あやのこうじ》の手札を確認した。お陰で坂柳《さかやなぎ》っていう2年Aクラスのリーダーと繋《つな》がっていることも見えてきたよ」

「あ～、あたしのところにも来たっけ。有栖《ありす》先輩ね」

「今後僕と綾小路の戦いに割って入って来る可能性もあるから、対処を考えないと」

「はいはい、まあ好きにしてよ」

饒舌《じょうぜつ》に喋《しゃべ》り始めた八神《やがみ》を見飽きている天沢《あまさわ》は、退屈そうにため息をつく。

機嫌がいいとき、八神は放っておいても今みたいに1人でいつまでも話をする。

自分の正体が見つかる危険を自ら背負っておいて、誰よりこの状況を楽しんでいる。

「演説して満足した？　もうあたし帰ってもいい？」

「その前に、僕が呼び出してまで確認したかったのは一夏《いちか》、君の意思だよ」

「ん～、意思？」

子供のような笑みを見せた八神は、瞬時に天沢の両方の前腕を掴《つか》む。

「ッ!?」

絶対に避けるつもりで警戒していた天沢に油断はなかったが、反応しきれなかった。

「宇都宮か僕か。皆がそう遠くないタイミングでそれを知る。始まりはそこからさ」

「……それで拓也《たくや》の望む本気の勝負ってやつをするわけ？」

「お互いを敵だと認知した上で真の実力を競うんだ」

「回りくどいことしないで、男らしく拳《こぶし》で決めたら？　拓也の戦闘能力なら綾小路とも渡り合えるでしょ」

「僕は必要最低限以外の暴力は振るわないよ」

「よく言うね」

拘束する手の力は尋常でなく、天沢にも振りほどくことは敵《かな》わない。

かと言って別の手段を選択しようとしても万全でない今では勝負にもならない。

「今こうしてるってことは、これが必要最低限の暴力なんだと理解できないかな？」

笑って返す天沢だが、既に頭の中ではこの後の流れを幾度《いくど》となくイメージしている。

ただ、何度繰り返しても状況を打破できるパターンを見つけることは出来ない。

「今日ここに君を呼んだのは、実は再起不能にしてやろうかと思ってたからなんだ。僕のことを知る一夏はこの先どう足掻いても邪魔にしかならないし。気付いてた？」

「あはは～、笑えないかも」

迫る八神の顔を正面に受けて、天沢は心の準備を始め――――。

握りしめられていた前腕から圧がなくなり、拘束を解かれる。

「なんてね」

いつものように優しく笑い、天沢の背中にある扉に手をかけた。

「きっつい冗談ニャー」

「ごめんごめん。でも本当に今日僕は君を潰そうと思っていたんだ。けど止《や》めたよ」

「うわ、そうなの？」

そんな返しに天沢《あまさわ》は身をのけ反らせて引いた。

「司馬《しば》から制裁を受けたことは聞いているからね。反撃しなかったのは正解さ」

「1回追い返したら倍になって返って来るだけ。そんなの小さい頃に学んだし。でも本当にあたしを放っておいていいわけ？」

「一夏《いちか》が静観を貫いてくれることが分かったからね。完全に綾小路《あやのこうじ》につく判断をしていたらもう終わらせていたよ」

「憧れの先輩と同期のよしみ、ちょっと天秤《てんびん》にかけるのは難しくってさ」

「安心していいよ。綾小路に勝たなければならないのは頭での勝負だからね。彼に僕が暴力を振るうことはない。僕が退学するか彼が退学するか、2つに1つさ」

そういって客室の扉を開けると、八神《やがみ》は紳士的に天沢を帰した。

4

深夜2時を回ったコンサートホール。

オレは静かに重たい扉を開いた。

広い室内には、1人だけ席に座りこちらに背を向けている人物がいる。

カーペットを踏み鳴らす足音も響きそうなほど静寂な中、その人物へと近づいた。

「この時間、生徒は客室から出ることを禁じられてるんですけどね」

「そう言うな。こんな時間でもなければ確実に2人きりになるチャンスはない」

「もし誰かに見つかった時には責任を取ってもらえるんでしょうね？　茶柱《ちゃばしら》先生」

こちらを向こうともしない茶柱。

「心配するな。教師の夜の見回りは12時までになっている」

「それならいいですけどね。それで、わざわざオレを呼び出すなんてどういう了見で？」

「夏休みが明ければ2学期が始まる。そして次の試験が始まるだろう」

「そうでしょうね。去年はそのまま体育祭でしたね」

「ああ。だが今年は違う、その前に1つ特別試験が開催されることになった」

「いいんですか？　そんな情報をオレに渡して」

教師が特定の生徒、クラスに対し有利な情報を流すことが許されるはずもない。

「それとも、既に次の特別試験が始まっていると？」

「いや――――そういうわけじゃない」

ならば、この場に呼んだこともこの話も全て茶柱の独断によるものということか。普段クラスに対し、特に肩入れすることのない担任教師だと思っていただけに意外なことだ。

何を考えているのか、突然黙り込む。

傍《そば》に立ち続けていても仕方がないので、オレは何となく壇上へと向かった。

普段、このコンサートホールでは生の音楽鑑賞を楽しめる。

大型の高級グランドピアノはそのまま置かれている。

今日もこのホールで演奏が行われたためか、当然埃《ほこり》などは一切被《かぶ》っていない。

「月城《つきしろ》理事長代理が自らの進退を賭けてまで、無人島でおまえを排除しようとした。父親が有名人であったとしても、その固執は異常なほどだ」

「そうでしょうね。ただ一つ訂正するなら、月城は最初から理事長の座に興味なんてありませんよ。オレを排除するためにその役職を使っただけにすぎませんから」

「それだけ強大な力が働いているということか」

全くもって理解できないと、茶柱《ちゃばしら》は腕を組む。

「そろそろ話す気になりましたか？」

「……ああ」

一呼吸間を置いた茶柱は、静かに話し出す。

「おまえは、自分のクラスをどう分析する」

「どう、とは？」

「Aクラスに上がるだけの力を持っていると思うか？」

「それを自分のクラスの生徒に聞くんですか」

「おまえには聞いておきたい」

珍しい、なんてもんじゃないな。

それだけ茶柱には何か思うことがあるんだろう。

「そうですね、間違いなく2年の中では一番高いポテンシャルを持っていると思います。ただ、だからといってこのまま放っておいてAクラスに上がれるわけじゃない。今Aクラスを独走している坂柳《さかやなぎ》のクラスに追い付くのは相当に至難ですよ」

この学校のことは、教師がよく分かっているだろう。

「クラスが1つになること、それは最低条件だと思っています。そしてその中には茶柱先生、あなたも含まれています」

そう言うと、茶柱は驚いた顔をしてオレを見る。自分でも分かってはいるって顔だな。

「私は……。おまえには、私はどのような教師に見える？」

茶柱は、これまでクラスメイトに対しどちらかと言えば冷徹に接してきた。

むしろ突き放すように、見捨てたように日々を過ごしていた。

「勝てないと思いつつも希望を捨てきれない教師。一言で言えばこんなところですか」

「手厳しいな」

「オレを利用しようとしたその事実と印象は今でも全く変わっていませんよ」

「そうだな、その通りだ」

その間違いを心から訂正しない限り、茶柱が変わることはない。

「自分自身がAクラスになりたいから生徒に頑張らせるんじゃない。Aクラスに上がりたいと強く願う生徒のために、あんたが頑張るんだ」

「綾小路《あやのこうじ》……」

「そうすれば、自《おの》ずと答えはついてくる。オレはそう思う」

「……クラスが1つになる必要があると言ったな」

「ええ」

「それには当然おまえも含まれる」

「もちろんですよ」

互いの視線が交錯しあい、茶柱《ちゃばしら》は大きく息を飲んだ。

「もしも私が過去の自分を捨てると言ったら？」

覚悟を問いかけるような目。

ここでの嘘《うそ》は、全て見抜かれると思った方がいい。

「あんたが捨てると言うなら、オレも今までの考え方は一度捨てるつもりだ。もし、本気でAクラスを目指すなら、オレはこの先出し惜しみするつもりはない」

「……そうか」

この言葉で、茶柱の何が変わるのか変わらないのか。

それは今はまだ分からないが……。

「あんたが前を向けるようになった時、きっとクラスは本当の意味で変わり始める」

「……そうだな」

高い天井を見上げ、茶柱は両方の眼を閉じた。

その心に、深い影を落としていることは確かなようだ。

このまま立ち去るべきだが、この時のオレは何故《なぜ》だか少しいつもと違う気持ちになる。

担任としての茶柱の評価は依然として低いまま。

されど、1人の人間として見た時、僅《わず》かにだが評価に変化が生まれ始めていた。

思っていたよりもずっと脆《もろ》く、外見だけが大人になってしまったかのような人物。

オレは椅子に腰かけ、鍵盤蓋《けんばんふた》を開く。

「……何をしている。まさかピアノが弾けるのか？」

その質問には一切答えず、オレは指先を走らせ曲を奏で始めた。

演奏が終わると、茶柱はらしくもなく拍手を送ってきた。

「私は音楽に精通しているわけじゃないが見事なものだな。練習しても私には一生そのレベルでは弾けないだろう。確か今の曲は――――」

と、静寂なコンサートホールで、僅かに後方で音がした。

慌てて立ち上がり振り返る茶柱。

暗闇から姿を見せたのは微笑《ほほえ》みを浮かべる月城《つきしろ》だ。

「ベートーベン、エリーゼのために、ですね。曲自体の難度は高くなくとも、そこまで完璧に弾いてみせるとは見事な腕前です。鑑賞していたのが私と茶柱先生だけだというのは実に勿体《もったい》ない。しかしこの時間、生徒の不用意な外出は禁じています。安易に破れば罰則が待っていることはご存じでしょう？」

「月城《つきしろ》理事長代理、これは……」

慌てて言い訳しようとする茶柱《ちゃばしら》だったが、それを月城がやんわりと制止する。

「ご安心を。本日付けで私は理事長代理を解任されました。坂柳《さかやなぎ》理事長が復権することが決まりましたので、今や単なる無関係な一般人。学校側に報告することは致しません」

「……信用して、よろしいのですか？」

「私のことを信用する必要などはありません。しかし、ここに姿を見せた瞬間から綾小路《あやのこうじ》くんは私の存在に気付いていました。感情に乱れが生じれば演奏にもそれが伝達する。でもさすが君の演奏には1ミリの動揺も見られなかった……何故《なぜ》です？」

「単純なことですよ。仮に罰を与えられるとしても退学処分は下せない。オレとあんたにとっての戦いは退学か否か、その点だけですからね。わざわざ無断外出を咎《とが》めてペナルティを与えることに意味などないでしょう」

「それが分かっていたとしても、見られたくない現場を見られれば普通は慌てるものですよ。その度胸は父親譲りでしょうか」

「生憎《あいにく》と育てられた覚えはありません」

蓋を閉じ、オレはピアノから距離を取る。

「朝になれば君とはもう二度と話をすることも出来なくなる。そう思うと、最後にもう一度くらいはと思っていたんです」

船内には幾《いく》らでも監視カメラが設置されている。

オレの客室が映る廊下の映像でも、常にチェックしていたか。暇なことをする。

「席を外した方が良ければ、私は外します」

「いえそのままで結構。下手に私と二人きりにされる方が綾小路《あやのこうじ》くんにとっても不都合が生じるでしょう。あなたは生徒を守る役目としてこの場に留《とど》まった方がいい」

月城《つきしろ》はオレたちの傍《そば》までくると、茶柱《ちゃばしら》から2つ離れた席に腰を下ろした。

「もう演奏会は終わりですか？」

「話があるのなら早めにお願いします」

冗談であることは分かっていたため、月城に早く話すように促す。

「ダメ元で、最後の交渉に来たんですよ。退学届けを出して帰る気はありませんか？」

「月城理——さん。一体、どういうおつもりですか」

退学というワードを聞いて、茶柱はやや怒りを含んでオレとの間に割り込む。

「どういうこと、とは？」

「あなたは特別試験に無断で介入し、綾小路を退学させようとした。それだけでも本来なら許されざる行為です」

「それはあなたも同じことですよ茶柱先生。私情を挟み次の特別試験に関する話をしようとしていたのではありませんか？」

詳しいことは不明だが、月城なりに茶柱の目的は見抜いているらしい。

「確かに褒められたことじゃない。しかし試験内容を話して有利に進めるためではない」

「あなたの中ではそうかも知れませんが、それを証明は出来ない。たまたま私がこの場に現れたことで未然に不正を防げたんです」

「それは……」

「それにあなたの罪は1つではありません。分かりますよね？」

現時点で茶柱の罪は、外出禁止のこの時間に生徒を呼び出したこと。

教師と生徒という間柄だとしても男女であることは見過ごせないポイントだ。

その僅《わず》かな隙を月城は執拗《しつよう》に突くことも出来る。

「騒ぎ立てられて困るのは私ではなく茶柱先生、あなたですよ。そして綾小路くんも」

もし教師との淫行騒ぎになれば、注意ではすまなくなるだろう。

分かったなら口を挟むな、という月城からの脅しだ。

「くっ……」

その部分を失念していた茶柱は自らの置かれた立場を理解し、一歩下がる。

「それでいいんです」

笑顔を崩さず、月城はオレに近づきその距離は2メートルほどにまで詰まった。

「ここで仕掛けることはありません、安心してください」

「どんな状況でもそれが利になるなら行動する。オレの分析したあなたはそういう人だ」

「ある程度買ってはいただけている、ということですかね」

これまで、オレは何とか月城の仕掛けを逃れ続けてきた。

だが、それはあくまで月城《つきしろ》が外道な戦略とまでは呼べないやり方を貫いたからだ。

試験の不正操作や暴力、拉致などその程度のもの。

恐らくこの男がその気になれば、今まで程度のようには済まなかった。

「退学はしませんよ」

「残念ではありますが仕方ありません。では君はこのままこの学校に残り、卒業まで過ごすということですね」

「そのつもりです。学校のルールに則《のっと》って退学処分を受けない限りですが」

「あなたがどれだけこの世界に残りたくても、確かにそれに抗《あらが》いようはありませんね」

ここでは互いに口にしないが、まだホワイトルーム生の影は周囲にチラついている。

「君は賢い。そして強い。それは実力を知った者なら誰でもそう思う程に優れている」

やがて月城はオレの目の前に立つ。

「しかしどれだけ優れていても所詮は子供。あの人は君のその強さも織り込み済みの上で私を送り込んでいることを理解した方がいいでしょう」

つまり、こうやって月城を退ける未来もあの男は予見していた……？

「1日でも長く学校生活を送りたいと思っているのなら、よく考えることです」

「肝に銘じておきます」

薄く笑った月城は、何を思ったのか1人で一度笑う。

「しかしこの学校は意外と興味深い。無人島で特別試験を行えるのは、世界広しと言えどこの学校だけでしょうからね。自分の小さい頃、ボーイスカウトに熱中していた時期を思い出しましたよ」

そう言って、月城はオレの目の前に左手を差し出す。

「今度こそこれでお別れです綾小路《あやのこうじ》くん。握手していただけますか？」

この差し出された左手は、単なる別れの挨拶、そんな風には思えなかった。

同じように左手を差し出して握り返すと、満足したように月城は頷《うなず》いた。

「それでは――いずれ『また』お会いしましょう」

最後にオレの左肩を右手の手の平で叩《たた》き、月城は踵《きびす》を返した。

「あぁそれから、５分以内に解散するように。破れば報告させていただきます」

オレと茶柱《ちゃばしら》は月城が見えなくなるまで見送った。

「細かいことを気にしても仕方ないが、左手で握手を求めるとはな。最後までおまえに敵意むき出しだったということか」

一般的に握手は右手で行うことが多い。

まあ、そんなことは今どきの人間は気にしないし意味も知らないかも知れないが。

「オレにはそうは思えませんでしたけどね」

「どういう意味だ」

月城が前触れもなく言ったボーイスカウトに熱中していたという話。通常は失礼とされる左手での握手だが、ことボーイスカウトにおいてこれは例外となる。

その意味は――。

「忘れてください。あの男の思考は考えるだけ無駄でしょうしね」

意味を持たせつつも、それが無意味であるといったことも十分に考えられる。

「オレは先に戻ります」

「そうだな、それがいい」

月城《つきしろ》に見つかってしまっている以上、ここで警告を無視するのはリスクでしかない。

「すまなかったな。私が安易に呼び出したばかりに、月城理事長代理に付け入る隙を与えてしまった」

「別に構いませんよ。何となくですが見えてきたものもありますし」

出入り口に差し掛かったところで、オレは振り返らずに茶柱《ちゃばしら》に言葉を残すことにした。

「さっきも言いましたが、この先クラスが浮くか沈むかは先生にとって無関係な対岸のことじゃない。そのことを理解しておいた方が良いですよ」

どんな特別試験が待っていたとしても、生徒たちは前を向いて進むしか出来ない。

その先頭に立ち引っ張ることが出来るのは各クラスの担任だけだ。

○心、触れ合う時

豪華客船での休日を終え、オレたちはバスに乗り込み高度育成高等学校へと戻った。

それからは、寮での生活とケヤキモールを行ったり来たりする日々を繰り返し、怠惰で自堕落とも呼べそうなほど、気の抜けた時間を自分でも過ごしたと思う。

その間、遊んだメンバーは去年とは比べ物にならないほど増えた。

綾小路《あやのこうじ》グループのメンバー、須藤《すどう》や池《いけ》といった初期に仲良くしていた生徒たち、そしてクラスを超えて石崎《いしざき》やひより、果てには一之瀬《いちのせ》クラスのメンバーともちょっとした雑談をするようになったりと、去年の自分に話しても信じないようなことばかりが続いた。

そして——

「あーあ、夏休みも今日で終わりかー」

バフッとベッドに座ると、恵《けい》は憂鬱そうに天井を見上げて呟《つぶや》いた。

オレの恋人である軽井沢《かるいざわ》恵とは、2学期から関係をオープンにしていくため、お忍びデートを定期的に繰り返していた。今日はその最後の1日となる。

どこか身の入っていない時間を共有しながらも、けして居心地の悪いものじゃない。

これが付き合いの浅い友達同士なら、言葉を交わさなければと焦ったり、どこかもやもやした気になったかも知れない。

「明日から清隆《きよたか》との関係を教えてもいいんだよね……。なんか緊張するなぁ」

「無理に話す必要もないけどな。カーストが落ちても責任は取らないからな」

「絶対話すもんね。もしもの時は清隆に守ってもらうから平気だし。ねー？」

冗談めかして言う恵《けい》だがそれは紛《まぎ》れもない本心。

強い宿主に寄生することで、自分自身の身を守っているからだ。

オレは最後の一口になったコーヒーを飲み干して、恵の隣に座った。

彼女の細い手を握ると、優しく握り返される。恵が照れくさそうにこちらを向いた。

「恵」

そのタイミングで、オレは彼女の柔らかな唇へ自らの唇を重ね合わせる。

「き、清隆……」

「驚いたか？」

「う、うんびっくりした。も、もうちょっと事前申告とか……ないわけ？」

その問いにオレは言葉では答えず、行動で答えることにする。

彼女の肩を優しく掴《つか》み、引き寄せる。

「ん……！」

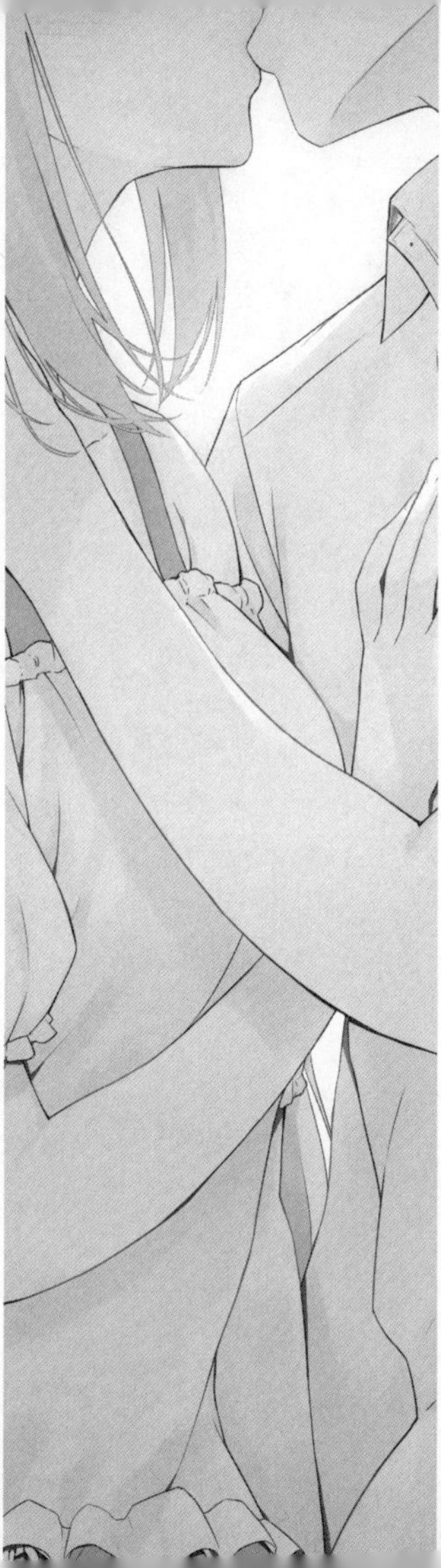

2度目のキス。唇が触れた瞬間に恵《けい》の肩が少し上に跳ね、驚きが伝わって来る。

すぐに唇を離すと、安心したようで名残惜しそうな瞳がオレを見て来た。

「……また不意打ちだった」

「そうか？　割と普通にしたと思ったんだが」

タイミングの勉強は、これからコツコツと繰り返して覚えていくしかない。

「少なくとも、あたしの気持ちはまだ準備できてなかったし……」

「なら、今度は準備できそうか？」

「え？　……うん……」

そう言って頷《うなず》いた恵が瞳を閉じ、受け入れる仕草を見せたので、再びキスをする。

これまでの2回は1秒ほどしか触れなかったが、今度は違う。

5秒、10秒と長い間。

そして少しずつ唇を動かし、小鳥がついばむようなキスを繰り返す。

オレと恵だけが止まったと感じる時間の流れの中で……。

高校2年生、夏休み最後の日。オレと恵は、キスを知り1つの階段を共に上った。

恋愛のカリキュラムは前半の課程を終え、後半へと足を踏み入れる。

これからオレたちは、恋人として堂々と学校生活を送ることになっていくだろう。

それによって、少なからずトラブルに巻き込まれることもあるかも知れない。

それでも2人が手を取り合い、困難に立ち向かっていく。

ゆっくりとだが確実に一歩ずつ、夏から秋、秋から冬へと季節が移ろいゆくように。
お互いの関係がなくてはならないものに、深く深く染まっていくことになる。
昼の味を繰り返し確かめながらも、オレの思考はその先の先へと勝手に向かう。
やがて別れの季節が近づいたとき、この恋愛は最後の局面を迎え――
極めて困難な試練に立ち向かうことが決まっているからだ。

軽井沢《かるいざわ》恵が、宿主から切り離された時に1人で立ち上がり前を向けること。
それがこの恋愛のカリキュラムにおいて、最も重要なことだ。

あとがき

どうも、めっきり暑い季節になって辛《つら》くなってきた衣笠《きぬがさ》です。

一番嫌いな季節の前触れということで今から戦々恐々しておりますが、最近は自粛の流れもあってお家《うち》にいても怒られないのは幸い。とはいえ、子供たちは外で遊びたいと思っているはずなので、人様に迷惑をかけず遊ばせてあげる方法があればいいんですが。

その辺はＤＩＹなど腕の見せ所ということで……。


はい。どうでもいい雑談から入りましたが、４・５巻夏休み編でした。

自分が学生だった頃の夏休みは、もう遠い昔のことですが……よく言う過去に戻って学生時代をやり直したい、と思ったことは1度もありません。別に嫌なことがあったわけでもなくそれなりに楽しい学校生活でしたが、朝起きて勉強してバイトして帰るというサイクルを繰り返す根気と自信は全くない！　これが衰えです。

視力も日に日に落ちて、あと10年後にどうなっているのか考えるだけでも恐ろしい……。

未来も怖い！

去年とは違い特別試験のない豪華客船での休日のストーリーです。

綾小路《あやのこうじ》と恵《けい》の関係、そして同級生たちの変化。

新しい1年生たちと南雲《なぐも》たち3年生の変化。

1年前の夏休みとは大きく成長してきた生徒たちの様子が見られたと思います。

そして成長する生徒たちに対し、それを監督する大人たちはというと……。

さて、少しだけネタバレとなりますがホワイトルーム生の見当はついていましたか？

はい、ついていましたよね。分かっております、物語はここからで御座います。

5巻からは2年生編の第二幕ということで、大きな転換期になるのではないかなと。

そんな次回は2学期開幕、学年別特別試験となります。

何気に2年生だけの特別試験は数冊ぶりになることに驚きつつも、次巻も楽しんでいただけましたら幸いです。

今は色々と世間も大変ではありますが、皆さんで頑張って乗り越えて行きましょう。

それではまた、近いうちにお会い出来ますように！

MF文庫J

ようこそ実力至上主義の教室へ 2年生編4.5

2021年 6月25日 初版発行
2024年 8月10日 18版発行

著者 衣笠彰梧

発行者 山下直久

発行 株式会社KADOKAWA
〒102-8177 東京都千代田区富士見2-13-3
0570-002-301(ナビダイヤル)

印刷 株式会社広済堂ネクスト

製本 株式会社広済堂ネクスト

©Syougo Kinugasa 2021
Printed in Japan ISBN 978-4-04-680516-4 C0193

◎本書の無断複製(コピー、スキャン、デジタル化等)並びに無断複製物の譲渡および配信は、著作権法上での例外を除き禁じられています。また、本書を代行業者等の第三者に依頼して複製する行為は、たとえ個人や家庭内での利用であっても一切認められておりません。
◎定価はカバーに表示してあります。

●お問い合わせ
https://www.kadokawa.co.jp/(「お問い合わせ」へお進みください)
※内容によっては、お答えできない場合があります。
※サポートは日本国内のみとさせていただきます。
※Japanese text only

◇◇◇

【ファンレター、作品のご感想をお待ちしています】
〒102-0071 東京都千代田区富士見2-13-12
株式会社KADOKAWA MF文庫J編集部気付「衣笠彰梧先生」係 「トモセシュンサク先生」係

読者アンケートにご協力ください!

アンケートにご回答いただいた方から毎月抽選で10名様に「オリジナルQUOカード1000円分」をプレゼント!! さらにご回答者全員に、QUOカードに使用している画像の無料壁紙をプレゼントいたします!

■ 二次元コードまたはURLよりアクセスし、本書専用のパスワードを入力してご回答ください。

http://kdq.jp/mfj/ パスワード 7uxs8

●当選者の発表は商品の発送をもって代えさせていただきます。●アンケートプレゼントにご応募いただける期間は、対象商品の初版発行日より12ヶ月間です。●アンケートプレゼントは、都合により予告なく中止または内容が変更されることがあります。●サイトにアクセスする際や、登録・メール送信時にかかる通信費はお客様のご負担になります。●一部対応していない機種があります。●中学生以下の方は、保護者の方の了承を得てから回答してください。